中国文学通识

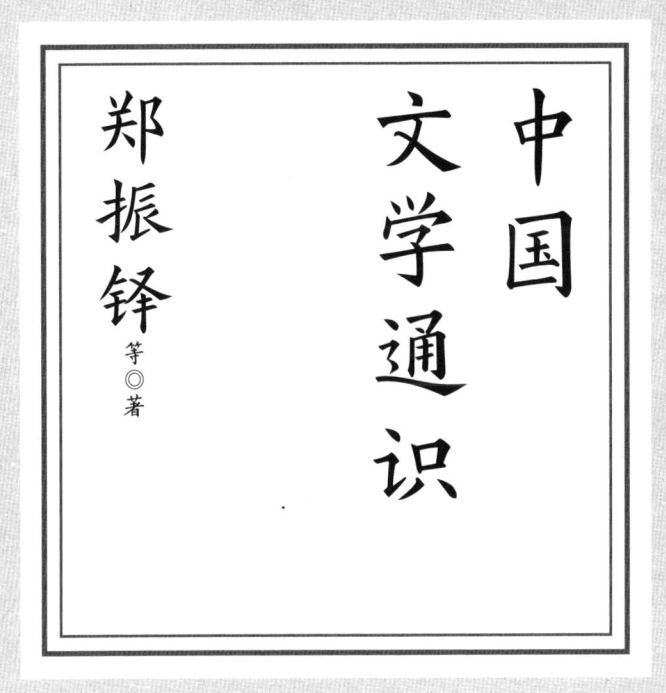

郑振铎 等 著

The Seminar on
Chinese Literature

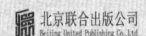

目录

● 文学导论　罗庸

第一章　文学史方法论　2
第二章　中国文学史发凡　16
第三章　中国文学史发凡（续）27
第四章　中国文学史上的几个新问题与新见地　34

● 先秦文学　钱基博

第五章　先秦　44
第六章　秦　82

● 秦汉文学　朱自清

第七章　辞赋　88
第八章　《说文解字》95
第九章　《史记》《汉书》102
第十章　古诗十九首释　112

● 魏晋南北朝文学　　李长之

第十一章　这一时期的基本历史事实和文学发展大势 152

第十二章　辉煌的民歌 157

第十三章　从蔡琰到嵇康 162

第十四章　大诗人陶渊明的前后 168

第十五章　文学批评的发展 182

第十六章　简短的结论 188

● 隋唐文学　　郑振铎

第十七章　隋及唐初文学 190

第十八章　律诗的起来 210

第十九章　开元天宝时代 228

第二十章　杜甫 248

第二十一章　韩愈与白居易 266

文学导论

罗庸

第一章
文学史方法论

一、宗趣论

所谓"宗趣",就是态度和目标的问题。我一向对于现代西洋的新史学,他们那种科学的精神,极表敬佩;但就我个人的兴趣言,我治史的度态,宁愿取法于中国的古人。新史学只是史料学,仅能用之于史料的整理;而中国传统的史学,却是要人通观概览,彰往察来。有意于著史,还得用这老办法,非考史著所能竟其功。

我曾经说过两句话,一是:"为明了一民族内心之发展,故治文学史。"民族是什么?就是生活在同一文化环境里,使用同一种文字的一群人。我们把它看作一整体,从而彰显其言行,就成为一个民族的传记。为个人作传,除了叙述其一生行实外,还要叙述其内心的发展。为民族作传,亦不外乎是。民族的"行",就是该民族的历史;民族的"言",就是该民族的文学。由此而论,一部文学史就是一部民族内心发展史,要把它的内心发展写得不失真,才能达成文学史的任务,这部文学史也才会有价值。二是:"为测定一民族文学之前途,故治文学史。"这就是彰往察来的工作,中国传统史家所努力的。于此,就要牵涉史观的问题。我的史观,姑名之曰"缘生史观"。缘生是佛家的术语,佛家认为因缘合和而生万法,这比西洋仅言的"因果律",要圆密得多。因为一因生一果,未免说得太简单了。宇宙间绝无突然发生的事物，必有其原因，而这原因绝非一，其成果，当是众缘合和之所生。能够放大眼光，穷索既往，自然可以知来。所以要测定一个民族的文学前途，必须站在文化史的立场，通观该民族的文学发展史，始有所得。反之，一个文学史家，假如不能准确地语人以今后文学发展途辙，那么，他的任务还是没有达到，他的著作依然没有传世行远的价值。这就是我所悬拟的目标，也就是治文学史的宗趣。

二、史料论

欲治文学史，必先有研究的对象，这对象就是各种各样的史料。关于史料的应用与处理，常有基础的知识，故为史料论。

（一）直接史料与间接史料

最直接的史料，就是作者的手稿。一经转写，就多少会失真；再经传刻，而未经作者的校订，或者更由他书所转引，即就是间接的史料了。比如陆机的《文赋》，欲考究之，若取材于严可均的《全晋文》，那就是间接的史料；若取材于胡刻《文选》，就稍进一步；若取材于唐写本（有正书局影印唐陆柬之写本，及日本遍照金刚《文镜秘府论》古抄本），自为近真。再如诸葛武侯的《隆中对》，若取材于殿本《三国志》，不如依据王献之的帖，时代早，不一定就对，但以其近古，总要可靠些。所以我们应当尽可能引用近似的直接史料。

（二）正史料与副史料

正史料就是一个作者的文集或诗集，副史料则是他人的征引或转述，此等副史料，大有助于校勘，为研究文学史者所不可忽。

（三）史料之认识与鉴别

1. 史料之认识

（1）口传与笔著。直到今天，还有许多民间故事和歌谣，传之于口耳，而未著之于竹帛。古代像这样的事，一定还很多。其著于竹帛的，如古人的嘉言懿行，有《尚书》；古人的歌谣乐诗，有《诗经》。我们治文学史，对于这些资料何时开始流传，还可以暂且不问；何时开始写定，就应当追究了。因为口传的史料，时间和地点，往往不正确，不应矫枉以求之。听者的兴趣，只在故事的本身；其笔之于书，从可觇知宗趣之所向。且如孟子告诉万章关于舜的故事，这当中就包含有他个人的理想，今人硬要说这是绝对的信史，或说是孟子在造谣，这就是对于史料的认识还不够。再如《战国策》中大鸟的故事（三年不飞，一飞冲天；三年不鸣，一鸣惊人），有人说是楚庄王的，有人说是齐威王的。假如专在这上面来讨论是非，那就是对于史料的认识还不够正确。还有口耳相传的故事，常常是踵事增华，时代愈晚愈详尽。据之为信史，那就是受骗了。如像宋玉，最早见于《史记》的《屈贾列传》，仅录其名，但在后人的短书小记中，却备详籍里生平，说得活灵活现，如像宋玉故宅等，真是凿凿可指。在文学史中，若不加别择，随便征引，那就贻笑大方了。

（2）简策与篇卷。《汉书·艺文志》录有刘向校书的注，说某书脱了一简，漏去二十五字或二十四字，后人遂据以为定制，认为汉简字数一定是这么多。在读《古诗十九首》[1]的时候，一定会认为"上有加餐饭，下有长相忆"两语是"尺素"的撮录。其实，汉代的简札有别，汉人短札，其长不过五六寸，能够容纳的字数实在太有限，"加餐饭""长相忆"六字可能就是全文。这由最近所发现的流沙坠简可以推知。所以，治学贵乎多识，至成书后，一行大体不超过二十字。这种书写的方法，对于后来诗的形式和音节，恐怕都有很大的影响。

（3）书写的方式。古人书写的方式，也不可不知。如像《墨子》中《经上》《经下》，末后有一小注说："读此书旁行正无非。"别人不理会，所以读不通。直到孙诒让的《墨子间诂》出来，才算把读法弄清楚。又如《韩非子》的"内外储说"，也有上下左右的标注，我想这恐怕是写成几块简，所以才标注这些字样来识别，混在一起读，一定失原意，再如《左传》里面有经文、传文，还夹杂上一些"君子曰"，我想象这是一本学生的笔记，先生讲授经文时，旁征博引，夹叙夹议，被他通同记下来，所以有这几部分，其实应当细加整理和辨析，不要再混在一块读。

（4）文字的变迁。由篆而隶而楷，中国的字形，随时在变迁中，并且，同一字体，每一时代还有习惯的写法，这尤其要注意，如像陶诗中有"榈庭多落叶"句，后人颇不得其解，以为棕榈是热带的植物，绝不会长在渊明的故里的；还有棕榈不落叶，与此诗所说也不相类。如此就发生疑义了，其实，只要明白晋人写字的习惯，就

---

[1] 当为《饮马长城窟行》《古诗十九首》之《孟冬寒气至》有相近句子："上言长相思，下言久别离。"

很容易解释，我们今日所写的"簷"字，前人写作"檐"，六朝人写作"櫩"，由"櫩"误为"桐"，这不是很自然的么？假若知道这流变，还有什么奥义之足索？

（5）伪托与模拟。宋以前的人，读书都比较粗心，不大用力去校勘和辨伪，如像陶渊明的《桃花源记》，中有"先世避秦时乱"一语，唐人传写，因为"世"字犯了太宗的讳，大概就改为"时"字。于是"先时"就成了一个时间的副词，编者不察，依此文义认为"避乱者"即是跟武陵渔夫对话的那班人，由秦至晋，历时数百年，他们还健在，自然都是神仙了。所以唐人诗中，如王维、韩愈，就把他们都当成神仙看待，这就太失原意了。文学中的伪托和模拟之作，很多很多，我们应当首先辨认清楚，才不致使作者和时代错杂。如像《文选》里面的《雪赋》，是谢惠连托于司马相如的；《月赋》是谢希逸托于王粲的。假如我们不细察，单凭本文里"相如于是避席而起，逡巡而揖曰"，和"仲宣跪而称曰"诸语，就说是他们的手笔，那未免张冠李戴了。模拟之作，尤其要辨。像苏东坡写陶诗，把江淹《杂拟陶征君田居》一首作为《归园田居》第六首，就犯了这个毛病。

（6）编辑与删节。到今天还有人认为《古诗十九首》是成于一时出于一手，并且它的次第是不可变的，这就错了（见隋树森《古诗十九首集释》引某氏说），不知古诗乃是民歌，非一人一时之所作。近所流传之《十九首》不过是《昭明文选》所采辑，于是沿为定称。原来的数目，在钟嵘《诗品》里就有许多篇。今有的，也不止这十九首，更无一定次序可言。正如阮嗣宗的《咏怀》、陈子昂的《感遇》，都是后人编辑的；就数目来说，不一定只有八十二首或三十八章；就时空来说，不全是在某个地方一气呵成的，这由它们次序的杂乱处，可以看得出来。删节的事，也要注意常会截头去尾。如魏文帝的《典论·论文》《文选》所录的和严可均所辑的，就有出入。(《文选》即截其头而去其尾)《文心雕龙·声律篇》所征引的陆机《文赋》，有"知楚不易"一句，在《文选》的《文赋》里就找不到，我们使用这类的材料，就应当尽量的去找它们的全文。

2.史料之鉴别。这一项，我本来准备分做校勘、辑补、考证三目来讲。但现在刘叔雅先生正在这里专讲校勘学，一定很精详，所以就不再多说了。

(四) 史料之编排与整理

即使是一个人的作品，早期和晚年必有不同。如像王维的《辋川诗》，意境和风格就大有别于早期的作品，假如我们执偏概全，以一诗一文来论一个作家的生平，结论一定是错误的，所以，治文学史在取材的时候，一定要先加一番整理的工作，为作家作成年谱，把他的作品比次先后，断语才会精确。

三、方法论

中国人治学态度，和西洋人不同。西洋人重方法，而中国人重体验。因为一讲方法，就有"能所"。而中国的哲学文学，重在"能所两忘"，这便是过去文学史不能客观地发展的原因。

近三十年来，我国学者，以科学方法整理国故，其态度精神，比清代汉学进步了很多。在文学史料的考证上，成绩最为显著。但在文学史整个的研究上，还有许多地方没有顾及。据我的看法，文学史有关的方面，有一处没有顾到，即不能说明文学现象。我的文学史方法论，归纳起来，有四个小题。

(一) 从社会文化明文体之兴革

研究文学史，从传记式的研究，进步到文学源流的研究，从文学源流的研究，进步到文体变迁的研究，这是逐层进步的。文体兴革的原因，应从两方面探讨：一为社会的变迁，一为文化的演进。其变迁的因素，有下列三个原则。

1. 一切文体俱起于实用

大凡文学之发生，皆起于实际生活的需要。其后才是为了美观的鉴赏，这是一般文化史的通例。每种文体，若只从作品作者研究，是无法获得发展的根源的。如《诗经·周颂》，多属每篇一章，每章句数不一定，句法不很整齐，也不一定押韵。若能从当时实用的状况去研究，就可知《周颂》大部分是实用的舞诗。周代《大武》乐章，据《左传》宣公十二年所记，一篇便是一成，所以不能太长。至于《商颂》《鲁颂》，则为宗庙祭神的歌诗，并不为配舞之用，所以分章用韵，和《大雅》相似，与《周颂》相远。这是用处不同的问题，不是文体进步的问题。又如碑铭一体，本来是歌颂功德之辞，所以铭是主体，序是附庸。以后踵事增华，专为记载个人行事之用，序文愈来愈长，铭反退居宾位，和原意相离渐远了。又如词，到了温飞卿，体式逐渐完成，为《花间集》的冠冕。到了柳耆卿，长调逐渐确立，为慢词的源泉。这并不是个人的开创，而与当时的教坊制度有关。温柳的作品，不过适应教坊而作。如能于教坊制度研究明白，则对于温柳作词之来源，了解便可更为清楚，不会把一切内容都解为作者的寄托了。这都是文学和社会关系的问题。今日中国社会史的研究，尚未成熟，所以，文学上的创作，每每归功于个人，这是很不对的。

2. 社会变迁则文体变迁

每一种文体的由盛而衰，显而易见。但从文体与社会的关系比较研究，则鲜有人注意。如魏晋南北朝之时，九锡文、劝进表、禅让文、告天文等，盛行一时。这是因为当时政权的更迭，都走着同一的篡夺方式，到了隋唐大一统以后，就日渐消灭了。又如青词一体，起于唐宋以后。因当时道教流行，拜斗上章，每每用之。六一、东坡集中，都有此体。到了明代以后，便逐渐减少了。我们拿古今文体比较，各有消长，就可看出文学体裁和社会生活的关系。以上是显而易见的例子；至于若干问题，非好学深思，不能看得出蛛丝马迹。如花间小令和苏辛小令，风格全异；就是晚唐五代小令和北宋的作风，也有不同。因为唐人席地而坐，宴饮当中，有跳舞，有歌词；小令就是当筵舞的歌唱之词，所以内容只要华美就行。到了北宋以后，席地之风渐泯，当筵舞已不盛行，唱小令和听曲者，便把注意集中到词义的寄托，文人小令由兹而作。我们读晏几道"舞低杨柳楼心月，歌尽桃花扇底风"之句，就可知道北宋初舞制尚存；但到了南宋，当筵舞已成过去，小令纯粹变成清唱，所以文人可任意抒情而且以抒情为主了。所以小令作风之丕变，不应该归功于作者个人的。

3. 形式与内容互相限制

有某种形式，才能表达某项的文学内容；某项内容，也足促进某种形式的完成。所以，形式与内容互相限制。如蔡邕《陈太丘碑》《郭有道碑》，叙述个人身世，多属简单；而骡栝天成历历如绘。我

9

们拿《郭有道碑》和《后汉书》黄宪等传比较，作风大致相同；于此可见东汉魏晋时代，碑传体裁，着重个人立身处世的荦荦大端；至于家世经历则不甚注意，所以文辞简短而风格愈高。到了唐代以后，设官修史，注重于官位的升迁，因而碑传长至数千言，内容和形式，为之一变。又如书札一体，汉人甚短，多为相问之词，如《饮马长城窟》云："上有加餐食，下有长相忆。"就是明证。至如乐毅《报燕惠王书》、李斯《谏逐客书》、太史公《报任安书》等书文体皆甚长；这是由战国游说演变出来的"篇式书体"，与短札不同的。至魏晋杂帖如王右军诸作，言辞简短，风神高远，犹是古书札之遗制。唐以后两体相混，所以到了韩退之，书札作风又变，这都与写信制度有关。而一种形式恰与其内容风格一致。文体已变，旧形式便很难容纳新的内容了。我们生在现代，模仿苏黄尚可偶一为之；模仿退之，已属不可；若模仿庾子山，就恐词不达意了。因为内容形式，不能相差太远；一味模仿古人，形式受了限制，内容也不易表达，不过成为假古董而已。近十年来，有"旧瓶装新酒"之说，以我看来这也是做不到的。旧的形式，是绝对不能装新的内容的。如今人作骈文，遇到新名词，必须找成语替代，否则不"雅"，但雅了就不一定能"信"、能"达"，总使读者有隔代之感。所以讲文学史，内容和形式相关的必然性，是必须注意的，否则无法说明时代的精神。

（二）从语言艺术明修辞之技巧

一般研究文学史的人，每每着重研究作家和他的贡献；至于文体和当代语言的关系，就很少有人注意。如《文选》所录任昉《奏弹刘整》一文，中叙刘寅妻诉列一段，纯系当时的白话口语，历代注《文选》者,却不甚注意。如对此方面加以研究,则"笔语"和"口语"的距离,可以得到一个准确的测定。归纳说来,此方面的研究,应注意者也有三点。

1. 语言之死活

胡适之先生在《建设的文学革命论》里,提出"国语的文学,文学的国语"十个大字,立论颇为警辟。不过因此产生语言之死活问题。在今日国语研究尚未成熟之际,究竟哪些是死的语言?哪些是活的语言?颇难定论。古人的语言,流传到今,不一定死;现代人话里,也活着多少古语言。如杜诗"因君问消息,好在阮元瑜"。《通鉴》马嵬之变:"上皇传语诸将士各好在。""好在"二字,前人都不明它的意义,各地方言,也少有此种说法。从前我以为这是死了的语言,和《世说新语》里的"微尚"一样;及至到了云南,才知道在现代云南话里,是很通行的。又如"亡羊补牢"一语,见于《国策·楚策》,原来是古语言;到现在还是很通俗的成语。所以语言的死活,应当有一个活的看法,若呆板的拿时代做平衡的标准,就不妥当了。

2. 实用的语言和艺术的语言

实用的语言脱口而出,是应用在生活上的;把它写成文字,就成为当代的语体文学:如汉乐府中《东门行》《孤儿行》等皆是。至如曹子建、陆士衡、鲍明远的乐府的语言艺术化了,这叫作艺术的语言。文学离开口语固然和时代隔离;不过文学上的语言,无论如何,不能与口语绝对吻合,必须加以艺术化,才有文学的意味。以往有骈散文的对立,现代有文言白话的对立,都是艺术语言和实用语言的比较差别。就是现代用白话作的文艺作品,也不能尽人都懂。所谓艺术的语言，就是拿古代的或当时的实用语言，加上古代的或当时的艺术元素，而成为一种新的创造，这便是所谓文学技巧。所以要明瞭某时代的文学技巧，必须要知道当时的艺术发展。唐代音乐发达，所以唐诗音乐的性质富；宋代图画发达，所以宋诗图画的意境多。

3. 文学中之语言类型

文学中语言的类型有三：一为时代性。如杨椒山和曾文正的家书，都是白话，时间相距不到三百年，可是语调截然不同，《三国演义》《水浒传》《红楼梦》尤其看得清楚。这是时代性。二为地域性。如《诗经》代表北方文学，《楚辞》代表南方文学，语法词汇都很不同。三为社团性。某种社团，有其特殊语言：如《世说新语》所记清谈，词汇语调，都表现出一种特殊的风格，绝非魏晋的人都如此说法。治文学史如能分别研究，便不会以偏概全，犯笼统的毛病。

(三) 从学术思想明文学之内涵

学术思想，是作品内容的背景。分析说来，又有三点。

1. 传统与创造

韩退之古文运动，若追溯根源，应从李华、萧颖士、元结、独孤及、柳冕、梁肃说起。自他们以来，已经开了古文运动的风气，不过这些人习于北朝的陈规，还是东汉以来的传统，不过与初唐盛行的南朝文体不同罢了。到了退之，根本六经、《孟子》，发为载道一派的文章。这种精神，是继承传统的；可是他自身有些养气功夫，所以有生气，有魄力，能运用唐朝的活语言，又能融合当代的传奇文体，又是创造性的。所以讲古文运动，都归功于退之，因为他既能继承传统，复有创造。

2. 变与常

文学宗派和风格，有可变的，有不可变的。同一儒家思想下的文学家，其面目亦有不同，其不同处即是"变"。所谓可变，就是在每时代下有它的时代面目和独特精神，这叫同中求异。可是若干不同的文学家，也可以归纳为一个类型，这叫作异中求同，就是"常"。同中求异，要在文字以外探讨。如杜工部为儒家思想，朱晦庵、王阳明也是儒家思想；可是三人各有其独特的面貌，这就是治文学史者所不可囫囵的地方。

3. 单纯与复合

文学家的思想，有单纯的，也有复合的。单纯的易明，复合的就不易研究。如杜工部每饭不忘君，拳拳忠爱之心，这是儒家思想；可是也杂有道家思想，如诗中丹砂一类的话。陶渊明从有悠闲旷远的人生观看，是道家思想；可是"贞志不休""与道污隆"，又是儒家思想。所以研究文学，除注意时代精神外，作者思想之单纯与复合，也须研究，这又和研究者之学养深浅有关了。

(四) 从时代风会明作家之成就

文学史上，很容易提倡英雄主义，把文学上一切的成就归功于个人，这是忽略了时代风会的关系。时代风会，含义甚广，不仅只是时代背景和作家身世等问题。而一个作家的成功，往往是承前人之累积,无法跳出时代风会之外。研究一个作家,如能先从他的时代风会着手,则他的个人成就才看得出来,这里又有三个小题目。

1. 无名作家与失败作家

凡一种文体,其创始者必是无名作家,大部分的《诗经》、汉乐府和《古诗十九首》,都是无名氏作品。这才真是有名作家的基础。其次,从有些作家的所以失败,才可以见出成功作家的何以成功。我们拿《诗经》来看,如四言敝而有五言,五言敝而有七言;但这中间也有试作三言六言九言诗的,何以曹氏父子和建安各家的五言诗,能于成功?孔文举的六言诗,归于失败?又何以三言和九言诗,不甚流行?若能探究失败的原因,则时代风会的基础和作家成功的文学条件,才说得清楚。

2. 作家之三类型

历代成功作家大概不出于三种类型:

一为开山创造者。此类作家能开创某种体裁和改革一时代的风气;如鲍明远的《代白纻舞歌辞》《拟行路难》等,开放了七言诗的格调,达到成功;温飞卿、柳耆卿的小令慢词,由教坊作品过渡到士大夫作品,奠定了词的基础;又如曹氏父子变汉民间乐府而为文人乐府,又以乐府格式写五言诗;具属此类。此类作家,必须不是华胄出身,必须有尝试精神,否则无此大胆。

二为出奇创胜者。以偏锋取胜,有的成功,有的也失败;变而不离于正则成功,太过则失败。如中唐各家,莫不想易盛唐之辙。元白等新乐府以平易近人取胜,退之的古诗,以散文笔调取胜,孟郊贾岛的诗,以苦寒取胜,李贺卢仝的诗以险怪取胜;韩白郊岛等就成功,至若樊绍述的《绛守居园池记》，过于僻涩就失败了。

三为集大成者。文学史上伟大的作家，俱属此类。杜工部之于诗，周美成之于词，都是集大成的。读书愈多，经验愈富，再以时代之风格融汇而出之，就能集大成。

3. 共相与别相

共相属于时代，别相属于个人；共相是研究时代的整个作风，范围愈大愈好；别相是研究作家的独特精神，范围愈小愈好。如初唐人能排律，盛唐人能七律，晚唐人能绝句，这是共相；共相之中，又有作者个人的体貌，这是别相。比较研究，就是剥蕉抽丝一样，一层深一层，把一个作家的作品，除去其与古人相同的部分，再除去其与同时人相同的部分，剩下来的便是他所独有的"别相"。这别相也许仅只是很小的一点，但若真要说明一个作家的特质，不能举出别相是不行的。

研究一段文学史，或一种文体，或一位作家，假如能充分应用上述的条件，我想是比较容易说得清楚一点的。但说来惭愧，我自己一分也没有做到。

第二章

中国文学史发凡

社会与文化（上）

在讲本题之前，要先说两件事：

第一，我们讲历史，对它的全体，应当有一个看法；文学史是历史当中的一部分，要研究它，也得有一个看法。用现代的术语来说，就是应当有一个"史观"。上次曾经说过，我的史观是"缘生史观"，这话还得略加解释。照佛家的说法，一切法相，都非实有，性体本来是空寂的，假如我们能够见得法相的虚妄，就算是证了如来。但在"体性皆空"之中，为什么又会浮现种种相？这就由于因缘合和之所生。但这因缘是众多的不是单一的，比如说，仅有能见之眼与可见之物，假如光线不够，或者位置偏差，或者距离太远，依然不可见。而这能见的因缘，也绝不如此简单，还可以细析至无限。历史事实，亦复如此，它也是因缘合和之所生；这因缘，也是多的，而非一的。假如执着某一点，对全体妄加窥测，其结论必然失之于武断。缘生无自性，这是法相义。

又在《大乘起信论》里，有"一心二门"的说法。认为一切事物都是依众缘生，依唯识变；所以有心真如门，心生灭门。若证得般若境，真如生灭，本来一体；但在凡夫境，只能见生灭的对待。凡夫境中事物的变化，莫不经过生、住、异、灭四种历程。历史本来是凡夫境中所有事,用"缘生"义来讲,我以为比较能够道出历史的真实。

宇宙万象,都在生灭不停的变化中,但在凡夫,有计"常"计"断"的不同:当生、住时则计"常";当异、灭时则计"断"。其实,无论事相如何久如何暂,总要经历生、住、异、灭这四劫;而且,都在华严法界中;长劫摄短劫,一法摄万法;彼此交光互射,绝非截然异立。

本着这个道理来看中国文学史:一切的文体,从它发生到成长以至于转变消灭,就是一期生灭;一切文体的生灭,相续而不已,就是文学史;而在这演变的过程中,又非截然的更迭,而是主从的易位;用我们前面的话来说,是交光互射,彼此相关的。

第二,我们对于整个中国文化,要有概括的认识:凡是一种文化,它发展的程度,如其是很高,那么,它生命的延长,跟它的高度恰成正比例;另一方面,它发展的范围,如其是很广,那么,它所能包容、同化其他文化的能力,跟它的广度也成正比例。中国的文化,力足以兼包并容;而它自有一个中心,对于它所吸收进来的,仅可以存其貌,而在无形中,改变了它们的本质。我们要谈中国的文化,必须把握住这两点。

现在,我们缩小范围来看中国的文学:如其把中国文体看作一些花、一些树,就得先问这花或树的种子在哪儿,根芽在哪儿。我们探索的结果,发现它们的出生地有二:一是起自民间。古语说"礼从下起",文体亦然。不过这见解前人是不能接受的。二是来自外面。经由异族异地的传播移植,才在此土开花结果。这两点,就可以摄宾一部中国文体的发生发展史。

还有一点值得我们注意的,就是一切文体的发生,都起于实用;而其发展所及,则又逐渐离开实用,变成一种装饰品,供士大夫们赏玩，到了这一境地，它的生命力也就告尽了，必然的要趋向于灭亡。这也是不可少的看法。

我认为中国文学的信史时代应该由夏起。到今天，经历了四次更迭，每一次的更迭，都是以民间文学起，以外来影响终；及至外来影响衰歇，又有新的民间文学代之而起。这样，就造成中国文学史的生灭相。

先从夏代说起。夏民族最初是什么民族？这一个问题，暂且留待专家去解答；但由文学史的观点来看，夏民族离开游牧生活而进入农业社会，应该是很早的事。《大戴礼》里面，有一篇《夏小正》，恐怕是夏人的遗书；在那时即使还没有著之于竹帛，也一定流行于民间，而为后人所追写。孔子说："行夏之时。"又说："我欲观夏道，是故之杞，而不足征也，吾得《夏时》焉。"司马迁说："孔子称夏时，学者多传《夏小正》云。"可知道一部书，绝非杜撰；由于夏人的重视历法，而且有很好的切于农事的历法，足证他们的社会，早已步入农业阶段了。《诗经·豳风》里面的《七月》，所用的历法，兼有夏正，而且豳地正是夏民族的根据地，所以，它可能就是夏民族的农功诗。《周礼·春官》籥师有豳诗、豳雅、豳颂之分，如果这分类是因袭夏人之旧，那么，夏代不惟有诗，而且已备众体了。夏与周（居邠以后的周）同是农业民族，但就文化方面来比较，夏人尚巫，周人就开明多了，不用神权来统治。《山海经》里面有许多关于巫的记载，如像"蹋步"，就是巫舞的名称。"蹋步"即是"禹步"，由字面上，也可以看出夏民族和巫的关系。还有《楚辞》里面的巫咸，也是在西方，可能就是夏巫当中的佼佼者。由此推想，夏民族虽已踏入农业社会，但是还没有超越过原始宗教的藩篱。关于夏民族的历史，可以由《山海经》《诗经》《楚辞》《吴越春秋》《史记·楚世家》等书中，窥见其轮廓。

《山海经·海外西经》载："大乐之野，夏后启于此儛《九代》（或作《九伐》）：乘两龙，云盖三层。左手操翳，右手操环，佩玉璜。"又，《大荒西经》载："西南海之外，赤水之南，流沙之西，有人珥两青蛇，乘两龙，名曰夏后开；开上三嫔于天，得《九辩》与《九歌》以下。……开焉得始歌《九招》。"这些传说暗示我们：夏原是用车战的民族；到后来车战竟然变成了一种舞容，配合着音乐的节奏，仅仅从事于表演；这就是后来的《大夏》，武王本之而作《大武》，便是《周颂》的起源。

（记者按：关于这一点，先生当晚因为时间的关系，没有详细的解说；但在云大讲授《诗经》时，有一段专论《大夏》的话，很可与此相发明，所以也把它介绍在这里，作为补充。先生说，古代的杂曲见于记载者虽然很多，但究其实，可以凭信者不过《大夏》《大武》而已。曾有《古乐杂记》一文，载《国文月刊》第五期。《大夏》一名，始见于《左》襄二十九年传季札观乐。在春秋时候，这支舞曲，通称为《万舞》或《八佾》。《海外西经》所载的"儛"，我认为就是它的前身。这一种舞，最初大概是野外车战的演习；"左手操翳，右手操环"的，就是战车上的将军；在《山海经》里，是由夏后启或称夏后开的来充任。"翳"是用来指挥军队的，"环"是用来赏赐勇士的。"乘两龙"就是乘两马，马八尺为龙，这是古代的异称。大概"一乘"的制度，就起于夏代，而且与田制有关。照《周官》的记载，一乘之后，有步卒七十二人；由这数目，我们可以想象舞队的排列，可能是纵横各八的方阵；另外还有八个人在前面领队，这就是夏后启的车战舞。大概在舞时，所有的人们都把两只手高举起来，宛如古写的万字，所以在《诗经》的《简兮》里，称之为《万舞》——也只以把《万舞》解释成这车战舞,《简兮》里面"执辔如组"一句才可以读。因为《简兮》中的万舞是舞于"公庭"之内的,准情度理,那地方就容不下车马来,何况于驰骋。由此推想,《万舞》中是不应有这些。但那"执辔如组"的话为什么突如其来呢？我以为这是在形容一种意象化的舞姿。周人把这车战舞由野外搬进公庭去,车马势必要取消；但原始的舞姿不能不保留,所以得比一下"执辔"的手势,至少他们也是换了一个车马的模型来代替。那么,"执辔如组"一句话,不正告诉我们《大夏》就是《万舞》的前身,而且还透露了当中演变的消息？还有《简兮》的卒章是:"山有榛,隰有苓,云谁之思？西方美人。彼美人兮,西方之人兮！"这分明是一章情诗。忽然插进《简兮》里面去,而在公庭中高声唱起来,各方面都显得极不调和。所以《毛传》才把"西方美人"解释为"卫之贤者",当然很牵强。我以为这正是夏人的舞曲。他们舞于野,高唱情歌倒是很自然的事；所谓"西方",指的正是夏土；所谓"美人",其实就是原始民歌的意中人。而这情诗,也被周人拼在《简兮》里,搬进公庭去,就留下很大的痕迹,为我们的假说添了一个证据。由于《大夏》一变而为宗庙公庭之舞,位置及地点都已经固定,就略加变化,把领队的九人除去,单单剩下那纵横各八的方阵,所以又称为《八佾》,再按着公卿大夫士的等差递作减损,在士人的家里只能用两排,所以又才有"二八"的名称。)

殷商民族,起于东海滨；《商颂》里的"相土烈烈,海外有截",有人□(说？)就□(是？)朝鲜。后来箕子封朝鲜,并不是没有理由的。汤居亳,才奠都于黄河下游,商人迁都的频繁,为历代冠；盘庚以后,次数才算少；一直到帝乙,才没有再迁。殷商帝王之所以好搬家,大概由于他们是工商业民族；称他们为"商人",大概是有语源的。商人贸迁有无以为生,所以不能定居在某处。说它是工商业民族,可以由许多小故事里面看出来:孟子叙述葛伯仇饷,说:"汤居亳,与葛为邻。葛伯放而不祀。汤使人问之,曰:'何爲不祀?'曰:'无以供牺牲也。'汤使亳众往为之耕,老弱馈食。葛伯率其民,要其有酒食黍稻者夺之,不授者杀之。"可见葛国就是一个既不畜牧,亦不耕种的国家;既然葛汤为邻,而且汤所关心的又是他们的祭祀,这葛国与商可能是同属一族的了。再看春秋战国的宋人,有的放下锄头,守株待兔;有的劳瘁终日,揠苗助长,都已传为一时的笑谈;可见商人的子孙,还不能精于农事。但他们却以工巧见长:如像压倒鲁班的墨子,以及能够配装不龟手之药的,资章甫而适诸越的,又都是宋人。这些零散的资料,很足以透露他们的习尚。他们既长于匠作,自必有一批人出来贩卖成品,工商业原是相伴而兴的。商人迁到河北以后,才变为一个纯粹的农业国;纣之亡,就由于酗酒,可见在那时农产品已经很丰富了。

商人的占星,一变而为阴阳家的学说;再加上巫术,就变成了后来的道教。而这一文化系统,和后来的楚文化是颇有渊源的,所以讲《楚辞》不能不先研究一下夏商时代的文化。

在这一个时代,整个的局面是夷夏的对立,也就是东西文化或东西民族的对立,以黄河上下游而分界。在中国历史中,就地区的形势而言,最初是东西对立,直到楚国强大后,才变为南北对立。

照近代史家的考证,周人本来是西羌,并非农业民族;古公亶父带着他的人民到了岐山下,就定居在那里;岐山原是夏民族的根据地,有着较高的农桑文化,周人不足以压服,就把后稷抬出来;然而还不行,才开始向他们学习,周人的《月令》,应该起源于《夏小正》,《豳风·七月》里面,夏历与周历并用,其间的关系,就可以想见了。另一方面，他们也接受了东方的文化：当文王武王时，东方人前来帮助他们的，一定不在少数，如像太公望、散宜生，就是显著的例子。而且，文王的母亲大任，就是殷人。武王灭纣，统一东西，彼此的文化更可以沟通了，他们就尽量的吸取，创造了自己的面目全新的文化。所以孔子说："周监于二代，郁郁乎文哉！"

商周的不同，也可以由鬼神的观念来比较。商人尚鬼，周人的祖先，虽然有"姜嫄"之类的神话，可是到了成康，一切归向于人事，神话的色彩已经被冲淡了。周民族在中国历史上，有两大贡献：第一，奠定了农本社会；第二，建立了封建制度。井田与封建，成功了周文化的特色。但这井田，不等于古罗马的井田；这封建，也不等于欧洲中古时期的封建。是建筑在人伦上，而不是建筑在债主上。

周代文化的精神，既然是农业本位的，而又是人伦本位的，所以在中国文学中，神权的内容消失得很早。有人批评中国的文学缺乏想象力，没有但丁的诗篇，我们大可不必为此而沮丧。因为进入于人本，也就是进入于开明；缺乏想象的作品，并非是国人缺乏想象力；是历史要他如此，正不必去找楚辞以及汉代的郊祀歌来跟人家比赛，我们看《周颂》和大、小《雅》里面的诗篇，完全是现实的切于人事的，这是人本文化必有的现象。国人的民胞物与的胸怀，至少在周公后就已经形成。由于此，就把中国的文学固定了一个内容：融融、洩洩，尽是家人父子互相告语之词；不论哪一种文体，都在这一情况下发展。

农本社会，接近于自然，多看植物，少看动物，所以人们的胸怀，易与自然融合，而少弱肉强食的观念；由于此，遂演变而为"同天"的人生哲学，再演为道家自然的思想；歌颂自然，乐天安命；而且让中国的民族始终保存着一种温暖的情绪，所谓"温柔敦厚"的诗教，一直是国人所宗奉的文学标准。

说起《诗经》，这就是起于民间的文学；十五国风不必说了，就是那雅颂，也莫不源于民间的祭祀燕享和舞蹈，以后发展到庙堂里面去。所以《诗经》时代，要算是中国文学史上第一个开端。章实斋说，一切的文体都源于诗教，这话是很对的。知乎此，研究后来的文体，才不致脱节。

到了春秋初年，诗教已经日即衰落了，所以孟子说："王者之迹熄而诗亡。"这时候，南方楚民族的文化又代之而起，一般人把周楚文化视为截然不同的两体，甚至说楚文化是由印度传来的，实在不当。我们假如多留心，由渭水出武关循汉水下襄阳，这是一条很古老的道路，楚怀王入秦，就是逆此而走的。这是以前荆楚民族和夏民族交通的孔道。在《山海经》和《楚辞》里，可以寻出许多的线索来。很早以前，河洛江汉之间，本来是夏楚民族及文化融合的地带；也就是文王"三分天下有其二"的地带，到春秋初年，楚民族逐渐向东北发展，由郢都到北郢而至于寿春，就跟中夏形成了南北对立的局面，于是乎由夷变夏的对立过渡到夏楚的对立，其实，因为很早就有了那一条走廊，所以夏楚的文化，并不是截然两体的。《诗经》里面的"二南"，产生于江汉，是不用说的了；而在顾栋高的《春秋大事表》中，所蒐集得"赋诗喻志"的资料凡二十八条；那些赋诗的行人，以籍贯论，楚国倒占去了五六个，可见他们对于中原文化是如何的熟悉了。又照《左传》的记载，楚左史倚相能读三坟五典八索九丘之书，他们的文化何尝是低落？千万不要因为他们取了一些刁钻古怪的名字，就真把他们视作"蛮夷"了。孔子说"周监于二代"，我们应当说"楚监于三代"：楚人尚巫，这是接受了夏人的文化；而他们的祖先祝融氏，也是商的始祖，所以又接受了商人的文化，就由这巫风和燕齐的神仙思想，作成了《楚辞》的内容，不劳我们再到印度去寻找。但《楚辞》的内容，还得加一项，就是儒家的思想，《文心雕龙·辨骚篇》说："不有屈原，岂见《离骚》？"屈原就是生于楚地儒者；他在外交上主张连齐拒秦，所以曾经奉使到齐国；在那时，孟子离开齐国恐怕还不久，陈良、陈相之徒，却还在滕国没有走动，儒家的思想，屈原是不折不扣的接受的；他的《离骚》，严格说起来，还是以儒家思想做骨干，特不过披了一件巫歌的外衣，所以不同于《诗经》了。

当周民族的文化衰落时，楚民族新兴的文化就一道向北传播；秦汉之际，楚声已经很时髦，如像项羽的《垓下歌》，刘邦的《大风歌》，就都是楚声。在这一个更迭中，就中原来说，这种文体是来自外面的。我们不应当忘记，楚辞的兴起是由于淮南王；淮南的封地就是楚国作了十九年国都的寿春；当时小山之徒在他的门下，"分造辞赋"，所袭拟的就是此一体，梁孝王入朝，才把这文体传播到长安；在中原人的眼里看起来，未始不如今日的欧化文学。

要言之，起自民间的《诗经》与来自外面的《楚辞》，其间的兴替，就形成了中国文学史上的第一个更迭。在这一个更迭里，还有许多私人的著述，虽然诸子可以不入文学史，但是却不能把战国游说之士抛开。古代发表意见的方法有二：一是"说"，《尚书》开其端，发展而为策士的游说；二是"唱"，《诗经》开其端，发展而为楚声的歌辞。《诗》《书》两体，后来竟走上一条路去，如像荀卿的《佹诗》以及老庄的文章，都是有韵的散文，这种情形，是说与唱的交融，也就是《诗》与《书》的交融。

游说之辞，必须铺张扬厉，夸大渲染，才足以打动时君世主的心；而在《楚辞》中，就不少这一种成分。经过说与唱的合流，发展而为司马相如、扬雄诸人的辞赋；到了东汉，赋里面说的成分减少，唱的成分加多，如像班孟坚们的赋，就没有不押韵的句子了。

汉赋的发展，到了蔡邕、崔瑗，已经是日暮途穷了；另一种文体，又代之而兴，这便是汉乐府。一般人讲中国文学史，喜欢用朝代来分期，其实这不对。比如两汉，西汉是战国的余波，而建安的文风，是六朝的先导，所以东汉的二百年间，属上连下，两无是处，应当把它孤立起来，作为第一个更迭的尾声。

第二个更迭的开端是汉乐府，起自民间，而以《相和歌》为基础。如像戚夫人的《春歌》，就是成相之属。它们的句式，或为二、三、五，或为三、三、七，可以说是《诗经》以后的新国风；汉武汉宣在民间所蒐采的，就是这一类。如像《孤儿行》等，都是极有生命力的作品。在这里应当补充几句话：别的文学史，可以跟音乐脱节，惟有中国文学史，它每一个更迭，都与音乐息息相关：起自民间的是靠音乐来培养，来自外面的，是靠音乐来传播。假如不注意这点，就难得中国文学史的真实。如像《相和歌》，变为后来的清商三调以及大曲等，我们仔细去探索，就可以发现它们流演的痕迹。汉代的乐府，发展到《古诗十九首》，已经和音乐脱节，变成文人笔下的东西，由此下接建安。建安时代，曹氏父子都很喜欢作五言，让五言诗得到一个新开展。要之，到了这个时候，辞赋已经走到末路，五言诗就滋生繁长起来，作成第二个更迭中的新文体。而这一更迭，也是因应着社会的变化而来的：周代的封建制度，到春秋就开始崩溃了。自此以下，入于纷争的战国；到了秦朝，废封建，置郡县，是一个巨大的改变；然而不久，陈胜、吴广辈就揭竿而起；汉高祖统一天下，在文化方面，是以楚文化为基础的，再到东汉，家天下已经成了定局，此后就是宗室、外戚和宦官的争打；董卓入卫以后，局面又大为改变，其时假行禅让，只有《劝进表》可以作，求为东方朔辈谲谏之文尚不可得，遑论其他？所以一般高洁之士，只好托情寓兴于五言诗，如像阮嗣宗的《咏怀》八十二首，即其例。另一些人们，是走上清谈一路，如像王弼、何晏。清谈的风气，在文学的形式上，影响也很大，清谈家极其注意口头的修辞，结果构成了晋宋文学的清峻的面貌。在这一个时期，又有佛教的东来，这是第二更迭中的外来影响。东晋时的清谈，已经渗入不少的佛理，如像殷浩、支道林，都是这一路。至于五言诗，到了陆士衡、潘安仁的时候，又已经僵化了，其干枯一如东汉的辞赋。然而陶谢的诗却是极有生命的。就由于正始玄风以及佛教义理的濡染，为它注进去一些新血液；加以渡江之后，一般人耽于江南山水；所以在文学方面，显见得活泼灵动，清隽自然。而牧其全功、融其体貌者就是陶渊明，渊明的诗非常难讲，总之，他就是众缘合和之所生，适逢其会，以他特达的资质，作了一番集大成的工夫。

第三章

中国文学史发凡（续）

社会与文化（下）

上一次讲过，中国文学第二个更迭的开端，是汉乐府，是起自民间的。从汉乐府发展到五言诗，从五言诗发展到清谈文学，同时又加上佛教哲理的濡染，这是第二期文学更迭的大概情形。五言诗到潘安仁、陆士衡的时候，已经僵化；不过东晋时代，却出了一个陶渊明，作了一番集大成的工夫。此后宋齐梁陈，经过若干时期，产生若干家数，可是五言诗已经趋于末路，无重大发展。

在东汉末年，辞赋和散文，仍然代表文学的两个途径。到了建安的时候，发生了新的变化，把《诗经》的四言句法，运用到散文里边；东汉辞赋，多用四六句法，到了建安，又把辞赋的笔调，运用到散文里面。这种发展，慢慢的形成骈体文，所以骈文实在是导源于建安的，我们拿骈文作家来看，任彦昇、刘孝标的骈文，风格比较高；徐孝穆、庾子山的骈文，风格比较低，就因为任刘的骈文，多用建安四言体；徐庾的骈文，多用汉赋的四六句法，这可见骈文的渊源来历了。

南朝是偏安之局，文人心胸，不免狭隘，诗的题材也多半狭窄。起初谢灵运写山水诗，范围还比较的宽广；到了齐梁以后，除少数大家外，诗的范围，愈来愈狭，多半写些屋内的事物，如灯烛镜奁一类的东西。在此时期,加入一段民间文学的力量,就是子夜吴声歌曲和襄阳西曲的兴起,这给予五言诗一种新生命。子夜歌是用吴声唱出来的一种歌曲,每章四句,每句五字,合若干章成为一篇。这种歌曲,最初流行民间,士大夫很少模拟。可是来源很早,从西晋初年,已经开端。如孙皓天纪中童谣:"阿童复阿童,衔刀浮渡江,不畏岸山虎,但畏水中龙。"实在是吴声歌曲的起源。这种歌曲的字法组织,和汉乐府及汉魏两晋的五言诗,都有不同。汉乐府多半是长篇的,曹子建的新乐府,如《名都》《美人》《白马》等篇,每篇句数,多半在三十句左右;至于《古诗十九首》,最少八句,最多二十句;陶渊明的五言诗,也多半不长不短,每篇在十四句至二十四句左右。到了齐梁以后,五言诗的篇幅,一天一天的缩短,大概在徐庾宫体未发生以前,每首诗的句数,普通不会超过二十句。这种诗的句法组织,代表两种趋势。一种是旧的,句法比较长,梁武帝、昭明太子是代表;一种是新的,句法比较短,梁简文帝、梁元帝是代表。新的这一派,每首诗多半是十二句,徐庾宫体诗,就走这一条路子。这种诗的形式,仿佛是三首子夜吴歌合拢而成。子夜吴声歌曲是情歌,可以入乐,所以又给了垂绝的五言诗以莫大的生机。

这种新路子发展下去,就形成初唐四杰的五言诗。初唐四杰,最初写五言排律,对起对结,多半是十二句;后来把十二句删去两句,成为十句;可是觉得不对称,又删了两句,就成功了五言八句对起对结的早期律诗。所以律诗的形成,是受了吴声歌曲的影响。这种生机,完成了诗的形式和格律;至于诗的内容,因为隋唐大一统的局面,也更为丰富起来。

襄阳西曲,每首多半是七言二句。这种七言诗的风格,在晋宋之间,有《白纻舞歌辞》《行路难》等,都是民间的形式;在南朝时,鲍明远大胆的尝试，最善于作这种诗歌，所以有《拟行路难》《代白纻舞歌辞》等作品。演变到了初唐，就形成七言古诗；不过初唐的七言诗，还保持排律的格调，缺乏流走的气韵，和盛唐以后不同。

第三度更迭的民间因素，是《子夜吴歌》；外来因素，是西域文明。西域文明，影响在文学方面的，是西域的音乐，在北朝时，西凉乐传入中国，到了开元天宝间，龟兹乐势力大盛，于是产生了唐代的大曲，再由大曲演变成诸宫调，这就是元明杂剧传奇的音乐成分；同时词中的小令，也产生在唐代，慢慢的变成宋代的慢词。所以中国的词曲史，若缩短起来看，是发源于唐代的。

这种民间歌曲和西域音乐综合起来，再加上唐代大一统的局面，丰富的文化，辽远的交通，于是唐朝诗歌的内容，发生了极大的变化；诗的题材，也异常丰富。在南北朝时，诗的题材，不过五六类；到了唐代景龙年间，已有十二三方面之多。这些题材，有些继承过去，有些开创将来，它们产生的原因，不外三方面：一是科举制度的影响。士大夫来长安应考，无所凭借，于是应酬交错，产生一些奉赠和答的诗。二是交通的辽阔，应考和赴任途中，可以写一些征旅和登临吊古的诗；假如做官而遭贬谪，也可以流连风景，作一些写景抒情的诗。三是社会生活的丰富。当时西京长安，是欧亚文化的中心，国内因士大夫的交游圈子扩大，赠答诗的数量，为之增多，《太白集》中，就多此种作品。国外由波斯、罗马等地，传来一些新的事物，如跳舞的风俗、胡姬的酒肆、新奇的服装等，都予作诗者以新的题材。这种社会文化力生活力的丰富，加上民间歌曲的新机，西域文明的交流，因之产生光华灿烂的唐代文学。

在此时期，韩柳提倡古文运动，既不凭借民间，又不依靠外来。他们要由魏晋南北朝复于周秦西汉的古，似乎是一种逆流运动；这有其成功的原因。假若我们追溯韩柳以前的历史，北周苏绰拟《大诰》，归于失败了；到了唐初，李华、元结、柳冕、梁肃，都做了一番古文运动工作，是韩柳文学的先驱，不过没有大成罢了。我们拿徐孝穆、庾子山的文章来看，觉得华而不实，韩柳的文学作品，就比较有声气，有魄力。所以古文没有韩柳，恐怕只是旁枝，不会成为正统。

韩柳文之所以成功，是在问题的创造方面，韩柳以前的散文家，多半拿古文写奏议论说；到了韩柳，不惟拿古文写论说文，还用古文写传记文，这是韩柳开创的风格，这种风格的开创，是与志怪小说有关的。志怪小说，起源于六朝，它的内容，和道教佛教有密切的关系。与道教的关系，占十之七；与佛教的关系，占十之三。到了唐代，就变成传奇文，不过志怪小说，多言神鬼；传奇文学，多言人事罢了。当时一般文人士大夫，又拿文章做行卷之用，如李白《与韩荆州书》，韩愈《为人求荐书》《与宰相三书》等；这是当时的风气使然，不足为怪，这种风气，流行于民间，也流行于士大夫阶级，慢慢的就与传奇文学合流。

韩柳的着眼传奇文，是有史实可证明的，张文昌在《遗韩愈书》有云："君子发言举足，不远于理，未尝闻以博杂无实之说为戏也。"所谓"博杂无实"就是指传奇文而言，这可见韩柳和传奇文的关系。所以从柳子厚的《李赤传》《河间传》，推到退之的《毛颖传》，子厚的《蝜蝂传》，再推到退之的《圬者王承福传》，子厚的《种树郭橐驼传》，韩柳传奇文学技术之高，是获得绝大的成功的。因为拿古文写论说文，不出诏令奏议，仍然是"事"之一体，古人发挥，已经到了极度，缺乏新的生命。韩柳因势利导，用逆流的运动，发展顺流的力量，所以文章风格比较高；可以上推到《史记》《左传》，更上推到六经。有了深厚的渊源，才能奠定伟大的成功。

继承古代文学遗产而集大成的，不是韩退之，而是杜工部。工部的诗，篇篇创造，有新的意境，因为他能以旧的体裁，写新的现实。他的诗可分五期，起初多五言律，七言律甚少；到了《曲江对酒》，七言律才渐多；天宝之乱以后，才写新乐府，有《三吏》《三别》等诗。他能融会古代文学的菁英，集其大成。所以一般人认为韩柳复古，工部开创，实在说起来，恰得其反，韩柳开创新的传志文学，工部集诗歌的大成。

此外，予唐代文学以新机的，是僧寺俗讲，（向觉明定名）又叫作变文。（郑振铎定名）俗讲是佛教入中国后，将佛经的故事，编成诗文合体的通俗文学，向民众演讲的，所以叫作俗讲。这种俗讲的"诗"的部分，仿佛佛经中的偈颂一样，是可以歌唱的。以后慢慢演变，讲的范围，不限于佛经故事，就是民间的传说，也可以做演讲的材料；讲的地域，也由寺庙发展到市街上了。现存的变文，多半从敦煌石室中发现，有《舜子至孝变文》《明妃曲》《季布歌》《大目犍连冥间救母变文》等，这是绣像全图小说的来源，因为僧寺俗讲，多半在故事前面，绘上图像，带说带唱；我们读杜工部诗，"画图省识春风面"，虽然在盛唐时代，是否有僧寺俗讲，不能详考，不过这句诗却能说明俗讲的一种风气。这种俗讲，在唐文宗时，最为流行，是一种七言长篇的诗文合体，代表民间的形式，所以给唐代文学一种新生机。

中唐时候，白香山的诗，老妪都能解；元微之在平水市中，见村童歌诗，说是"歌乐天微之的诗"，由此可见元白的诗，流传很广。我们读元白的名作，多半是七言歌行，有意仿效通俗文学，这或许是受变文的影响。不过这种情形，到了唐代末年，逐渐衰歇；晚唐的诗歌，很少民间的意味。温飞卿、李义山，靠了很大的力量，飞卿兼长于词，义山兼长于文，才能成为大家；至于其他作者，如像姚合、三罗、杜荀鹤一流人物，都不能大有成就。

晚唐以后，词变成文学的主流。因为自中唐以降，大曲慢慢变成小令，因此产生花间体；而五言诗在当时，又已变成调子，子夜吴歌和襄阳西曲的命运，都已告终；恰好西域音乐，大为盛行，所以造成词的极盛时代。不过到了宋太宗以后，改革乐部，另创新声，所以南宋以后，词又慢慢衰歇下来。

在这时期，民间小说兴起，又给予文学以新生命，这是第四度更迭的开始。当时民间"说书""说话"的风气很发达，据孟元老《东京梦华录》所载，共有小说、合生、说诨话、说三分、说五代史等五种。说书说话，必得要有话本，如《五代史平话》一类的书，这就是以后白话小说的来源。所以民间小说戏曲，是宋元明清四代文学的主潮。

这一时期文学的趋势，有二方面：一是说故事，从《大宋宣和遗事》起，演变成以后的章回小说，这是一个系统；一是演故事，从唐代的参军戏起，演变成宋元明的杂剧传奇，这是一个系统。这种变化，经过的时期很长。而内容则很单调。至于这种文学的发达背景，一是西域音乐力量的悠长。唐代以后，剧台上的音乐，多半用的龟兹乐，就是现在演旧戏的姿态身段，也和唐代的胡舞有关。一是宋代理学的发达。元明以后，理学观念，普遍流行于民间，表现出"礼从下起"的精神来；尤其四书五经，成了功令书，人人必读，影响小说的内容很大，所以我国小说，多以忠孝节义为主要题材。

宋元明清的文学发展，是第四度更迭的初期；到了现在，就演变到第二期。这期西洋文化东来，因此产生新文学运动。新文学运动,虽然提倡国语的文学,可是受西洋文学的影响很大,文学的内容、体裁、修辞各方面,都受到了影响。我们读文学史,要能"鉴往知来",认清将来走什么路;我们遭遇着这伟大的外来因素,将来的文学,可能从西洋文艺当中,产生出中国意味的新文学来。从北宋初年到现在,将近一千年了,靠了外来的西域音乐,使文学的生命绵延这么久。我们现在站在后期的开头,前期的结尾,正当东西文化交流之会,我们应当根据旧有文学的遗产,接受外来文学的新生命,创造前所未有的现代文学,那么,中国文学这一期的生命,将会再绵延七八百年到一千年之久,其内容之丰富,沕驾汉唐,是可以预言的。

第四章
中国文学史上的几个新问题与新见地

甲 中国旧来何以没有文学史

中国有许多事在西洋人看起来很不可能,以为是一个"谜"。譬如中国文学不是不发达,而从来没有一部有系统的中国文学史,便是一例。

一个民族的文化如发现有缺点,万不可从正面遽下批评,要紧的是客观地找出那缺点的由来,从根本处加以补救。

中国分科学术史的不发达,自然是文化上的偏畸;但这偏畸是不得不然,那就是因为中国文化的精神,根源于它的农业社会。

生活于农业社会的人类,具有的是一种植物性的意识。他地著不迁,顺适自然,安命地少壮老死,蕃殖子孙,而要求一种与自然谐和的美。其生命的重心在内,需要的是时时对内在的生命反省、体味,而有所自得,最忌的是委心逐物,舍己芸人。

六经称为"六艺",学问的基础称为"根柢",不相干的议论称为"荣华""枝叶"。"学殖也,不学将落。""苗而不秀者有矣夫,秀而不实者有矣夫!"学问的意义根本是一种"培植"自己的"艺术"。

"四民"的次第是具有很严格的意义的,士农的生活方式根本相同,所以归为一类,只是"禄以代耕"不同罢了。工是只能"成物",不能"成己"的,其生活的重心在外,便被人看不起;但到底还能"居肆以成其事"。商便连"成物"也谈不到,他只能"'垄断'而登之,以左右望而罔市利"。在中国士人的眼里是"贱丈夫"。

一个文人的作品,技巧超过了自然,便被人称为"雕琢"。书画太过于工整现实,那就是"匠气"。一个人的著作若只是抄袭陈言,无所自得,便说他是形同"稗贩",而"待价而沽",也就是一种讥讽。

设局修史,开馆编书,大部分的人是不屑于参加的,因为他有类于工厂。刻丛书,辑佚书的人,仅只算"有力的好事者",书店的老板,不管版本学如何精博,只能算作"横通",大家看重的,只是私家著作。

在这种意识下,专门的学问和专科的学术史是不会发达的,谁也不肯"为人作嫁"。学问只剩了一条褊狭的路,那就是"如何养成一种表现个性的能力"——无论在文群或政治方面。

这就是中国历史上只有文人而没有文学史的原因。

西洋人的治学风气便根本和这不同,他们把学问看作是一种求知的对象,而努力去完成它。他们学习"工具",搜集"材料",努力"工作",希冀"发明",保护"版权",收取"版税"。完全是工商业的一套。工商业的意识在中国一钱不值,在西洋便有如此的成就,这原故是大可深长思的。

原来中国古代不但不看轻求知,并且明白求知是致用的基础。大学所谓"致知格物"。照朱晦庵"即物穷理"的讲法,实在是做学问的根本工夫。只是后世的中国人,太注意致用,而忽略了求知,结果形成一种尚文的愚昧。这愚昧和农业社会的保守性混合,便成了文化上的偏畸。

要补救这文化上的偏畸,只有努力走"求知"的路。朱晦庵的提倡即物穷理，章实斋的提倡专家之业，便都是有见于此，而乾嘉汉学家的成就，也就是这一方面的成功。

由这观点来说，则中国文学史的研究，正是我们的垦荒的事业。

乙　过去三十年的中国文学史

自从废科举兴学校以来，学校里便不能不有文学史这一课。初期的像林传甲的《京师大学堂中国文学史讲义》便是一本很可怜的书。在这里，看见了一个孕育在旧农业社会文化里的学者向着新方向蜕变的艰苦。以后，谢无量的《中国大文学史》《中国妇女文学史》，曾毅的《中国文学史》，也曾风行了十几年。谢书钞纂至勤，四库史部正史里的《文苑传》，集部里的总集、别集、词曲和诗文评蒐采至富。但在今日看来，只是些未经整理别白的文学史料。曾书叙述议论颇贯串，也是一本难得的书，但在今日看来，便病其简略。近十几年来，坊间出版的文学史，总数在六十几种以上，其中不乏苦心经营之作，尤其是分类，专门的几种开了不少新方向，但大体上有一个共同的旧定型牵引着这些书，那就是脱不开传记型的叙述和"选文以定篇"式的例证，与"诗文评"式的批评。

在近十几年的文学史出版中，我觉得有两部书最好，一部是胡适之先生的《白话文学史》，一部是鲁迅先生的《中国小说史略》。

胡先生的《白话文学史》为了取材的限制，范围当然和一般的文学史有广狭的不同，但在这书中给了研究文学史的人一个很大的启示。就是认清了一体文学从发生到成熟，从成熟到衰老，完全是一个有机体。从这见地上使我们认识了历史是一种纵的活动，而不是分段的平铺。因之每一件历史的现象或事实，在全个活动中有着它的关系和地位。而文学史上每一时代的文体或每一个作家，只是这全链上的一环。这见地，打破了从前过于看重作家的偏见，和忽略无名作品的粗心。发现了民间文学与大家名作的联系。同时，由过去文学演变的公例，指示出来的前途。

鲁迅先生的《中国小说史略》是一部开创的书，照说"前修未密，后出转精"，应该粗疏不备的，但在近十年来的小说史料层出不穷的时候，鲁迅先生的书依然不可动摇。新的问题和新的见地在这书里大致具备。这并不是鲁迅先生的手段特别比人高明，全由于这书的基础的深厚。《古小说钩沉》和《小说旧闻钞》十几年的辛勤工作，奠定了《中国小说史略》的长编。所以虽然是这样薄薄的一小册书，却没有一个问题不是经过精密的考订的。这样，才增加了这书的可靠性和悠久性，使得研究的人可以按图索骥，竟委穷源。

所以，文学史的研究，完全不是编纂和叙述的事，必须有问题、有方法、有见地、有发明，使得文学史本身，时时在前进和展拓中，成为活的学问。

这样，我们的文学史的研究，正是有着辽远的前途的。

丙　中国文学史的展拓与发明

一、治文学史的态度和方法

传讹、曲解和模糊不清，是一般历史事实的共同现象。治史者的任务，就在实事求是，得到有证据而可靠的真实。所以治史的态度第一是虚心，廓清一切成见和传统的旧说，直接在史料的本身上求真相。第二是得问，在大家陈陈相因的讹误里，要能发现矛盾的所在而提出问题。第三是有据有问题而能靠证据来解决，便会有新的结论。

第四是宏通，有结论而能求出公例，便可以由此推彼，而解决同类的许多问题。

（一）史料之认取

比如说，我们要研究周代史官秉笔以后，私家著作以前一时期的"私家记言文"，当然孔门是主要的部分。记载孔子言论的书，有《论语》《大小戴记》《孔子家语》《孔丛子》《孔子集语》等书。我们首先便须对这些史料有所认取。《家语》《孔丛子》是晋人一种小说性质的书，可靠的成分最少。《集语》如孙星衍本，算是蒐集旧籍里记载孔子言行的材料最备的书，但性质杂糅，只能作为一种旁参。《大小戴记》虽较纯净，但也不全是七十子的直接记载，只能作为副料。只有《鲁论》二十篇时代最古而性质最单纯，那么，就决定以《论语》作主要的史料，即以研究《论语》所得的结果证定《大小戴记》和其他的书的内容，这样，才不致为史料所误而虚耗工夫。

《论语》的注解又有多家，我们假如依靠注解，就又不免为后人之说所囿。最好的办法，是抛除一切的旧解，以自己的力量，虚心寻绎本文，在本文中发现问题。

（二）问题之提出

由汉以来相传旧说，都以为《论语》是孔子弟子所记，假如这话可靠，那么，全部《论语》便都是"孔子时代"记言文的真面目，但我们不能如此轻信或轻疑古人，我们必须靠自己的力量找证据，凭证据证实或证虚，然后得到一个可靠的结论。这结论如果与旧说相同，便是替旧说加一层证明,我们便不是盲从古人;如果与旧说不同便是对讹传加一番订正。

清朝崔述的《洙泗考信录》提出一个问题,他说《论语·季氏》第一章"季氏将伐颛臾"一段不可靠,理由是:从各方面的记载来考订,冉有、季路并无同时为季氏家臣的事。这对于我们要研究孔子时代记言文的人是一个很大的启发,因为这一段是《论语》记载对话最长的一段。这一段可靠,则可断定孔子时代已有了很长的对话记载了,否则如"学而时习之,不亦说乎?"那样的短句,才是七十子记录的原型。

在这一段记载中,我们发现一个特殊的现象,《论语》大部分的记载是"子曰",而这一段是"孔子曰"。

照崔述《洙泗考信录》所说,《论语》通例,称孔子皆曰"子";唯记其与君大夫问答乃称"孔子",而《论语》的末五篇——《季氏》《阳货》《微子》《子张》《尧曰》——屡有称"孔子"或"仲尼"者,此当是战国末年人所窜乱。假使此话可靠,则《季氏篇》的首章为战国时代的传讹记载无疑。

(三)以证据解决问题

根据崔氏的话,我们仔细比较一下《论语》中标"子曰"和标"孔子曰"记载的异同,立刻发现一个很明显的不同现象,那就是,凡标"子曰"的大都是散句;而标"孔子曰"的,大抵是组织的成串议论。

比如《学而篇》的"子曰:'君子食无求饱,居无求安,敏于事而慎于言,就有道而正焉,可谓好学也已'"。并不说"君子之所以好学者有五"，但在《季氏篇》以下标"孔子曰"的就不然了。"孔子曰：益者三友，损者三友。""孔子曰：益者三乐，损者三乐。""孔子曰：侍于君子有三愆。""孔子曰：君子有三戒。""孔子曰：君子有三畏。""孔子曰：君子有九思。"大抵是先有标目，后发议论。这格式是战国以后的风气，"孔子时代"是没有的；此正与《礼记·学记篇》的"学者有四失"，《中庸篇》的"天下之达道五，所以行之者三""凡为天下国家九经"同一格调。

于此，我们可以替崔氏的话更加一层证明，《季氏篇》首章绝为战国人的传讹记载，而凡称"孔子曰"的文字都不是七十子记载的原型。

那么，我们要研究"孔门私家记言文"，只有《论语》中标"子曰"的散句是最可靠的材料。

（四）由结论推出公例

在这里，我们又要问，何以这种后世窜乱的记载，只见于后五篇而不见于前十五篇呢？这便须考查一般的先秦古籍窜乱的情形是怎样的，比如《庄子》，内七篇大概无甚问题，外篇、杂篇就不免糅杂，《管子》也是如此。我们可以知道，在用简册写书的时代，竹简的附加和掺入是很容易的。每部书的重要部分，大抵编在前面，为大家所通习，后面的就不免为人所附益或窜乱。就是一篇书的末尾，也往往因为简上尚有余白，被人写上不相干的笔记。比如《论语·季氏篇》末尾"邦君之妻，君称之曰夫人"一般，《微子篇》末尾"周有八士"一段，《尧曰篇》开头"尧曰咨尔舜"一段，都与孔子的话无关，明是后人随笔的记录。这样，我们便可以得到两条公例：

40

(1)凡先秦古书,其窜乱的部分,大半在一书的后几篇,或一篇的后几章。

(2)凡先秦儒家记载,称"子曰"的大半是七十子记孔子之言,称"孔子曰"的大半是七十子后学的传述。

照这公例去看先秦古书和儒家记载,虽或不能全无例外,大体上给我们一副新的眼光。又可以从这上面找出些新的问题。

一部理想的文学史,便是应该由许多一点一滴的小问题积累起来。顺其自然的向前展拓,展拓一步,便是更逼近真相了一层。

二、展拓与发明的四基件

用这方法来治文学史,便是有发明,有发明便是有展拓。这发明和展拓要靠几个基本条件,那就是:(一)新材料,(二)新工具,(三)新问题,(四)新见地。

治史的人所根据的若总是些老材料,便不免总在老问题上盘旋;一有新材料发现,立刻可以打开一个新的境界。比如唐朝的俗曲和变文,从前是没有人知道的,但自敦煌写本发现以来,不但大家多知道了些唐朝的民间文艺,并且发现了唐代的民间文艺和印度故事的关系。

但新材料的发现是偶然的事;倘使没有新材料发现,而能有新的工具供运用,也可对老的材料有新的估定。所谓工具就是专门的学问。治史者若能专精一两门专门学,便可以得到许多的发现和结论。比如我们研究《诗经》《楚辞》时代的音乐文学,关于乐律方面,大概相信旧传五音七音之说,但王光祈先生根据《战国策》"郢人作阳春白雪,其调引商刻羽。杂以清角流徵",以为楚乐是"四音调"。(见王光祈著《中国音乐史》第二章第三节)其说虽未为定论,但应用西洋乐理以研究中国古代的音乐问题,是定有许多新发明的。

假如既无新材料，又不能利用新工具，则能在老材料中发现新问题，也可以有新的发明，比如旧说"杜诗韩文，无一字无来历"，尤其杜诗的乐府，没有一篇不是写实的。但《前出塞》《后出塞》就是一个很大的问题。《后出塞》五首写安禄山征奚契丹事，字字不空，但《前出塞》九首就仿佛是泛写征戍之苦。假使果是泛写，那么"杜诗乐府是写实的"，这句话就有了例外。我们认定这是问题，便抛弃旧注，从历史上找证据。结果发现这诗完全是咏天宝六年高仙芝征小勃律的事，而且是根据岑参从征归来口述的见闻，其字字不空，和《后出塞》一样。（详见拙著《读杜小笺》，未刊）这一个老材料，就有了新的解决。

又或我们对于一批的文学史料，有一种新的见地，则在这一批史料中所有的部分的问题，也可以有新的解决。比如我们研究《诗经》的编纂，发现了南、风、雅、颂的次第，完全是音乐的关系。根据这个新见地，来看"六诗"，则不但汉以后三体三用之说不能成立，就是把六诗认作诗章的类目，也是错的。六诗是六种学乐诗的法子，所以在周官掌于太师，而"风、赋、比、兴、雅、颂"的次第，在"四方之风"，所谓"不学操缦不能安弦"。再习"不歌而诵"的赋，以便熟悉诗篇，再习"比音而乐之"的"合奏"。再习"与道讽诵言语"的"倡"。再习周代国乐的雅。再习"及干戚羽旄谓之乐"的颂。而南、风、雅、颂的次第，也便是照这个自然的顺序编成。三百篇是否全为乐诗的问题，当然不烦讨论了。（详见拙著《六诗说》，未刊）所以一个合理的新见地，往往可以连类解决许多支离破碎的老问题。

上说四基件，得其一便可以有发明，假如四项具备，那进步是可以有把握的。

先秦文学

钱基博

第五章
先秦

第一节　文章原始

积字成句，积句成文。欲溯文章之缘起，先穷造字之源流。上古之时，有语言而无文字。凡字义皆起于右旁之声，任举一字，闻其声，即知其义。凡同声之字，但举右旁之声，不必举左旁之迹，皆可通用。且字义既起于声，并有不举右旁为声之本字；任举同声之字，即可用为同义。故一义仅有一字。其有一义数字，一物数名者，半由方言不同。由语言而造文字，而同义之字，声必相符。文字者，基于声音者也。上古未造字形，先有字音，以言语流传，难期久远，乃结绳为号，以辅言语之穷。相传黄帝之史仓颉，见鸟兽蹄远之迹，知分理之可相别异也，乃易结绳为书契，而文字之用以兴。字训为饰，（《广雅》《玉篇》并云："字，饰也。"《广韵》注引《春秋纬说题词》亦云："字，饰也。"）与文之为绣训同。足证上古之初，言与字分：宣之在口曰言，饰之以文为字。然文字初兴，勒书简毕，有漆书刀削之劳，抄写匪易，传播维艰；故学术授受，胥借口耳相传。又虑其艰于记忆也，原本歌谣，杂以韵偶，寡其辞，协其音，以文其言，以便记诵，而语言之中有文矣。

上古之时，先有语言，后有文字。有声音，然后有点画。有谣谚，然后有诗歌。谣谚二体，皆为韵语。谣训徒歌，（《尔雅》："徒歌谓之谣。")歌者,永言之谓也。谚训传言,(《说文》:"谚,传言也。")言者,直言之谓也。生民之初,文字未著,感物吟志,情动于中而形于言,徒有讴歌吟咏;纵令和以土鼓苇籥,必无文字雅颂之声;如此则时虽有乐,容或无诗;搢绅士夫莫得而载其辞焉;厥为有音无辞之世。及书契既兴,唐虞文章,则焕乎始盛,乃有依声按韵,诵其言,咏其声,播之文字而为声诗者。然而文字之起,以代结绳,记事而已,不以抒情。故文字之用,记载最先,而声诗次之;载籍可考,厥有明征。《史记》托始黄帝,而咏歌则征虞舜;以歌咏出之天籁,无假文字;而记载尤切人事,必亟著录也。然则文章肇始,不出二体:大抵言志者为诗,出之永言,婉转抑扬而托于文;记事者为史,杂以俪句,简劲奥质而略近语。其大较也。

第二节 六经

欲观二帝(唐、虞)三王(夏、商、周)之文,六经其灿然者已。独乐微眇,以音律为节,又为郑卫所乱,故无遗法。其可考论者,大抵《易》《书》二经,媲于《诗》而饰以文者也。《礼》及《春秋》,托于史而略近语者也。试陈其略:

(甲)《易》 宓戏氏仰观象于天,俯观法于地,观鸟兽之文与地之宜,近取诸身,远取诸物,于是始作八卦以通神明之德,以类万物之情。至于殷周之际,纣在上位,逆天暴物。文王以诸侯顺命而行道,天人之占,可得而效;于是重《易》六爻,作上下篇。孔子为之《彖》《象》《系辞》《文言》《序卦》之属十篇,明天之道,察民之故。圣人有以见天下之动,而观其会通;一阴一阳之谓道;道有变动,故曰爻;爻有等,故曰物;物相杂,故曰文。义出于沉思,辞归于翰藻；音韵克谐，奇偶相生。试诵《蒙》卦之辞曰：

> 蒙，亨。匪我求童蒙，童蒙求我。初筮告（韵），再三渎（韵）；渎则不告（韵）。利贞。

又《震》卦之辞曰：

> 震，亨。震来虩虩（韵），笑言哑哑（韵）。震惊百里，不丧匕鬯。

此音韵克谐也。其在《系辞传》曰：

> 天尊地卑，乾坤定矣。卑高以陈，贵贱位矣。动静有常，刚柔断矣。（下二句与上二句相为偶。）方以类聚，物以群分，（两句偶。）吉凶生矣。在天成象，在地成形，（两偶句。）变化见矣。（此"在天成象"三句，与上"方以类聚"三句，亦自为偶。）是故刚柔相摩，八卦相荡。（以下皆两句为偶。）鼓之以雷霆，润之以风雨（韵）。日月运行，一寒一暑（韵）。乾道成男，坤道成女（韵）。乾知大始，坤作成物。

通体俪偶，独首两句单领起，则是奇偶相生也。

（乙）《书》《书》之所起远矣。黄帝首立史官，以仓颉为左史，沮诵为右史，左史记言，右史记动。惟至唐虞，益臻明备。尧、舜二典，备载一君终始，是纪传体之权舆也。而《禹贡》推表山川以叙九州，为地理志之滥觞。《甘誓》详叙事由以起誓辞，为记事本末之滥觞。周室微而《书》缺有间。至孔子观书周室，得虞、夏、商、周四代之典，乃删其善者，上断于尧，下讫秦缪，凡百篇。而为文章，奇偶相生，音韵克谐，亦无不与《易》同。其在《尧典》曰：

曰若稽古帝尧，曰放勋（韵），钦明（韵），文思，安安，允恭，克让（二字为偶）；光被四表，格于上下。克明俊德，以亲九族（韵）。九族既睦（韵），平章百姓（韵）。百姓昭明（韵）。（此"平章百姓，百姓昭明"两句，与上"以亲九族，九族既睦"两句相为偶。）协和万邦（韵）。黎民于变，时雍（韵）。

（丙）《诗》 舜之命夔曰："诗言志，歌永言。"是诗教之始也，有夏承之，篇章泯弃，靡有孑遗。迄及商王，不风不雅。周尚文，妇人女子，亦解歌讴，动中律吕；于是太史采于十国者谓之《风》，出自王朝者谓之《雅》《颂》；其文三千余篇。及至孔子，去其重，取可施于礼义，上采契后稷，中述殷周之盛，至幽厉之缺，始于衽席；故曰："《关雎》之乱，以为《风》始。《鹿鸣》为《小雅》始。《文王》为《大雅》始。《清庙》为《颂》始。"凡三百五篇，其体为风、雅、颂，其辞有赋、比、兴。赋者，直陈其事者也。如《出其东门》之诗曰：

出其东门，有女如云。虽则如云，匪我思存。缟衣綦巾，聊乐我员。
出其闉阇，有女如荼。虽则如荼，匪我思且。缟衣茹藘，聊可与娱。

此夫告其妻以矢无他，言有女虽则如云，与娱自有我思也。又如《无衣》之诗曰：

> 岂曰无衣，与子同袍。王于兴师，修我戈矛，与子同仇。
> 岂曰无衣，与子同泽。王于兴师，修我矛戟，与子偕作。
> 岂曰无衣，与子同裳。王于兴师，修我甲兵，与子偕行。

此君不恤民以怨其上，言平日不恤饥寒，有急则厉兵役也。比者，以物取譬者也。如《螮蝀》之诗曰：

> 螮蝀在东，莫之敢指。女子有行，远父母兄弟。
> 朝隮于西，崇朝其雨。女子有行，远兄弟父母。
> 乃如之人兮，怀婚姻也；大无信也，不知命也。

此以螮蝀之人莫敢指，喻女子有遗行之必为父母兄弟所远也。又如《相鼠》之诗曰：

> 相鼠有皮，人而无仪；人而无仪，不死何为！
> 相鼠有齿，人而无止；人而无止，不死何俟！
> 相鼠有体，人而无礼；人而无礼，胡不遄死！

此以鼠之有皮有体，喻人之不可无礼无仪也。兴者，感物抒兴者也。如《淇奥》之诗曰：

> 瞻彼淇奥，绿竹猗猗。有匪君子，如切如磋，如琢如磨。瑟兮僩兮，赫兮咺兮；有匪君子，终不可谖兮。
>
> 瞻彼淇奥，绿竹青青。有匪君子，充耳琇莹，会弁如星。瑟兮僩兮，赫兮咺兮；有匪君子，终不可谖兮。
>
> 瞻彼淇奥，绿竹如箦。有匪君子，如金如锡，如圭如璧。宽兮绰兮，猗重较兮；善戏谑兮，不为虐兮。

此睹绿竹之猗青，而兴怀君子之有匪也。又如《蒹葭》之诗曰：

> 蒹葭苍苍，白露为霜。所谓伊人，在水一方。溯洄从之，道阻且长。溯游从之，宛在水中央。
>
> 蒹葭萋萋，白露未晞。所谓伊人，在水之湄。溯洄从之，道阻且跻。溯游从之，宛在水中坻。
>
> 蒹葭采采，白露未已。所谓伊人，在水之涘。溯洄从之，道阻且右。溯游从之，宛在水中沚。

此睹蒹葭之苍，白露之霜，而兴怀伊人之不见也。赋易知而比兴难别。比切事而兴触绪。不惟《诗》三百篇有之，其他《易》《书》《礼》《春秋》亦有之。《书》之记言，《春秋》之记事，《礼》之记礼，直书所记；此辞之媲于赋者也。然《易》之《系辞》，《乾》象云龙，《坤》利牝马，语多取譬；有比有兴，与三百篇同矣，而音韵相和，三百篇于不规律中渐有规律，尤为后世一切诗体之宗。而其叶韵之法有三：首句次句连用韵，而自第三句以下，隔句用韵者，如《蒹葭》及《关雎》之一章曰：

关关雎鸠（韵），在河之洲（韵）。窈窕淑女，君子好逑（韵）。

是也。凡汉以下诗及唐人律绝近体诗之首句用韵者源于此。自首至末，隔句为韵者，如《螽斯》之一章、二章，及《卷耳》之一章曰：

采采卷耳，不盈顷筐（韵）。嗟我怀人，寘彼周行（韵）。

是也。凡汉以下诗及唐人律绝近体诗之首句不用韵者源于此。自首至末，句句用韵者，如《出其东门》《相鼠》，及《卷耳》之二章、三章、四章曰：

陟彼崔嵬（韵），我马虺隤（韵）。我姑酌彼金罍（韵），维以不永怀（韵）。

陟彼高冈（韵），我马玄黄（韵）。我姑酌彼兕觥（韵），维以不永伤（韵。此章与上章为偶。）

陟彼砠（韵）矣。我马瘏（韵）矣（两句为偶）。我仆痡（韵）矣。云何吁（韵）矣。

是也。凡汉以下诗若魏文《燕歌行》之类句句用韵源于此。自此而变，则转韵矣。转韵之始，亦有连用隔用之别，而不可以一体拘。于是有上下各自为韵者，如《采薇》之一章、四章曰：

采薇采薇，薇亦作（韵）止。曰归曰归，岁亦莫（韵）止。靡室靡家，狁之故（韵）。不遑启居，狁之故（韵）。

> 彼尔维何？维常之华（韵）。彼路斯何？君子之车（韵。四句两两作偶。）戎车既驾，四牡业业（韵）。岂敢定居，一月三捷（韵）。

有首末自为一韵，中间自为一韵者，如《车攻》之五章曰：

> 决拾既佽，（韵。与末句柴为韵。）弓矢既调。（韵。调读如同。）射夫既同（韵），助我举柴（韵。柴音恣。）

有隔半章自为韵者，如《生民》之卒章曰：

> 卬盛于豆，于豆于登（韵）。其香始升（韵），上帝居歆（韵）。胡臭亶时（韵）？后稷肇祀（韵）。庶无罪悔，以迄于今（韵）。

有首提二韵，而下分二节承之者，如《有瞽》之诗曰：

> 有瞽有瞽，（韵。与下虡、羽、鼓、圉、举诸句为韵。）在周之庭。（韵。与下声、鸣、听、成诸句为韵。）设业设虡（韵），崇牙树羽（韵）。应田县鼓（韵），鞉磬柷圉（韵）。既备乃奏，箫管备举（韵）。喤喤厥声（韵），肃雍和鸣（韵）。先祖是听（韵）。我客戾止，永观厥成（韵）。

此皆诗之变格。惟是声律之用，本于性初，发之天籁。故古人之文，化工也；自然而合于音，则虽无韵之文，而往往有韵，《易》《书》

是也。苟其不然，则虽有韵之文，而时亦不用韵，如《诗》是也。《诗》为有韵之文，而三百篇之中，有二三句不用韵者，有全章不用韵者，亦有全篇无韵者，难更以仆数。而文则四言单行，时出俪偶，体格略与《书》同。然则后世有作，韵文多为偶，而散文多用奇。而在三代以上，韵文不尽偶，而散文不必奇。观《易》《书》《诗》三经，文章之美，凝重多出于偶，流美多出于奇；体虽骈，必有奇以振其气；势虽散，必有偶以植其骨。仪厥错综，致为微妙已。

（丁）《礼》 殷因夏礼，损益可知。周因殷礼，损益可知。武王崩，成王少，周公乃摄行政当国，兴正礼乐，制度于是改，而曲为之防，事为之制，故曰："礼经三百，威仪三千。"监于二代，郁郁乎文，详六官之官属职掌，而作《周礼》。损益前代之冠、昏、丧、祭、朝、聘、射、飨之礼而记之，名之曰《仪礼》。一王大法，一朝掌故，洪纤毕举，条理井然。凡后世史、志、通典、通考等之作，皆此为其权舆也。惟其辞简质，不杂偶语韵文，与《易》《书》《诗》不同；则以昭书简册，悬布国门，犹后世律例公文，义取通俗，故不为文也。

（戊）《春秋》 《春秋》者，鲁史记之名也。记事者，以事系日，以日系月，以月系时，以时系年，年有四时，故错举以为所记之名。仲尼因鲁史策书成文，断自隐公，下迄哀公十四年，十二公，据鲁，亲周，故殷，运之三代，约其文辞而指博，其微显阐幽，裁成义类者，皆经国之常制，周公之垂法；约言示制，推以知例；大事书之于策，小事简牍而已。此如后世会典之有事例，律之有例案，直书其事，记载有定式，而无取偶语韵文以厕其间，故亦与《易》《书》《诗》不同。

大抵文能宗经，体有六义：一则情深而不诡，二则风清而不杂，三则事信而不诞，四则义直而不回，五则体约而不芜，六则文丽而不淫。故论说辞序，则《易》统其旨；诏策章奏，则《书》发其源；赋颂歌赞，则《诗》立其本；书志六典，则《礼》总其端；纪传编年，则《春秋》为根；并穷高以树表，极远以启疆，所以百家腾跃，终入环内者也。然周之衰，诸侯将逾法度，恶其害己，皆灭去其籍，自孔子时而不具。于是七十二弟子之徒，知今温古，考前代之宪章，参当时之得失，俱以所见，各记旧闻，错综鸠聚，《礼记》之目，于是乎在。虽标题记礼，而义贯六经，其间众家纷纭，反复申论；惟以单行之语，述经叙理，动辄千言，缅缅不休；此则论难之语，又于《礼》及《春秋》之外，别出一格，而以弥纶群言，研精一理者已。

佛书三科曰经、论、律。而籀我古籍，亦不越此三者：一曰文，藻绘成文，杂以韵偶，垂之不刊，以资讽诵，如《易》《书》《诗》是也，是即佛书之经科。一曰语，辞有论难，义贵畅发，多用单行之语，如《礼记》之属，是即佛书之论科也。一曰例，明法布令，语简事赅，义取共晓，以便遵行，如《周礼》《仪礼》及《春秋》，是即佛书之律科也。后世以降，排偶之文，皆经科也。单行之文，皆论科也。典制之文，皆律科也。故经、律、论三者，可以赅古今文体之全焉。

第三节　孔子

孔子之时，周室微而礼乐废，诗书缺。追迹三代之礼，叙《书》传，上纪唐虞之际，下至秦缪，编次其事，曰："夏礼，吾能言之，杞不足征也；殷礼，吾能言之，宋不足征也。文献不足故也，足则吾能征之矣。"观殷夏所损益，曰："虽百世可知也！""周监于二代，

53

郁郁乎文哉！吾从周。"故《书》传、《礼记》自孔氏。孔子语鲁太史："乐其可知也，始作翕如也，从之纯如也，皦如也，绎如也以成。""吾自卫反鲁，然后乐正雅颂，各得其所。"古者诗三千余篇，孔子纯取周诗，上采殷，下取鲁，三百五篇，孔子皆弦歌之以求合《韶》《武》《雅》《颂》之音。礼乐自此可得而述，以备王道，成六艺。孔子晚而喜《易》，序《彖》《系》《象》《说卦》《文言》，读《易》，韦编三绝，曰："假我数年，若是我于《易》则彬彬矣。"孔子以《诗》《书》《礼》《乐》教弟子，盖三千焉，身通六艺者七十二人。子贡曰："夫子之文章，可得而闻也。夫子之言性与天道，不可得而闻也。"颜渊喟然叹曰："仰之弥高，钻之弥坚；瞻之在前，忽焉在后。夫子循循然善诱人，博我以文，约我以礼，欲罢不能。既竭吾才，如有所立卓尔，虽欲从之，末由也已。"颜渊死，孔子曰："天丧予！"及西狩见麟，反袂拭面，涕沾袍，曰："孰为来哉！""吾道穷矣。""吾何以自见于后世哉！"以鲁，周公之国，礼文备物，史官有法。故据行事而作《春秋》，因兴以立功，败以成罚，假日月以定历数，借朝聘以正礼乐。孔子在位听讼，文辞有可与人共者，弗独有也。至于为《春秋》，笔则笔，削则削，子夏之徒不能赞一辞，孔子曰："后世知丘者以《春秋》，而罪丘者亦以《春秋》！"孔子以六艺题目不同，指意殊别，恐道离散，后世莫知根源，故作《孝经》以总会之，明其枝流虽分，本萌于孝者也。孔子既卒，门人相与辑而论纂，接于夫子之语，为《论语》二十篇。盖继往开来，而集二帝三王文学之大成者也。而孔子之所以有造于中国文学者又有五焉。

（甲）正文字　仓颉之初作书，盖依类象形，故谓之文；其后形声相益，即谓之字；著于竹帛谓之书；书者，如也。以迄五帝三王之世，改易殊体，封于泰山者七十有二代，靡有同焉。及周宣王太史籀著大篆十五篇，与古文或异。至孔子将从事于删述，则先考正文字。春秋之时，文字虽秉仓史之遗，而古之作字者多家，其文往往犹在，或相诡异。至于别国，殊体尤众。孔子之至是邦也，必闻其政，又观于旧史氏之藏，百二十国之书，佚文秘记，远俗方言，尽知之矣。于是修定六经，择其文之近雅驯者用之，而书以古文。以六经文字极博，指义万端，间有仓史文字所未赡者，则博稽于古，不主一代；刑名从商，爵名从周之例也。春秋异国众名，则随其成俗曲期；物从中国，名从主人之例也。其后太史公书屡称孔氏古文，以虽出仓史文字，而经孔子考定以书六经，则谓孔氏古文焉。子所雅言，《诗》《书》执礼。六经不经孔子删定，其文不雅驯也。意孔子当日必有专论文字之书，其见引于许慎《说文》书者，如"一贯三为王""推十合一为士""黍可为酒，禾入水也""儿，仁人也，在人下故诘屈""乌，盱呼也，取其助气，故以为乌呼""牛羊之字，以形举也""狗，叩也，叩气吠以守""视犬之字如画狗也""貉之为言恶也""粟之为言续也"，如此之类，其说皆引出孔子，此孔子正文字之证。

（乙）订诗韵　古诗皆被弦歌；诗，即乐也；故知诗为乐心，声为乐体；乐以协律，诗以持志。而《诗》三百五篇，孔子皆弦歌之以求合《韶》《武》《雅》《颂》之音；是所以订《诗》之韵谱也。以三百五篇之《诗》，地涉江汉，时亘殷周，作之非一人，采之非一国，殊时异俗，其韵安能尽合？孔子皆弦歌之以求合，而于韵之未安者，则正之使合于《雅》《颂》，故曰："乐正《雅》《颂》，各得其所。"乐正《雅》《颂》者，乐以《雅》《颂》为正也，即所谓"求合《韶》《武》《雅》《颂》之音"也。《雅》《颂》之音，宗周之正韵也，故以为正。然则孔子未正以前，或不协于弦歌；既正以后，学者即据之为韵谱，故《易象》、《楚辞》、秦碑、汉赋，用韵与《诗》三百合，皆以孔子为准矣。

（丙）用虚字　上古文运初开，虚字未兴，罕用语助之辞，故《书》典、谟、誓、诰，无抑扬顿挫之文，木强寡神。至孔子之文，虚字渐备。赞《易》《彖》《象》《系辞》，用"者""也"二字特多；而《论语》二十篇，其中"之""乎""也""者""矣""焉""哉"无不具备。浑噩之语，易为流利之词，作者神态毕出，此实中国文学一大进步。盖文学之大用在表情，而虚字，则情之所由表也，文必虚字备而后神态出。

（丁）作《文言》　《文言》者，孔子之所作也。孔子以前，有言有文。直言者谓之言，修辞者谓之文。而孔子则以直言之语助，错综于用韵比偶之文，奇偶相生，亦时化偶为排，特创文言一体，以赞《易》《乾》《坤》二卦；堆垛之迹，尽化烟云，晓畅流利，自成一格。其在《乾·文言》曰：

元者，善之长也。亨者，嘉之会也。利者，义之和也。贞者，事之干也。君子体仁足以长人，嘉会足以合礼，利物足以和义，贞固足以干事。（以上八句，四句一组，化偶为排。）君子行此四德者，故曰："乾，元、亨、利、贞。"初九曰"潜龙勿用"，何谓也？子曰："龙德而隐者也。不易乎世，不成乎名；（韵。两句偶。）遁世无闷，（韵）不见是而无闷；乐则行之，忧则违之，（两句偶。）确乎其不可拔，'潜龙'也。"九二曰"见龙在田，利见大人"，何谓也？子曰："龙德而正中者也。庸言之信，（韵）庸行之谨；（韵。两句偶。）闲邪存其诚，（韵）善世而不伐，德博而化。（两句偶。）《易》曰：'见龙在田，利见大人',君德也。"九三曰"君子终日乾乾,夕惕若厉,无咎",何谓也?子曰:"君子进德修业:忠信,所以进德(韵)也;修辞立其诚,所以居业(韵)也。(两句为偶。)知至至之,可与几(韵)也。知终终之,可与存义(韵)也。(四句两两为偶。)是故居上位而不骄,在下位而不忧。(两句为偶。)故乾乾因其时而惕,虽危,无咎矣。"九四曰"或跃在渊,无咎",何谓也?子曰:"上下无常,非为邪也。进退无恒,非离群也。(四句两两为偶。)君子进德修业,欲及时也,故无咎。"九五曰"飞龙在天,利见大人",何谓也?子曰:"同声相应,同气相求。(两句偶。)水流湿,火就燥。(两句偶。)云从龙,风从虎。(韵。两句偶。)圣人作而万物睹。本乎天者亲上,本乎地者亲下,(韵。两句偶。)则各从其类也。"上九曰"亢龙有悔",何谓也?子曰:"贵而无位,高而无民,贤人在下位而无辅,(三句排。)是以动而有悔也。"潜龙勿用,下(韵)也。见龙在田,时舍(韵)也。终日乾乾,行事(韵)也。或跃在渊,自试(韵)也。飞龙在天,上治(韵)也。亢龙有悔,穷之灾(韵)也。乾元用九,天下治也。潜龙勿用,阳气潜藏。见龙在田,天下文明。(韵)终日乾乾,与时偕行。(韵)或跃在渊,乾道乃革。(韵)飞龙在天,乃位乎天德。(韵)亢龙有悔,与时偕极。(韵)乾元用九,乃见天则。(韵)乾元者,始而亨(韵)者也。利贞(韵)者,性情(韵)也。乾始能以美利利天下,不言所利,大矣哉!大哉乾乎!刚健中正,纯粹精(韵)也;六爻发挥,旁通情(韵)也。时乘六龙,以御天也。云行雨施,天下平(韵)也。君子以成德为行,日可见之行(韵)也。潜之为言也,隐而未见,行而未成,(两句偶。)是以君子弗用也。君子学以聚之，问以辨之，宽以居之，仁以行之。（排句。）《易》曰"见龙在田，利见大人"，君德也。九三重刚而不中，上不在天，下不在田，（两句偶。）故乾乾因其时而惕，虽危无咎矣。九四重刚而不中，上不在天，下不在田，中不在人，（三句排。）故或之。或之者，疑之也，故无咎。夫大人者，与天地合其德，与日月合其明，与四时合其序，与鬼神合其吉凶；（四句排。）先天而天弗违，后天而奉天时；（两句偶。）天且弗违，而况于人乎，况于鬼神乎！（两句偶。）亢之为言也，知进而不知退，知存而不知亡（韵），知得而不知丧（韵）。（三句排。）其惟圣人乎，知进退存亡而不失其正者，其惟圣人乎！

自孔子作《文言》以昭模式，于是孔门著书，皆用文言。子夏序《诗》以明六义，文言也；左丘明受经仲尼，著《春秋传》，文言也；有子曾子之门人，记夫子语，成《论语》一书，亦文言也；《礼记》有《檀弓》《礼运》两篇，皆子游之门人所记，亦文言也。时春秋百二十国，孔门弟子三千，所占国籍不少，言语异声，文字异形，如使人人各操国语著书，征之载记，齐语鲁语，已形扞格，更何论南蛮鴃舌，如所称吴楚诸国。故曰："言之无文，行而不远。"此孔子于《易》所以著《文言》之篇，而昭弟子式者欤。盖自孔子作《文言》，而后中国文章之规模具也。文言者，折衷于文与言之间。在语言，则去其方音俚俗，而力求简洁，而于文，则取其韵语偶俪，而不为典重。音韵铿锵以为节，语助吟叹以抒情，流利散朗，蕲于辞达而已。后世议论叙述之文，胥仍其体。自文言而益藻密，则为齐梁之骈体。自文言而益疏纵，则为唐宋之古文。此其大较也。

（戊）编总集　古者诗三千余篇，及至孔子去其重，《关雎》以为《风》始,《鹿鸣》,《小雅》始,《文王》,《大雅》始;《清庙》,《颂》始。三百五篇,厥为诗之第一部总集。又删虞夏商周四代之典,为《尚书》百篇,所以宣王道之正义,发话言于臣下,故其所载皆典、谟、训、诰、誓、命之文,厥为文之第一部总集。则是总集之编,导源《诗》《书》,而出于孔子者也。惟《诗》者,风、雅、颂以类分;而《书》则虞、夏、商、周以代次。则是《诗》者,开后世总集类编之先河;而《书》则为后世总集代次之权舆焉。

子以四教,而文居首,及游夏并称文学之彦;而子夏发明章句,开汉代经学之祖。懿欤休哉,此所以为六艺之宗,称百世之师欤!

第四节 左丘明

孔子明王道,论史记旧闻,兴于鲁而次《春秋》,所贬损大人,当世君臣,有威权势力。约其辞文。七十子之徒,口受其传指,为有所刺讥褒讳挹损之文辞,不可以书见也。鲁君子左丘明惧弟子人人异端,各安其意,失其真,故论本事而作传,明夫子不以空言说经也。故传或先经以始事,或后经以终义,或依经以辩理,或错经以合异,随义而发其例之所重。旧史遗文,略不尽举,非圣人所修之要故也。身为国史,躬览载籍,必广记而备言之;纷者整之,孤者辅之,板者活之,直者婉之,俗者雅之,枯者腴之,剪裁运化之方,斯为大备。《春秋》文见于此,而起义在彼,左丘明能窥其秘,故其为文虚实互藏,两在不测,信圣人之羽翮,而述者之冠冕也。至文章之雄丽,从容委曲,词不迫切,而意独深至,反复低昂,辞气铿訇,使人精神振发,兴趣悠长,以采自列国史书,故其文有方言,又喜引《诗》《书》之辞,其文整齐,故多偶句;薄物细故,无不穷态尽妍;浮夸,尤喜说鬼,怪怪奇奇。而叙战事,纷纷错综,能令百世之下,颇见本末。试举数事以见例。

北戎侵郑,郑伯御之,患戎师,曰:"彼徒我车,惧其侵轶我也。"公子突曰:"使勇而无刚者,尝寇而速去之。君为三覆以待之。戎轻而不整,贪而无亲;胜不相让,败不相救。先者见获,必务进;进而遇覆,必速奔。后者不救,则无继矣。乃可以逞。"从之。戎人之前遇覆者奔。祝聃逐之,衷戎师,前后击之,尽殪。戎师大奔。十一月甲寅,郑人大败戎师。(《隐九年传》)

宋华父督见孔父之妻于路,目逆而送之,曰:"美而艳!"二年春,宋督攻孔氏,杀孔父而取其妻。公怒,督惧,遂弑殇公。君子以督为有无君之心而后动于恶,故先书弑其君。(经书宋督弑其君与夷及其大夫孔父。)会于稷,以成宋乱。为赂故,立华氏也。宋殇公立,十年十一战,民不堪命。孔父嘉为司马。督为大宰,故因民之不堪命,先宣言曰:"司马则然。"(《桓二年传》)

晋侯梦大厉,被发及地,搏膺而踊曰:"杀余孙不义。余得请于帝矣!"坏大门及寝门而入。公惧,入于室。又坏户。公觉,召桑田巫。巫言如梦。公曰:"何如?"曰:"不食新矣。"公疾病,求医于秦。秦伯使医缓为之。未至,公梦疾为二竖子,曰:"彼,良医也;惧伤我,焉逃之?"其一曰:"居肓之上,膏之下;若我何?"医至,曰:"疾不可为也。在肓之上,膏之下。攻之不可,达之不及,药不至焉,不可为也。"公曰:"良医也。"厚为之礼而归之。六月,晋侯欲麦,使甸人献麦,馈人为

60

之。召桑田巫，示而杀之。将食，张，如厕，陷而卒。(《成十年传》)

宋人或得玉，献诸子罕。子罕弗受。献玉者曰："以示玉人，玉人以为宝也，故敢献之。"子罕曰："我以不贪为宝，尔以玉为宝。若以与我，皆丧宝也；不若人有其宝。"稽首而告曰："小人怀璧，不可以越乡；纳此，以请死也。"子罕寘诸其里，使玉人为之攻之，富而后使复其所。(《襄十五年传》)

公薨之月，子产相郑伯以如晋。晋侯以我丧故，未之见也。子产使尽坏其馆之垣而纳车马焉。士文伯让之曰："敝邑以政刑之不修，寇盗充斥，无若诸侯之属辱在寡君者何？是以令吏人完客所馆，高其闬闳，厚其墙垣，以无忧客使。今吾子坏之。虽从者能戒，其若异客何？以敝邑之为盟主，缮完葺墙以待宾客。若皆毁之，其何以共命？寡君使匄请命。"对曰："以敝邑褊小，介于大国，诛求无时，是以不敢宁居，悉索敝赋以来会时事。逢执事之不闲，而未得见；又不获闻命，未知见时；不敢输币，亦不敢暴露。其输之，则君之府实也；非荐陈之，不敢输也。其暴露之，则恐燥湿之不时而朽蠹，以重敝邑之罪。"

"侨闻文公之为盟主也，宫室卑庳，无观台榭；以崇大诸侯之馆，馆如公寝。库厩缮修，司空以时平易道路，圬人以时塓馆宫室。诸侯宾至：甸设庭燎，仆人巡宫；车马有所，宾从有代；巾车脂辖，隶人牧圉各瞻其事；百官之属，各展其物。公不留宾，而亦无废事；忧乐同之，事则巡之；教其不知，而恤其不足。宾至如归，无宁菑患，不畏盗寇，而亦不患燥湿。今铜鞮之宫数里，而诸侯舍于隶人，门不容车，而不可逾越；盗贼公行，而天疠不戒。宾见无时，命不可知，若又勿坏，是无所藏币以重罪也。敢请执事将何以命之？虽君之有鲁丧，亦敝邑之忧也。若获荐币，修垣而行，君之惠也。敢惮勤劳。"文伯复命。

赵文子曰："信。我实不德，而以隶人之垣以赢诸侯；是吾罪也。"使士文伯谢不敏焉。晋侯见郑伯有加礼，厚其宴好而归之。乃筑诸侯之馆。叔向曰："辞之不可以已也如是夫！子产有辞，诸侯赖之；若之何其释辞也！"（《襄三十一年传》）

楚公子围聘于郑，且娶于公孙段氏。伍举为介。将入馆，郑人恶之。使行人子羽与之言，乃馆于外。既聘，将以众逆。子产患之，使子羽辞曰："以敝邑褊小，不足以容从者；请墠听命。"令尹命大宰伯州犁对曰："君辱贶寡大夫围，谓围将使丰氏抚有而室。围布几筵，告于庄、共之庙而来。若野赐之，是委君贶于草莽也，是寡大夫不得列于诸卿也；不宁唯是，又使围蒙其先君，将不得为寡君老。其蔑以复矣。唯大夫图之。"子羽曰："小国无罪，恃实其罪。将恃大国之安静已，而无乃包藏祸心以图之？小国失恃，而惩诸侯，使莫不憾者，距违君命而有所壅塞不行是惧。不然，敝邑，馆人之属也，其敢爱丰氏之祧！"伍举知其有备也，请垂櫜而入。许之。正月，乙未，入逆而出，遂会于虢。（《昭元年传》）

郑徐吾犯之妹美，公孙楚聘之矣。公孙黑又使强委禽焉。犯惧，告子产。子产曰："是国无政，非子之患也。唯所欲与。"犯请于二子，请使女择焉。皆许之。子晳盛饰入，布币而出。子南戎服入，左右射，超乘而出。女自房观之曰："子晳信美矣。抑子南夫也。夫夫妇妇，所谓顺也。"适子南氏。子晳怒；既而櫜甲以见子南，欲杀之而娶其妻。子南知之，执戈逐之，及冲，击之以戈。子晳伤而归，告大夫曰："我好见之，不知其有异志也,故伤。"大夫皆谋之。子产曰:"直钧。幼贱有罪,罪在楚也。"乃执子南而数之曰:"国之大节有五,女皆奸之:畏君之威,听其政,尊其贵,事其长,养其亲,五者所以为国也。今君在国,女用兵焉,不畏威也。奸国之纪,不听政也。子晳,上大夫,女嬖大夫,而弗下之,不尊贵也。幼而不忌,不事长也。兵其从兄,不养亲也。"君曰:"余不女忍杀,宥女以远。勉速行乎,无重而罪!"五月,庚辰,郑放游楚于吴。(《昭元年传》)

其文缓,其旨远;将令学者原始要终,寻其枝叶,究其所穷;优而柔之,使自求之;餍而饫之,使自趋之;若江海之浸,膏泽之润,涣然冰释,怡然理顺,然后为得也。

左丘明既为《春秋内传》,又稽其逸文,纂其别说,分周、鲁、齐、晋、郑、楚、吴、越八国事,起自周穆王,终于鲁悼公,别为《春秋外传》,即《国语》,合为二十一篇。其事以方内传,或重出而小异。而其体则《左传》以经编年,《国语》以国分部,体制不同。《国语》以国为分,盖本《诗》之十五《国风》;然《国风》为有韵之诗,而《国语》则无韵之文也。大抵周鲁多掌故,齐多制,晋越多谋;文之佳者,深闳杰异;不同《左传》之从容委曲;而《越语》尤奇峻。然亦有委靡繁絮,不能振起者;不如《左传》之婉而成章,镕铸如出一手;其辞多枝叶,盖由当时列国之史,材有厚薄,学有浅深,故不能醇一耳。或说:"丘明之传《春秋》也,盖先采集列国之史,国别为语;旋猎其英华,作《春秋传》。而先所采集之语,草稿具存,时人共传习之,号曰《国语》;殆非丘之所欲出也。"

第五节　诸子

三代之文奥，六经是也。春秋之辞缓，《论语》《左氏传》是也。战国之气激，诸子、《国策》、《楚辞》是也。独《老子》冠时独出，为诸子之祖；薄仁义，贵道德，与孔子异趣；而文章安雅，语约而有余于意，其味黯然而长，其光油然而幽，排偶之辞，而出于俯仰揖让，不为巉刻斩绝之言，与《论语》同。其文不以放纵为高，则以时代相同也。试互勘以为况：

载营魄抱一，能无离乎？专气致柔，能婴儿乎？涤除玄览，能无疵乎？爱民治国，能无知乎？天门开阖，能为雌乎？明白四达，能无为乎？（《老子》）

子曰："学而时习之，不亦说乎！有朋自远方来，不亦乐乎！人不知而不愠，不亦君子乎！"（《论语》）

天下皆知美之为美，斯恶已。皆知善之为善，斯不善已。故有无相生，难易相成，长短相较，高下相倾，音声相和，前后相随。是以圣人处无为之事，行不言之教；万物作焉而不辞，生而不有，为而不恃，功成而弗居。夫唯弗居，是以不去。（《老子》）

子曰："圣人，吾不得而见之矣；得见君子者，斯可矣。善人，吾不得而见之矣；得见有恒者，斯可矣。亡而为有，虚而为盈，约而为泰，难乎有恒矣！"（《论语》）

视之不见名曰夷，听之不闻名曰希，搏之不得名曰微，此三者不可致诘，故混而为一。（《老子》）

子曰："视其所以，观其所由，察其所安，人焉廋哉？人焉

庾哉?"《论语》

　　天地不仁,以万物为刍狗。圣人不仁,以百姓为刍狗。(《老子》)

　　子曰:"君子上达,小人下达。"(《论语》)

　　我有三宝,持而保之:一曰慈,二曰俭,三曰不敢为天下先。慈,故能勇;俭,故能广;不敢为天下先,故能成器长。(《老子》)

　　孔子曰:"君子有三畏:畏天命,畏大人,畏圣人之言。小人不知天命,而不畏也;狎大人;侮圣人之言。"(《论语》)

　　信言不美,美言不信。(《老子》)

　　子曰:"君子和而不同,小人同而不和。"(《论语》)

如此之类,未可以更仆终。老子,李氏,名耳,字聃,周守藏室之史也。孔子适周,尝问礼焉。而或者好为奇论,乃谓《老子》书疑出战国,而与《论语》《左氏传》辞气不伦。《老子》书与《论语》之非辞气不伦,则既然矣;而所为不同于《左氏传》者:辞以简隽称美,不如《左氏传》之以曲畅为肆;意以微妙见深,不如《左氏传》之以净夸为奇。若其文缓而旨远,余味曲包,则固与《左氏传》如出一辙者也。《左氏传》耐人诵,《老子书》耐人思。

　　老子言:"以正治国,以奇用兵。"春秋之末,齐人有孙子武者能阐其义以著十三篇,而为兵家之祖,极奇正之变,而归之于道;深切喜往复,其旨不乖于孔子。子路问于孔子曰:"子行三军则谁与?"子曰:"暴虎冯河,死而无悔者,吾不与也。必也临事而惧,好谋而成者也。"孙子论兵,则先计而后战,而开宗明义以发之于《计》篇曰:

孙子曰："兵者，国之大事，死生之地，存亡之道，不可不察也。故经之以五事，校之以计而索其情：一曰道，二曰天，三曰地，四曰将，五曰法。道者，令民与上同意也；故可与之死，可与之生，而民不畏危。天者，阴阳，寒暑，时制也。地者，远近，险易，广狭，死生也。将者，智，信，仁，勇，严也。法者，曲制官道，主用也。凡此五者，将莫不闻；知之者胜，不知者不胜。故校之以计而索其情曰：主孰有道？将孰有能？天地孰得？法令孰行？兵众孰强？士卒孰练？赏罚孰明？吾以此知胜负矣！将听吾计，用之必胜；留之。将不听吾计，用之必败；去之。计利以听，乃为之势以佐其外；势者，因利而制权也。兵者，诡道也；故能而示之不能，用而示之不用；近而示之远；远而示之近；利而诱之，乱而取之，实而备之，强而避之，怒而挠之，卑而骄之，佚而劳之，亲而离之，攻其无备，出其不意；此兵家之胜，不可先传也。夫未战而庙算胜者，得算多也。未战而庙算不胜者，得算少也。多算胜，少算不胜，而况于无算乎？吾以此观之，胜见负矣。"

孙子以兵法见于吴王阖闾，卒以为将，西破强楚，入郢；北威齐晋，显名诸侯，孙子与有力焉。或以其人不见《春秋左氏传》，而疑十三篇后人伪托。然余诵其文，抑扬爽朗，而参排句以利机势，用语助以尽顿挫，首尾秩然，有伦有脊，遣言措意，似《大学》《中庸》；抑亦衍孔子《文言》之体，而与七十二弟子之徒相类，切近的当而不为滥漫恣肆，则固断乎其为春秋之作者，而不同于战国之诸子也。

战国诸子，当以庄子为首出。

庄子名周，与梁惠王、齐宣王同时；其学无所不窥，然其要本归于老子之言；而寓真于诞，寓实于玄，以谬悠之说，荒唐之言，无端崖之辞，时恣纵而不傥，不以觭见之也；以天下为沉浊，不可与庄语，以卮言为曼衍，以重言为真，以寓言为广；独与天地精神往来，而不敖倪于万物，不谴是非以与世俗处；其书虽瑰玮而连犿，无伤也。其言洸洋自恣以适己。其在《逍遥游》曰：

北冥有鱼，其名为鲲。鲲之大，不知其几千里也。化而为鸟，其名为鹏。鹏之背，不知其几千里也；怒而飞，其翼若垂天之云。是鸟也，海运则将徙于南冥。南冥者，天池也。《齐谐》者，志怪者也。《谐》之言曰："鹏之徙于南冥也，水击三千里，抟扶摇而上者九万里，去以六月息者也。"野马也，尘埃也，生物之以息相吹也。天之苍苍，其正色耶？其远而无所至极耶？其视下也，亦若是则已矣。且夫水之积也不厚，则其负大舟也无力。覆杯水于坳堂之上，则芥为之舟；置杯焉则胶，水浅而舟大也。风之积也不厚，则其负大翼也无力；故九万里，则风斯在下矣。而后乃今培风，背负青天而莫之夭阏者，而后乃今将图南。蜩与学鸠笑之曰："我决起而飞，枪榆枋。时则不至而控于地而已矣。奚以之九万里而南为！"适莽苍者，三飡而反，腹犹果然。适百里者，宿舂粮。适千里者，三月聚粮。之二虫又何知？小知不及大知，小年不及大年。奚以知其然也？朝菌不知晦朔，蟪蛄不知春秋，此小年也。楚之南有冥灵者，以五百岁为春，五百岁为秋。上古有大椿者，以八千岁为春，八千岁为秋。而彭祖乃今以久特闻。众人匹之，不亦悲乎！

汤之问棘也是已：穷发之北有冥海者，天池也。有鱼焉，其广数千里，未有知其修者，其名为鲲。有鸟焉，其名为鹏，背若泰山，翼若垂天之云，抟扶摇羊角而上者九万里，绝云气，负青天，然后图南，且适南冥也。斥鹦笑之曰："彼且奚适也？我腾跃而上，不过数仞而下，翱翔蓬蒿之间，此亦飞之至也。而彼且奚适也？"此小大之辨也。故夫知效一官，行比一乡，德合一君而征一国者，其自视也亦若此矣。而宋荣子犹然笑之。且举世誉之而不加劝，举世非之而不加沮，定乎内外之分，辨乎荣辱之境，斯已矣；彼其于世未数数然也。虽然，犹有未树也。夫列子御风而行，泠然善也，旬有五日而后反，彼于致福者未数数然也。此虽免乎行，犹有所待者也。若夫乘天地之正，而御六气之辩，以游无穷者，彼且恶乎待哉！故曰："至人无己，神人无功，圣人无名。"

故其著书十余万言，大抵率寓言也。作《渔父》《盗跖》《胠箧》，以诋訾孔子之徒，以明老子之术。畏累虚、亢桑子之属，皆空语无事实；然其属书离辞，指事类情，用剽剥儒墨；虽当世宿学，不能自解免也。其辞虽参差而俶诡可观。

孟子，邹人也；名轲，鲁公族孟孙之后也。生有淑质，师孔子之孙子思，治儒术之道；通五经，尤长于《诗》《书》。道既通，游事齐宣王，宣王不能用；适梁，梁惠王不果所言，则见以为迂阔而远于事情。天下方务于合从连横，以攻伐为贤；而孟轲乃述唐虞三代之德，是以所如者不合；退而与万章之徒，序《诗》《书》，述仲尼之意，作《孟子》七篇，包罗天地，揆叙万类，以浩然之气，发仁义之言；无心于文，而开辟抑扬，高谈雄辩，曲尽其妙；终而又曰："予岂好辩哉，予不得已也。"一纵一横，论者莫当。尝应彭更以自明志曰：

彭更问曰："后车数十乘，从者数百人，以传食于诸侯，不以泰乎？"孟子曰："非其道，则一箪食不可受于人。如其道，即舜受尧之天下，不以为泰；子以为泰乎？"曰："否，士无事而食，不可也。"曰："子不通功易事，以羡补不足，则农有余粟，女有余布。子如通之，则梓匠轮舆，皆得食于子。于此有人焉，入则孝，出则弟，守先王之道，以待后之学者，而不得食于子。子何尊梓匠轮舆而轻为仁义者哉？"曰："梓匠轮舆，其志将以求食也。君子之为道也，其志亦将以求食与？"曰："子何以其志为哉；其有功于子，可食而食之矣。且子食志乎？食功乎？"曰："食志。"曰："有人于此，毁瓦画墁，其志将以求食也；则子食之乎？"曰："否。"曰："然则子非食志也，食功也。"

儒者之文，至《孟子》而极跌宕顿挫之妙。道家之文，至《庄子》而尽荡逸飞扬之致。盖庄子之学，出于老子，而解散辞体，出以疏纵；犹孟子之学，出于孔子，而解散辞体，发为雄肆；其揆一也。辞气激宕，消息世运；文章之变，盖至此极。孔老之文，雍容浑穆，如天闲良骥，鱼鱼雅雅，自中节度。而孟庄则神锋四出，如千金骏足，飞腾飘瞥，蓦涧跃波；虽皆极天下之选，而以德以力，则略有间矣。然孟与庄又自不同。盖孟文开阖变化，庄更益以缥缈；孟文光辉发越，庄又出以诙诡。庄生玄而入幻，孟子正而不谲。其大较也。

荀卿，赵人，年五十，始来游学于齐。齐襄王时，而荀卿最为老师。孟子者亦大儒，以人之性善。荀卿后孟子百余年，荀卿以为人性恶，故非孟子以作《性恶》一篇。荀卿善为《诗》《礼》《易》《春秋》，尤精言礼；行应绳墨，安贫贱。荀卿卒不用于世，疾浊世之政，亡国乱君相属，不遂大道，而营于巫祝，信机祥，鄙儒小拘，如庄周等，又滑稽乱俗，于是推儒墨道德之行事兴坏，序列著三十二篇。其《劝学》篇曰：

积土成山，风雨兴焉。积水成渊，蛟龙生焉。积善成德而神明自得，圣心备焉。故不积跬步，无以至千里；不积小流，无以成江海。骐骥一跃，不能十步；驽马十驾，功在不舍。锲而舍之，朽木不折；锲而不舍，金石可镂。蚓无爪牙之利、筋骨之强，上食埃土，下饮黄泉，用心一也；蟹六跪而二螯，非蛇蟺之穴无可寄托者，用心躁也。是故无冥冥之志者，无昭昭之明；无惛惛之事者，无赫赫之功。行衢道者不至，事两君者不容。目不能两视而明，耳不能两听而聪。腾蛇无足而飞，梧鼠五技而穷。《诗》曰："尸鸠在桑，其子七兮。淑人君子，其仪一兮。其仪一兮，心如结兮。"故君子结于一也。

其为文章灵警不如庄生，雄肆亦逊孟子；而体裁绮密，出之以铿锵鼓舞，又是一格。然气亦激矣。敷陈往古，掎掣当时，又托于《成相》以喻意曰：

请成相：世之殃，愚暗愚暗堕贤良；人主无贤，如瞽无相何伥伥！请布基，慎圣人。愚而自专事不治；主忌苟胜，群臣莫谏必逢灾。论臣过，反其施，尊主安国尚贤义。拒谏饰非，愚而上同国必祸。曷谓罢？国多私，比周还主党与施。远贤近谗，忠臣蔽塞主势移。曷谓贤？明君臣，上能尊主爱下民。主诚听之，天下为一海内宾。主之孽，谗人达，贤能遁逃国乃蹶。愚以重愚，暗以重暗成为桀。

词赋亦自名家，立言指事，根极理要。然体物写志有余，铺采摛文不足，此所以为儒也。特其一以隐语，一以意答，五赋一格，殊少变化。录《赋篇》之卒章曰：

> 天下不治，请陈佹诗。天地易位，四时易乡。列星陨坠，旦暮晦盲。幽晦登昭，日月下藏。公正无私，反见从横。志爱公利，重楼疏堂。无私罪人，憼革贰兵。道德纯备，谗口将将。仁人绌约，敖暴擅强。天下幽险，恐失世英。螭龙为蝘蜓，鸱枭为凤凰。比干见刳，孔子拘匡。昭昭乎其知之明也，郁郁乎其遇时之不祥也；拂乎其欲礼义之大行也，暗乎天下之晦盲也。皓天不复，忧无疆也。千岁必反，古之常也。弟子勉学，天不忘也。圣人拱手，时几将矣。与愚以疑，愿闻反辞。其小歌曰：念彼远方，何其塞矣。仁人绌约，暴人衍矣。忠臣危殆，谗人服矣。璇玉瑶珠，不知佩也。杂布与锦，不知异也。闾娵子奢，莫之媒也。嫫母力父，是之喜也。以盲为明，以聋为聪，以危为安，以吉为凶。呜呼上天，曷维其同！

至诚悱恻，颇有恻隐古诗之意。而促节急弦，慨当以慷，以视三百篇之温柔敦厚者殊矣。

韩非者，韩之诸公子也；喜刑名法术之学，而其归本于黄老。非为人口吃，不能道说，而善著书，与李斯俱事荀卿，斯自以为不如。非见韩之削弱，数以书谏韩王，韩王不能用。于是韩非疾治国不务修明其法制，执势以御其臣下，富国强兵，而以求人任贤；反举浮淫之蠹，而加之于功实之上。以为："儒者用文乱法，而侠者以武犯禁。宽则宠名誉之人，急则用介胄之士。今者所养非所用，所用非所养。"悲廉直不容于邪枉之臣，观往者得失之变，故作《孤愤》《五蠹》《内外储》《说林》《说难》十余万言。其《五蠹篇》曰：

今有不才之子，父母怒之弗为改，乡人谯之弗为动，师长教之弗为变。夫以父母之爱，乡人之行，师长之智，三美加焉而终不动其胫毛，不改。州部之吏，操官兵，推公法，而求索奸人，然后恐惧，变其节，易其行矣。故父母之爱，不足以教子，必待州部之严刑者，民固骄于爱，听于威矣。故十仞之城，楼季弗能逾者，峭也。千仞之山，跛牂易牧者，夷也。故明主峭其法而严其刑也。布帛寻常，庸人不释。铄金百镒，盗跖不掇。不必害，则不释寻常。必害手，则不掇百镒。故明主必其诛也。是以赏莫如厚而信，使民利之。罚莫如重而必，使民畏之。法莫如一而固，使民知之。故主施赏不迁，行诛无赦；誉辅其赏，毁随其罚，则贤不肖俱尽其力矣。……故明主用其力，不听其言；赏其功，必禁无用；故民尽死力以从其上。

夫耕之用力也劳，而民为之者，曰可得以富也。战之为事也危，而民为之者，曰可得以贵也。今修文学，习言谈，则无耕之劳，而有富之实；无战之危，而有贵之尊；则人孰不为也。是以百人事智，而一人用力。事智者众，则法败。用力者寡，则国贫。此世之所以乱也。故明主之国，无书简之文，以法为教；无先王之语，以吏为师；无私剑之捍，以斩首为勇。是境内之民，其言谈者必轨于法，动作者归之于功，为勇者尽之于军。是故无事则国富，有事则兵强，此之谓王资。

生平恶文学之士而贵耕战，然其著书，则文理整赡，而曲折顿挫，百态千状，博辩明透，少伤惨礉；其为《内、外储说》，古以为连珠之体所肇；迨汉《淮南·说山》，实首模效之，扬雄班固乃约其体而为《连珠》矣。

大抵儒家重实际，其文多平实。道家主想象，其文多超逸。法家尚深刻，其文多峭峻。此外如墨杂家之文质，名家小说家之文琐，农家之文鄙，杂家之文驳，譬之自郐，弗欲观已。然兵家如《吴子》之平实，杂家如《吕氏春秋》之博丽，略其大体，举其一鳞一爪，亦往往非后世所可及。

诸子文章之不同于六经者辞气，而不能脱其窠臼者，则文、语、例三者之体制。大抵韵偶者谓之文，论难者谓之语，发凡者谓之例。《老子》及《荀子·成相》篇、《赋》篇，皆属于文者也。孙、庄、孟、荀、韩，皆属于语者也。《墨子·经上、下篇》，《韩非·内、外储说》，皆属于例者也。

第六节　屈原　宋玉

屈原者，名平，楚之同姓也；博闻强志，娴于辞令；遭怀王，忧谗畏讥，乃幽思冥索，作《离骚》《九歌》《天问》《九章》《远游》《卜居》《渔父》二十五篇，导源古诗，另辟门径，名曰《楚辞》。平既遭际困穷，故多侘傺噫郁之音。然托陈引喻，点染幽芬，于烦乱督扰之中，具悃款悱恻之旨，得《三百篇》之遗音，为辞赋之鼻祖。惟扩展诗体，特出以激楚。《诗》三百篇，四言为多，节短而势不险。而《离骚》则长言永叹，辞繁而调益促，此其不同也。又体物写志，语多比兴，读者睹其丽辞，罕会英旨。其《山鬼》篇（《九歌》之一）曰：

若有人兮山之阿，被薜荔兮带女萝。既含睇兮又宜笑，子慕予兮善窈窕。乘赤豹兮从文狸，辛夷车兮结桂旗。被石兰兮带杜衡，折芳馨兮遗所思。余处幽篁兮终不见天，路险难兮独后来。表独立兮山之上，云容容兮而在下。杳冥冥兮羌昼晦，东风飘兮神灵雨。留灵修兮憺忘归，岁既晏兮孰华予。采三秀兮于山间，石磊磊兮葛蔓蔓。怨公子兮怅忘归。君思我兮不得闲。山中人兮芳杜若，饮石泉兮荫松柏。君思我兮然疑作。雷填填兮雨冥冥，猿啾啾兮狖夜鸣。风飒飒兮木萧萧，思公子兮徒离忧。

又假主客之辞，托为《卜居》以见意曰：

屈原既放三年，不得复见，竭智尽忠，蔽鄣于谗，心烦意乱，不知所从，乃往见太卜郑詹尹曰："余有所疑，愿因先生决之。"詹尹乃端策拂龟曰："君将何以教之？"屈原曰："吾宁悃悃款款，朴以忠乎？将送往劳来，斯无穷乎？宁诛锄草茅以力耕乎？将游大人以成名乎？宁正言不讳以危身乎？将从俗富贵以偷生乎？宁超然高举以保真乎？将哫訾栗斯，喔咿嚅唲以事妇人乎？宁廉洁正直以自清乎？将突梯滑稽，如脂如韦以洁楹乎？宁昂昂若千里之驹乎？将氾氾若水中之凫乎？与波上下，偷以全吾躯乎？宁与骐骥抗轭乎？将随驽马之迹乎？宁与黄鹄比翼乎？将与鸡鹜争食乎？此孰吉孰凶？何去何从？世溷浊而不清！蝉翼为重，千钧为轻；黄钟毁弃，瓦釜雷鸣；谗人高张，贤士无名。吁嗟默默兮，谁知吾之廉贞！"詹尹乃释策而谢曰："夫尺有所短，寸有所长；物有所不足，智有所不明；数有所不逮，神有所不通。用君之心，行君之意，龟策诚不能知此事。"

意出尘外，怪生笔端，文境之缥缈诙诡。就《离骚》而论，屈原略与庄生相似；惟原以激楚之韵文，而庄以隽逸之散文耳。不善读者疑为于此于彼，恍惚无定；不知国手置棋，观者迷离，置者明白。然缥缈虽同，而意趣不一。有路可走，卒归于无路可走；如屈子所谓"登高吾不说，入下吾不能"是也。无路可走，卒归于有路可走，如庄生所谓"今子有五石之瓠，何不虑以为大樽，而浮于江湖""今子有大树，何不树之于无何有之乡、广莫之野"是也。而二子之书之全旨，亦可以此概之。

屈原既死，楚有宋玉、唐勒、景差之徒，皆好辞而以赋见称，然皆祖屈之从容辞令，而宋玉为著。其为《登徒子好色赋》曰：

大夫登徒子侍于楚王，短宋玉曰："玉为人体貌闲丽，口多微辞；又性好色。愿王勿与出入后宫。"王以登徒子之言问宋玉。玉曰："体貌闲丽，所受于天也。口多微辞，所学于师也。至于好色，臣无有也。"王曰："子不好色，亦有说乎？有说则止，无说则退。"玉曰："天下之佳人，莫若楚国。楚国之丽者，莫若臣里。臣里之美者，莫若臣东家之子。东家之子：增之一分则太长，减之一分则太短；著粉则太白，施朱则太赤；眉如翠羽，肌如白雪；腰如束素，齿如含贝；嫣然一笑，惑阳城，迷下蔡。然此女登墙窥臣三年，至今未许也。登徒子则不然：其妻蓬头挛耳，龃唇历齿；旁行踽偻，又疥且痔。登徒子悦之，使有五子。王孰察之，谁为好色者矣？"

是时秦章华大夫在侧，因进而称曰："今夫宋玉盛称邻之女以为美色愚乱之邪?臣自以为守德谓不如彼矣。且夫南楚穷巷之妾,焉足为大王言乎?若臣之陋,目所曾睹者,未敢云也。"王曰:"试为寡人说之。"大夫曰:"唯唯。臣少曾远游,周览九土,足历五都,出咸阳,熙邯郸,从容郑、卫、溱、洧之间。是时,向春之末,迎夏之阳;鸧鹒喈喈,群女出桑。此郊之姝,华色含光。体美容冶,不待饰装!臣观其丽者,因称诗曰:'遵大路兮揽子袪。'赠以芳华,辞甚妙。于是处子恍若有望而不来,忽若有来而不见;意密体疏,俯仰异观,含喜微笑,窃视流眄,复称诗曰:'寤春风兮发鲜荣,洁斋俟兮惠音声。赠我如此兮不如无生!'因迁延而辞避。盖徒以微辞相感动,精神相依凭。目欲其颜,心顾其义,扬诗守礼,终不过差;故足称也!"于是楚王称善。宋玉遂不退。

按登徒,姓也;子者,男子之通称。《战国策》曰:"孟尝君出行国,至楚,献象床,郢之登徒,直使送之。"意楚王之侍从,而赋假以为辞,讽于淫也。辞意胎自《诗》三百,而采之《郑风》者为多,以托谕于溱洧之间也。(溱、洧,郑二水名。《郑风·溱洧》之诗曰:"维士与女,伊其相谑,赠之以芍药。")《诗大序》曰:"变风发乎情,止乎礼义。"赋之所为取意也。故卒之曰:"盖徒以微辞相感动,精神相依凭。目欲其颜,心顾其义,扬诗守礼,终不过差。"以明作者之旨,崇精神之契合,葆女贞之洁清,与所作《神女赋》末归重"自持不可犯干"者,同一用意;比于《国风》好色而不淫者也。至"遵大路兮揽子袪",既明袭郑诗遵大路之辞(《郑风·遵大路》曰:"遵大路兮掺执子之袪兮。")而"赠以芳华辞甚妙",尤暗偷溱洧赠芍之意。"鸧鹒喈喈",取语《小雅》(《小雅·出车》)"群女出桑",亦采《豳风》。斯尤凿凿有据。惟风人发以永言之歌诗,而玉则托之主客之酬对耳。玉赋好色而归之扬诗守礼,而《钓赋》则称尧、舜、禹、汤以圣贤为竿,道德为纶,仁义为钩,禄利为饵,四海为池,万民为鱼。至于《九辩》,乃曰:"独耿介而不随兮,愿慕先圣之遗教。处浊世而显荣兮,非予心之所乐。与其无义而有名兮,宁穷处而守高。食不偷而为饱兮,衣不苟而为温。窃慕诗人之遗风兮,愿托志乎素餐。"观其游文六艺,留意仁义,盖同于荀卿之儒;而骨气奇高,辞采华茂,新丽顿挫,自胜荀卿之平典。盖荀卿规旋以矩步,故伦序而寡状。宋玉腾茂以蜚英,斯卓荦而为杰矣!所作《登徒子好色赋》及《风赋》《高唐赋》《神女赋》《九辩》《招魂》,其殊胜者。香草美人,朗丽以哀志,其原盖出屈原;而变化以促节激弦,错综震荡,不如屈原之哀怨缠绵,使人味之,亹亹不倦。后人乃裒屈原、宋玉、景差之作,以为《楚辞》。

《楚辞》者,上承三百篇之《诗》,下开汉人之赋,体纵于三代,而风雅于战国,乃纵横之别子,而诗教之支流也。屈原、宋玉以赋见称,而娴于辞令。观其骨鲠所树,肌肤所附,虽取镕经义,亦自铸伟辞。故《骚经》《九章》,朗丽以哀志;《九歌》《九辩》,绮靡以伤情;《远游》《天问》,瑰诡而惠巧;《招魂》《招隐》,耀艳而深华。《卜居》标放言之致,《渔父》寄独往之才。故能气往轹古,辞来切今;遂客主以首引,极声貌以穷文。铺张扬厉,媲于纵横,体物写志,原本诗教;奇文郁起,莫与争能矣。

第七节 国策

战国者,纵横之世也。纵横之学,本于古者行人之官。自春秋时,列国争衡,使者往来其间,尚辞令,崇舌辩,而纵横之端绪开。

战国初，鬼谷子更发明揣摩捭阖纵横之说。而游说权谋之徒，见贵于俗；是以苏秦、代、厉、张仪、公孙衍之属，主纵横短长之说，左右倾侧。苏秦为纵，张仪为横，横则秦帝，纵则楚王；所在国重，所去国轻，抵掌揣摩腾说以取富贵。其辞敷张而扬厉，变其本而恢奇焉，不可谓非行人辞命之极也。然孔子不云乎："诵《诗》三百，使于四方，不能专对，虽多奚为！"是则比兴之旨，讽谕之义，固行人之所肄也；纵横家者流，推而衍之，是以能委折而入情，微婉而善讽。盖由诗教之比兴，解散辞体而为韵文，则为楚《骚》之扬厉；由诗教之比兴，解散辞体而为语言，则为《国策》之纵横；虽语文攸异，而为比兴一也。战国之时，君德浅薄，为之谋策者，不得不因势而为资，据时而为画，故其谋扶急持倾，为一切之权；虽不可以临教化，兵革救急之势也。秦兼天下而辑其辞说以著《战国策》，其篇有东西二周、秦、齐、燕、楚、三晋、宋、卫、中山，合十二国，分为三十三卷。夫谓之"策"者；盖录而不序，故即简以为名。或云：汉代刘向以战国游士为之策谋，因谓之《战国策》。录一二以见例：

　　苏秦为赵合从，说齐宣王曰："齐，南有泰山，东有琅邪，西有清河，北有渤海，此所谓四塞之国也。齐地方二千里，带甲数十万，粟如丘山。齐车之良，五家之兵，疾如锥矢，战如雷电，解如风雨。即有军役，未尝倍泰山、绝清河、涉渤海也。临淄之中七万户，臣窃度之，下户三男子，三七二十一万；不待发于远县，而临淄之卒，固已二十一万矣。临淄甚富而实，其民无不吹竽鼓瑟，击筑弹琴，斗鸡走犬，六博蹹鞠者。临淄之途，车毂击，人肩摩，连衽成帷，举袂成幕，挥汗成雨，家殷人足，志高气扬。夫以大王之贤与齐之强，天下不能当；今乃西面事秦，窃为大王羞之。且夫韩魏所以畏秦者，以与秦接界也。兵出而相当，不至十日，而战胜存亡之机决矣。韩魏战而胜秦，则兵半折，四境不守；战而不胜，以亡随其后。是故韩魏之所以重与秦战而轻为之臣也。今秦攻齐则不然。倍韩魏之地，至闱阳晋之道，径亢父之险：车不得方轨，马不得并行；百人守险，千人不能过也。秦虽欲深入，则狼顾，恐韩魏之议其后也。是故恫疑虚喝，高跃而不敢进，则秦不能害齐，亦明矣。夫不料秦之不奈我何也，而欲西面事秦，是群臣之计过。今臣无事秦之名，而有强国之实，臣固愿大王之少留计！"齐王曰："寡人不敏，今主君以赵王之诏告之，敬奉社稷以从。"

田单将攻狄，往见鲁仲子。仲子曰："将军攻狄，不能下也。"田单曰："臣以五里之城，七里之郭，破亡余卒，破万乘之燕，复齐墟。攻狄而不下，何也？"上车弗谢而去。遂攻狄，三月而不克之也。齐婴儿谣曰："大冠若箕，修剑柱颐。攻狄不能下，垒枯丘。"田单乃惧，问鲁仲子曰："先生谓单不能下狄，请问其说。"鲁仲子曰："将军之在即墨，坐而织蒉，立则杖插，为士卒倡曰：'可往矣，宗庙亡矣！亡日尚矣！归于何党矣！'当此之时，将军有死之心，而士卒无生之气，闻若言，莫不挥泣奋臂而欲战，此所以破燕也。当今将军，东有夜邑之奉，西有淄上之虞，黄金横带而驰乎淄渑之间，有生之乐，无死之心，所以不胜者也。"田单曰："单有心，先生志之矣。"明日，乃厉气循城，立于矢石之所及，援枹鼓之。狄人乃下。

学者惟拘声韵为之诗，而不知言情达志，敷陈讽谕，抑扬涵泳之文，皆本于诗教，观《战国策》可知也。夫难显之情，他人所不能达者，战国策士因事设譬，意趣横生，盖诗人比兴之教也。如：

> 苏厉谓周君曰："败韩魏，杀犀武，攻赵，取蔺、离石、祁者，皆白起，是攻用兵又有天命也。今攻梁，梁必破，破则周危。君不若止之。"谓白起曰："楚有养由基者善射；去柳叶者百步而射之，百发百中。左右皆曰：'善。'有一人过曰：'善射，可教射也矣。'养由基：'人皆善，子乃曰可教射。子何不代我射之也？'客曰：'我不能教子支左屈右。夫射柳叶者百发百中，而不以善息；少焉，气力倦，弓拨矢钩，一发不中，前功尽矣。今公破韩魏，杀犀武，而北攻赵，取蔺、离石、祁者，公也。公之功甚多。今公又以秦兵出塞，过两周，践韩而以攻梁。一攻而不得，前功尽灭。公不若称病不出也。'"
>
> 齐欲伐魏。淳于髡谓齐王曰："韩子卢者，天下之疾犬也。东郭逡者，海内之狡兔也。韩子卢逐东郭逡，环山者三，腾山者五；兔极于前，犬废于后；犬兔俱罢，各死其处。田父见之，无劳倦之苦而擅其功。今齐魏久相持以顿其兵，敝其众，臣恐强秦、大楚承其后，有田父之功。"齐王惧，谢将休士。

皆巧于构思，罕譬而喻，他人所百思不到者，既读之而适为人人意中所有。然而其气疏宕，其文散朗，跌宕昭彰，盖太史公文之所自昉焉。

《国语》与《国策》，记言体同，又皆国别史，而文章攸殊。《国语》寓偶于散以植其骨，《左传》之支流也。《国策》解偶为散以振其气，迁史之前茅也。《国策》之文粗，《国语》之文细。《国语》之气萎，《国策》之气雄。《国语》，左氏末弩乎；《国策》，司马氏先鞭乎。虽《国策》一书，多记当时策士智谋。然亦时有奇谋诡计，一时未用，而著书之士，爱不能割，假设主臣问难以快其意，如苏子之于薛公及楚太子事，其明征也。然则贫贱而托显贵交言，愚陋而附高明为伍，策士夸诈之风，又值言辞相矜之际，天下风靡久矣。《孟子》书，梁惠、齐宣诸王及门弟子问，而孟子答之，意以往复而始发，理以诘难而有明，亦客主之辞，乃战国文体尔。

第六章
秦

第一节 李斯

秦始皇并天下，虽召文学，置博士，然焚烧诗书，蔑弃古典。史载始皇除谥法制，报李斯议封建，及二世诏李斯、冯去疾诸制诏，铺张事业，着墨不多，而吐属峻重，天威大声，词不敷腴，而其文峻简，其旨刻峭，不同成周之温厚，亦异汉帝制诏之雄赡也。其丞相李斯，与韩非同事荀卿，不师儒者之道，而以法术为治。六国之时，文字异形，斯乃奏同之，罢其不与秦文合者。是时秦大发吏卒，兴戍役，官狱职务繁，初有隶书以趋约易，而学法令以吏为师。民间所存，医药卜筮种树之书而已。然李斯颇有文采，而所为文章，深于诗教。上书论逐客，多方设譬，得《诗》比兴之意。而为泰山、琅琊诸刻石文，敷政诵德，亦《诗》《雅》《颂》之体。或嫌法家辞气，体乏弘润。而不知《雅》以为后世法，《颂》诵德广以美之，天心布声，讽切治体，本自与十五《国风》之体物言志，优游涵泳者不同。特以斯之笔情轻侠，秋声朝气，揄扬未能雍容，气韵自欠深远，未能如《雅》《颂》之天心布声，优游涵泳，达其深旨也。至于上书谏逐客，辞特弘赡，而用笔急转直驶，终是削刻本色。大抵秦法峻急，秦文刻核，骨多少肉，气峻无韵，比周文意欠温醇，视汉代气不宏远；峭削岭嶒，觇其祚促。声音之道，与政通矣。然如斯之疏而能壮，亦一代之绝采已!

斯初入秦,以楚人拜客卿,会韩国人郑国来间秦,已而觉,秦宗室大臣请一切逐客,李斯议亦在逐中。斯乃上书曰:

臣闻吏议逐客,窃以为过矣!昔缪公求士,西取由余于戎,东得百里奚于宛,迎蹇叔于宋,求丕豹、公孙支于晋。此五子者,不产于秦,而缪公用之,并国二十,遂霸西戎。孝公用商鞅之法,移风易俗,民以殷盛,国以富强,百姓乐用,诸侯亲服,获楚魏之师,举地千里,至今治强。惠王用张仪之计,拔三川之地;西并巴蜀,北收上郡,南取汉中,包九夷,制鄢郢,东据成皋之险,割膏腴之壤,遂散六国之纵,使之西面事秦,功施到今。昭王得范雎,废穰侯,逐华阳,强公室,杜私门,蚕食诸侯,使秦成帝业。此四君者,皆以客之功。由此观之,客何负于秦哉?向使四君却客而不内,疏士而不用,是使国无富利之实,而秦无强大之名也。

今陛下致昆山之玉,有随和之宝,垂明月之珠,服太阿之剑,乘纤离之马,建翠凤之旗,树灵鼍之鼓,此数宝者,秦不生一焉。而陛下说之,何也?必秦国之所生然后可,则是夜光之璧不饰朝廷,犀象之器不为玩好,郑卫之女不充后宫,而骏良䮷騠不实外厩,江南金锡不为用,西蜀丹青不为采。所以饰后宫,充下陈,娱心意,说耳目,必出于秦然后可,则是宛珠之簪,傅玑之珥,阿缟之衣,锦绣之饰不进于前;而随俗雅化,佳冶窈窕赵女不立于侧也。夫击瓮叩缶,弹筝搏髀而歌呼呜呜快耳者,真秦之声也。郑卫桑间、《韶虞》、《武象》者,异国之乐也。今弃击瓮叩缶而就郑卫,退弹筝而取《韶虞》,若是者何也?快意当前，适观而已矣。今取人则不然。不问可否，不论曲直，非秦者去，为客者逐。然则是所重者在乎色乐珠玉，而所轻者在乎人民也。此非所以跨海内、制诸侯之术也。

臣闻地广者粟多，国大者人众，兵强则士勇。是以泰山不让土壤，故能成其大；河海不择细流，故能就其深；王者不却众庶，故能明其德。是以地无四方，民无异国，四时充美，鬼神降福，此五帝三王之所以无敌也。今乃弃黔首以资敌国，却宾客以业诸侯，使天下之士退而不敢西向，裹足不入秦，此所谓借寇兵而赍盗粮者也。夫物不产于秦，可宝者多；士不产于秦，而愿忠者众。今逐客以资敌国，损民以益雠，内自虚而外树怨于诸侯，求国无危，不可得也。

秦王乃除逐客之令，复李斯官，卒用其计谋，二十余年，竟并天下，尊王为皇帝，以斯为丞相，一法度衡石丈尺，车同轨，书同文字。于是始皇乃遂上泰山，立石，封祠祀；并渤海以东，穷成山，登之罘；南登琅琊，作琅琊台；北之碣石，东南上会稽，望于南海，所至立石，刻颂秦德，以明得意，其文多出李斯手。其《会稽石刻》文曰：

皇帝休烈，平一宇内，德惠修长。卅有七年，亲巡天下，周览远方。遂登会稽，宣省习俗，黔首斋庄。群臣颂功，本原事迹，追道高明。秦圣临国，始定刑名，显陈旧章。初平法式，审别职任，以立恒常。六王专倍，贪戾慠猛，率众自强。暴虐恣行，负力而骄，数动甲兵。阴通闲使，以事合纵，行为辟方。内饰诈谋，外来侵边，遂起祸殃。义威诛之，殄熄暴悖，乱贼灭亡。圣德广密，六合之中，泽被无疆。皇帝并宇，兼听万事，远近毕清。运理群物，考验事实，各载其名。贵贱并通，善否陈前，靡有隐情。饰省宣义，有子而嫁，倍死不贞。防隔内外，禁止淫泆，男女絜诚。夫为寄豭，杀之无罪，男秉义程。妻为逃嫁，子不得母，咸化廉清。大治濯俗，天下承风，蒙被休经。皆遵轨度，和安敦勉，莫不顺令。黔首修洁，人乐同则，嘉保太平。后敬奉法，常治无极，舆舟不倾。从臣诵烈，请刻此石，光垂休铭。

三句为韵，泰山、之罘、碣石诸刻石皆然，惟《琅琊台刻石》二句取韵，略与三百篇同耳。

3 秦汉文学

朱自清

第七章
辞赋

屈原是我国历史里永被纪念着的一个人。旧历五月五日端午节，相传便是他的忌日；他是投水死的，竞渡据说原来是表示救他的，粽子原来是祭他的。现在定五月五日为诗人节，也是为了纪念的缘故。他是个忠臣，而且是个缠绵悱恻的忠臣；他是个节士，而且是个浮游尘外、清白不污的节士。"举世皆浊而我独清，众人皆醉而我独醒"（《楚辞·渔父》），他的身世是一出悲剧，可是他永生在我们的敬意尤其是我们的同情里。"原"是他的号，"平"是他的名字。他是楚国的贵族，怀王时候，做"左徒"的官。左徒好像现在的秘书。他很有学问，熟悉历史和政治，口才又好。一方面参赞国事，一方面给怀王见客，办外交，头头是道，怀王很信任他。

当时楚国有亲秦、亲齐两派，屈原是亲齐派。秦国看见屈原得势，便派张仪买通了楚国的贵臣上官大夫、靳尚等，在怀王面前说他的坏话。怀王果然被他们所惑，将屈原放逐到汉北去。张仪便劝怀王和齐国绝交，说秦国答应割地六百里。楚和齐绝了交，张仪却说答应的是六里。怀王大怒，便举兵伐秦，不料大败而归。这时候想起屈原来了，将他召回，教他出使齐国。亲齐派暂时抬头。但是亲秦派不久又得势。怀王终于让秦国骗了去，拘留着，就死在那里。这件事是楚人最痛心的，屈原更不用说了。可是怀王的儿子顷襄王，却还是听亲秦派的话，将他二次放逐到江南去。他流浪了九年，秦国的侵略一天紧似一天，他不忍亲见亡国的惨象，又想以一死来感悟顷襄王，便自沉在汨罗江里。

《楚辞》中《离骚》和《九章》的各篇，都是他放逐时候所作。《离骚》尤其是千古流传的杰构。这一篇大概是二次被放时作的。他感念怀王的信任，却恨他糊涂，让一群小人蒙蔽着、播弄着。而顷襄王又不能觉悟，以致国土日削，国势日危。他自己呢，"信而见疑，忠而被谤"（《史记·屈原传》），简直走投无路，满腔委屈，千端万绪的，没人可以诉说。终于只能告诉自己的一枝笔，《离骚》便是这样写成的。"离骚"是"别愁"或"遭忧"的意思（《离骚经序》，班固《离骚赞序》）。他是个富于感情的人，那一腔遏抑不住的悲愤，随着他的笔奔迸出来，"东一句，西一句，天上一句，地下一句"（刘熙载《艺概》中《赋概》），只是一片一段的，没有篇章可言。这和人在疲倦或苦痛的时候，叫"妈呀！""天哪！"一样；心里乱极了，闷极了，叫叫透一口气，自然是顾不到什么组织的。

篇中陈说唐虞三代的治，桀、纣、羿、浇的乱，善恶因果，历历分明；用来讽刺当世，感悟君王。他又用了许多神话里的譬喻和动植物的譬喻，委曲地表达出他对于怀王的忠爱，对于贤人君子的向往，对于群小的深恶痛疾。他将怀王比作美人，他是"求之不得""辗转反侧"，情辞凄切，缠绵不已。他又将贤臣比作香草。"美人香草"从此便成为政治的譬喻，影响后来解诗、作诗的人很大。汉淮南王刘安作《离骚传》说："《国风》好色而不淫，《小雅》怨诽而不乱，若《离骚》者可谓兼之矣。"（《史记·屈原传》）"好色而不淫"似乎就指美人香草用作政治的譬喻而言，"怨诽而不乱"是怨而不怒的意思。虽然我们相信《国风》的男女之辞并非政治的譬喻，但断章取义，淮南王的话却是《离骚》的确切评语。

《九章》的各篇原是分立的，大约汉人才合在一起，给了"九章"的名字。这里面有些是屈原初次被放时作的，有些是二次被放时作的。差不多都是"上以讽谏，下以自慰"（王逸《楚辞章句·序》）；引史事、用譬喻，也和《离骚》一样。《离骚》里记着屈原的世系和生辰，这几篇里也记着他放逐的时期和地域；这些都可以算是他的自叙传。他还作了《九歌》《天问》《远游》《招魂》等，却不能算自叙传，也"不皆是怨君"（《朱子语类》一四〇）；后世都说成怨君，便埋没了他的别一面的出世观了。他其实也是一"子"，也是一家之学。这可以说是神仙家，出于巫。《离骚》里说到周游上下四方，驾车的动物，驱使的役夫，都是神话里的。《远游》更全是说的周游上下四方的乐处。这种游仙的境界，便是神仙家的理想。

　　《远游》开篇说，"悲时俗之迫厄兮，愿轻举而远游"，篇中又说，"临不死之旧乡"。人间世太狭窄了，也太短促了，人是太不自由自在了。神仙家要无穷大的空间，所以要周行无碍；要无穷久的时间，所以要长生不老。他们要打破现实的有限的世界，用幻想创出一个无限的世界来。在这无限的世界里，所有的都是神话里的人物；有些是美丽的，也有些是丑怪的。《九歌》里的神大都可爱；《招魂》里一半是上下四方的怪物，说得顶怕人的，可是一方面也奇诡可喜。因为注意空间的扩大，所以对于天地、山川、日月、星辰，在在都有兴味。《天问》里许多关于天文地理的疑问，便是这样来的。一面惊奇天地之广大，一面也惊奇人事之诡异——善恶因果，往往有不相应的；《天问》里许多关于历史的疑问，便从这里着眼。这却又是他的入世观了。

　　要达到游仙的境界，须要"虚静以恬愉""无为而自得"，还须导引养生的修炼工夫，这在《远游》里都说了。屈原受庄学的影响极大，这些都是庄学。周行无碍，长生不老，以及神话里的人物，也都是庄学。但庄学只到"我"与自然打成一片而止，并不想创造一个无限的世界，神仙家似乎比庄学更进了一步。神仙家也受阴阳家的影响，阴阳家原也讲天地广大，讲禽兽异物的。阴阳家是齐学。齐国滨海，多有怪诞的思想。屈原常常出使到那里，所以也沾了齐气。还有齐人好"隐"。"隐"是"遁词以隐意，谲譬以指事"（《文心雕龙·谐谑篇》），是用一种滑稽的态度来讽谏。淳于髡可为代表。楚人也好"隐"。屈原是楚人，而他的思想又受齐国的影响，他爱用种种政治的譬喻，大约也不免沾点齐气。但是他不取滑稽的态度，他是用一副悲剧面孔说话的。《诗大序》所谓"谲谏"，所谓"言之者无罪，闻之者足以戒"，倒是合式的说明。至于像《招魂》里的铺张排比，也许是纵横家的风气。

《离骚》各篇多用"兮"字足句，句逗以参差不齐为主。"兮"字足句，"三百篇"（三百篇是《诗经》的代称）中已经不少；句逗参差，也许是"南音"的发展。"南"本是南乐的名称，"三百篇"中的二《南》，本该与《风》《雅》《颂》分立为四。二《南》是楚诗，乐调虽已不能知道，但和《风》《雅》《颂》必有异处。从二《南》到《离骚》，现在只能看出句逗由短而长，由齐而畸的一个趋势；这中间变迁的轨迹，我们还能找到一些，总之，决不是突如其来的。这句逗的发展，大概有多少音乐的影响。从《汉书·王褒传》可以知道楚辞的诵读是有特别的调子的（《汉书·王褒传》："宣帝时徵能为《楚辞》。九江被公召见诵读。"），这正是音乐的影响。屈原诸作奠定了这种体制，模拟的日见其多。就中最出色的是宋玉，他作了《九辩》。宋玉传说是屈原的弟子，《九辩》的题材和体制都模拟《离骚》和《九章》，算是代屈原说话，不过没有屈原那样激切罢了。宋玉自己可也加上一些新思想，他是第一个描写"悲秋"的人。还有个景差，据说是《大招》的作者，《大招》是模拟《招魂》的。

到了汉代，模拟《离骚》的更多，东方朔、王褒、刘向、王逸都走着宋玉的路。大概武帝时候最盛，以后就渐渐地差了。汉人称这种体制为"辞"，又称为"楚辞"。刘向将这些东西编辑起来，成为《楚辞》一书。东汉王逸给作注，并加进自己的拟作，叫作《楚辞章句》。北宋洪兴祖又作《楚辞补注》。《章句》和《补注》合为《楚辞》标准的注本。但汉人又称《离骚》等为"赋"。《史记·屈原传》说他"作《怀沙》之赋"，《怀沙》是《九章》之一，本无"赋"名。《传》尾又说："宋玉、唐勒、景差之徒，皆好辞而以赋见称。"《汉书·艺文志·诗赋略》列"屈原赋二十五篇"，就是《离骚》等。大概"辞"是后来的名字，专指屈、宋一类作品；赋虽从辞出，却是先起的名字，在未采用"辞"的名字以前，本包括"辞"而言。所以浑言称"赋"，称"辞赋"，分言称"辞"和"赋"。后世引述屈、宋诸家，只通称"楚辞"，没有单称"辞"的。但却有称"骚""骚体""骚赋"的，这自然是"离骚"的影响。

荀子的《赋篇》最早称"赋"。篇中分咏"礼""知""云""蚕""箴"（针）五件事物，像是谜语；其中颇有讽世的话，可以说是"隐"的支流余裔。荀子久居齐国的稷下，又在楚国做过县令，死在那里。他的好"隐"，也是自然的。《赋篇》总题分咏，自然和后来的赋不同，但是安排客主，问答成篇，却开了后来赋家的风气。荀赋和屈辞原来似乎各是各的，这两体的合一，也许是在贾谊手里。贾谊是荀卿的再传弟子，他的境遇却近于屈原，又久居屈原的故乡，很可能的，他模拟屈原的体制，却袭用了荀卿的"赋"的名字。这种赋日渐发展，屈原诸作也便被称为"赋"；"辞"的名字许是后来因为拟作多了，才分化出来，作为此体的专称的。"辞"本是"辩解的言语"的意思，用来称屈、宋诸家所作，倒也并无不合之处。

《汉书·艺文志·诗赋略》分赋为四类。"杂赋"十二家是总集，可以不论。屈原以下二十家，是言情之作。陆贾以下二十一家，已佚，大概近于纵横家言。就中"陆贾赋三篇"，在贾谊之先；但作品既不可见，是他自题为赋，还是后人追题，不能知道，只好存疑了。荀卿以下二十五家，大概是叙物明理之作。这三类里，贾谊以后各家，多少免不了屈原的影响，但已渐有散文化的趋势；第一类中的司马相如便是创始的人——托为屈原作的《卜居》《渔父》，通篇散文化，只有几处用韵，似乎是《庄子》和荀赋的混合体制，又当别论——散文化更容易铺张些。"赋"本是"铺"的意思，铺张倒是本来面目。可是铺张的作用原在讽谏；这时候却为铺张而铺张，所谓"劝百而讽一"（《汉书·司马相如传赞》引扬雄语）。当时汉武帝好辞赋，作者极众，争相竞胜，所以致此。扬雄说："诗人之赋丽以则，辞人之赋丽以淫"（《法言·吾子篇》）；"诗人之赋"便是前者，"辞人之赋"便是后者。甚至有诙谐嫚戏，毫无主旨的。难怪辞赋家会被人鄙视为倡优了。

东汉以来，班固作《两都赋》，"概众人之所眩曜，折以今之法度（《两都赋序》）"。张衡仿他作《二京赋》。晋左思又仿作《三都赋》。这种赋铺叙历史地理，近于后世的类书，是陆贾、荀卿两派的混合，是散文的更进一步。这和屈、贾言情之作却迥不相同了。此后赋体渐渐缩短，字句却整炼起来。那时期一般诗文都趋向排偶化，赋先是领着走，后来是跟着走；作赋专重写景述情，务求精巧，不再用来讽谏。这种赋发展到齐、梁、唐初为极盛，称为"俳体"的赋。"俳"是"游戏"的意思，对讽谏而言；其实这种作品倒也并非滑稽嫚戏之作。唐代古文运动起来，宋代加以发挥光大，诗文不再重排偶而趋向散文化，赋体也变了。像欧阳修的《秋声赋》，苏轼的前、后《赤壁赋》，虽然有韵而全篇散行，排偶极少，比《卜居》《渔父》更其散文的。这称为"文体"的赋（"俳体""文体"的名称，见元祝尧《古赋辩体》）。唐、宋两代，以诗赋取士，规定程式。那种赋定为八韵，调平仄，讲对仗；制题新巧，限韵险难。这只是一种技艺罢了。这称为"律赋"。对"律赋"而言，"俳体"和"文体"的赋都是"古赋"；这"古赋"的名字和"古文"的名字差不多，真正"古"的如屈、宋的辞，汉人的赋，倒是不包括在内的。赋似乎是我国特有的体制，虽然有韵，而就它全部的发展看，却与文近些，不算是诗。

第八章

《说文解字》

中国文字相传是黄帝的史官叫仓颉的造的。这仓颉据说有四只眼睛,他看见了地上的兽蹄儿、鸟爪儿印着的痕迹,灵感涌上心头,便造起文字来。文字的作用太伟大了,太奇妙了,造字真是一件神圣的工作。但是文字可以增进人的能力,也可以增进人的巧诈。仓颉泄露了天机,却将人教坏了。所以他造字的时候,"天雨粟,鬼夜哭"。人有了文字,会变机灵了,会争着去做那容易赚钱的商人,辛辛苦苦去种地的便少了。天怕人不够吃的,所以降下米来让他们存着救急。鬼也怕这些机灵人用文字来制他们,所以夜里嚎哭;文字原是有巫术的作用的。但仓颉造字的传说,战国末期才有,那时人并不都相信,如《易·系辞》里就只说文字是"后世圣人"造出来的。这"后世圣人"不止一人,是许多人。我们知道,文字不断地在演变着;说是一人独创,是不可能的。《系辞》的话自然合理得多。

"仓颉造字说"也不是凭空起来的。秦以前是文字发生与演化的时代,字体因世、因国而不同,官书虽是系统相承,民间书却极为庞杂。到了战国末期,政治方面、学术方面,都感到统一的需要了,鼓吹的也有人了;文字统一的需要,自然也在一般意识之中。这时候抬出一个造字的圣人,实在是统一文字的预备工夫,好叫人知道"一个"圣人造的字当然是该一致的。《荀子·解蔽》篇说:"好书者众矣,而仓颉独传者,一也。""一"是"专一"的意思,这儿只说仓颉是个整理文字的专家,并不曾说他是造字的人,可见得那时"仓颉造字说"还没有凝成定型。但是,仓颉究竟是什么人呢?照近人的解释,"仓颉"的字音近于"商契",造字的也许指的是商契。商契是商民族的祖宗。"契"有"刀刻"的义;古代用刀笔刻字,文字有"书契"的名称。可能因为这点联系,商契便传为造字的圣人。事实上商契也许和造字全然无涉,但这个传说却暗示着文字起于夏、商之间。这个暗示也许是值得相信的。至于仓颉是黄帝的史官,始见于《说文序》。"仓颉造字说"大概凝定于汉初,那时还没有定出他是哪一代的人;《说文序》所称,显然是后来加添的枝叶了。

识字是教育的初步。《周礼·保氏》说贵族子弟八岁入小学,先生教给他们识字。秦以前字体非常庞杂,贵族子弟所学的,大约只是官书罢了。秦始皇统一了天下,他也统一了文字;小篆成了国书,别体渐归淘汰,识字便简易多了。这时候贵族阶级已经没有了,所以渐渐注重一般的识字教育。到了汉代,考试史、尚书史(书记秘书)等官儿,都只凭识字的程度;识字教育更注重了。识字需要字书。相传最古的字书是《史籀篇》,是周宣王的太史籀作的。这部书已经佚去,但许慎《说文解字》里收了好些"籀文",又称为"大篆",字体和小篆差不多,和始皇以前三百年的碑碣器物上的秦篆简直一样。所以现在相信这只是始皇以前秦国的字书。"史籀"是"书记必读"的意思,只是书名,不是人名。

始皇为了统一文字,叫李斯作了《仓颉篇》七章,赵高作了《爰历篇》六章,胡毋敬作了《博学篇》七章。所选的字,大部分还是《史籀篇》里的,但字体以当时通用的小篆为准,便与"籀文"略有不同。这些是当时官定的标准字书。有了标准字书,文字统一就容易进行了。汉初,教书先生将这三篇合为一书,单称为《仓颉篇》。秦代那三种字书都不传了，汉代这个《仓颉篇》，现在残存着一部分。西汉时期还有些人作了些字书，所选的字大致和这个《仓颉篇》差不多。就中只有史游的《急就篇》还存留着。《仓颉》残篇四字一句，两句一韵。《急就篇》不分章而分部，前半三字一句，后半七字一句，两句一韵；所收的都是名姓、器物、官名等日常用字，没有说解。这些书和后世"日用杂字"相似，按事类收字——所谓分章或分部，都据事类而言。这些一面供教授学童用，一面供民众检阅用，所收约三千三百字，是通俗的字书。

东汉和帝时，有个许慎，作了一部《说文解字》。这是一部划时代的字书。经典和别的字书里的字，他都搜罗在他的书里，所以有九千字。而且小篆之外，兼收籀文、"古文"；"古文"是鲁恭王所得孔子宅"壁中书"及张仓所献《春秋左氏传》的字体，大概是晚周民间的别体字。许氏又分析偏旁，定出部首，将九千字分属五百四十部首。书中每字都有说解，用晚周人作的《尔雅》，扬雄的《方言》，以及经典的注文的体例。这部书意在帮助人通读古书，并非只供通俗之用，和秦代及西汉的字书是大不相同的。它保存了小篆和一些晚周文字，让后人可以溯源沿流；现在我们要认识商、周文字，探寻汉以来字体演变的轨迹，都得凭这部书。而且不但研究字形得靠它，研究字音、字义也得靠它。研究文字的形、音、义的，以前叫"小学"，现在叫文字学。从前学问限于经典，所以说研究学问必须从小学入手；现在学问的范围是广了，但要研究古典、古史、古文化，也还得从文字学入手。《说文解字》是文字学的古典，又是一切古典的工具或门径。

《说文序》提起出土的古器物，说是书里也搜罗了古器物铭的文字，便是"古文"的一部分，但是汉代出土的古器物很少；而拓墨的法子到南北朝才有，当时也不会有拓本，那些铭文，许慎能见到的怕是更少。所以他的书里还只有秦篆和一些晚周民间书，再古的可以说是没有。到了宋代，古器物出土的多了，拓本也流行了，那时有了好些金石、图录考释的书。"金"是铜器，铜器的铭文称为金文。铜器里钟鼎最是重器，所以也称为钟鼎文。这些铭文都是记事的。而宋以来发现的铜器大都是周代所作，所以金文多是两周的文字。清代古器物出土的更多，而光绪二十五年（西元一八九九）河南安阳发现了商代的甲骨，尤其是划时代的。甲是龟的腹甲，骨是牛胛骨。商人钻灼甲骨，以卜吉凶，卜完了就在上面刻字记录。这称为甲骨文，又称为卜辞，是盘庚（约公元前一三〇〇）以后的商代文字。这大概是最古的文字了。甲骨文，金文，以及《说文》里所谓"古文"，还有籀文，现在通通算作古文字，这些大部分是文字统一以前的官书。甲骨文是"契"的，金文是"铸"的。铸是先在模子上刻字，再倒铜。古代书写文字的方法，除"契"和"铸"外，还有"书"和"印"，因用的材料而异。"书"用笔，竹、木简以及帛和纸上用"书"。"印"是在模子上刻字，印在陶器或封泥上。古代用竹、木简最多，战国才有帛，纸是汉代才有的。笔出现于商代，却只用竹木削成。竹木简、帛、纸，都容易坏，汉以前的，已经荡然无存了。

造字和用字有六个条例，称为"六书"。"六书"这个总名初见于《周礼》，但六书的各个的名字到汉人的书里才见。一是"象形"，像物形的大概，如"日""月"等字。二是"指事"，用抽象的符号，指示那无形的事类，如"二"（上）"二"（下）两个字，短画和长画都是抽象的符号，各代表着一个物类。"二"指示甲物在乙物之上，"二"指示甲物在乙物之下。这"上"和"下"两种关系便是无形的事类。又如"刃"字，在"刀"形上加一点，指示刃之所在，也是的。三是"会意",会合两个或两个以上的字为一个字,这一个字的意义是那几个字的意义积成的,如"止""戈"为"武","人""言"为"信"等。四是"形声",也是两个字合成一个字,但一个字是形,一个字是声;形是意符,声是音标。如"江""河"两字,"氵"(水)是形,"工""可"是声。但声也有兼义的。如"浅""钱""贱"三字,"水""金""贝"是形,同以"戋"为声;但水小为"浅",金小为"钱",贝小为"贱",三字共有的这个"小"的意义,正是从"戋"字来的。象形、指事、会意、形声,都是造字的条例;形声最便,用处最大,所以我们的形声字最多。

五是"转注",就是互训。两个字或两个以上的字,意义全部相同或一部相同,可以互相解释的,便是转注字,也可以叫作同义字。如"考""老"等字,又如"初""哉""首""基"等字;前者同形同部,后者不同形不同部,却都可以"转注"。同义字的孳生,大概是各地方言不同和古今语言演变的缘故。六是"假借",语言里有许多有音无形的字,借了别的同音的字,当作那个意义用。如代名词"予""汝""彼"等,形况字"犹豫""孟浪""关关""突如"等,虚助字"于""以""与""而""则""然""也""乎""哉"等,都是假借字。又如"令",本义是"发号",借为县令的"令";"长"本义是"久远",借为县长的"长"。"县令""县长"是"令""长"的引申义。假借本因有音无字,但以后本来有字的也借用别的字。所以我们现在所用的字,本义的少,引申义的多,一字数义,便是这样来的。这可见假借的用处也很广大。但一字借成数义,颇不容易分别。晋以来通行了四声,这才将同一字分读几个音,让意义分得开些。如"久远"的"长"平声,"县长"的"长"读上声之类。这样,一个字便变成几个字了。转注、假借都是用字的条例。

象形字本于图画。初民常以画记名，以画记事，这便是象形的源头。但文字本于语言，语言发于声音，以某声命物，某声便是那物的名字。这是"名"；"名"该只指声音而言。画出那物形的大概，是象形字。"文字"与"字"都是通称；分析地说，象形的字该叫作"文"，"文"是"错画"的意思。"文"本于"名"，如先有"日"名，才会有"日"这个"文"；"名"就是"文"的声音。但物类无穷，不能一一造"文"，便只得用假借字。假借字以声为主，也可以叫作"名"。一字借为数字，后世用四声分别，古代却用偏旁分别，这便是形声字。如"⊠"本象箕形，是"文"，它的"名"是"丩丨"。而日期的"期"，旗帜的"旗"，麒麟的"麒"等，在语言中与"⊠"同声，却无专字，便都借用"⊠"字。后来才加"月"为"期"，加"𤴔"为"旗"，加"鹿"为"麒"，一个字变成了几个字。严格来说，形声字才该叫作"字"，"字"是"孳乳而渐多"的意思。象形有抽象作用，如一画可以代表任何一物，"二"（上）、"二"（下）、"一""二""三"其实都可以说是象形。象形又有指示作用，如"刀"字上加一点，表明刃在那里。这样，旧时所谓指事字其实都可以归入象形字。象形还有会合作用，会合两个或两个以上的分子，表示一个意义；那么，旧时所谓会意字其实也可以归入象形字。但会合成功的不是"文"，也该是"字"。象形字、假借字、形声字，是文字发展的逻辑的程序，但甲骨文里三种字都已经有了。这里所说的程序，是近人新说，和"六书说"颇有出入。六书说原有些不完备、不清楚的地方，新说加以补充修正，似乎更可信些。

秦以后只是书体演变的时代。演变的主因是应用，演变的方向是简易。始皇用小篆统一了文字，不久便又有了"隶书"。当时公事忙，文书多，书记虽遵用小篆，有些下行文书，却不免写得草率些。

日子长了，这样写的人多了，便自然而然成了一体，称为"隶书"，因为是给徒隶等下级办公人看的。这种字体究竟和小篆差不多。到了汉末，才渐渐变了，椭圆的变为扁方的，"敛笔"变为"挑笔"。这是所谓汉隶，是隶书的标准。晋、唐之间，又称为"八分书"。汉初还有草书，从隶书变化而来，更为简便。这从清末以来在新疆和敦煌发现的汉、晋间的木简里能看出。这种草书，各字分开，还带着挑笔，称为"章草"。魏、晋之际，又嫌挑笔费事，改为敛笔，字字连书，以一行或一节为单位。这称为"今草"。隶书方整，去了挑笔，又变为"正书"。这起于魏代。晋、唐之间，却称为"隶书"，而称汉隶为"八分书"。晋代也称为"楷书"。宋代又改称为"真书"。正书本也是扁方的，到陈、隋的时候，渐渐变方了。到了唐代，又渐渐变长了。这是为了好看。正书简化，便成"行书"，起于晋代。大概正书不免于拘，草书不免于放，行书介乎两者之间，最为适用。但现在还通用着正书，而辅以行、草。一方面却提倡民间的"简笔字"，将正书、行书再行简化；这也还是求应用便利的缘故。

第九章
《史记》《汉书》

说起中国的史书,《史记》《汉书》,真是无人不知,无人不晓。这有两个原因。一则这两部书是最早的有系统的历史,再早虽然还有《尚书》《鲁春秋》《国语》《春秋左氏传》《战国策》等,但《尚书》《国语》《战国策》,都是记言的史,不是记事的史。《春秋》和《左传》是记事的史了,可是《春秋》太简短,《左氏传》虽够铺排的,而跟着《春秋》编年的系统,所记的事还不免散碎。《史记》创了"纪传体",叙事自黄帝以来到著者当世,就是汉武帝的时候,首尾三千多年。《汉书》采用了《史记》的体制,却以汉事为断,从高祖到王莽,只二百三十年。后来的史书全用《汉书》的体制,断代成书;二十四史里,《史记》《汉书》以外的二十二史都如此。这称为"正史"。《史记》《汉书》,可以说都是"正史"的源头。二则,这两部书都成了文学的古典;两书有许多相同处,虽然也有许多相异处。大概东汉、魏、晋到唐,喜欢《汉书》的多,唐以后喜欢《史记》的多,而明、清两代尤然。这是两书文体各有所胜的缘故。但历来班、马并称,《史》《汉》连举,它们叙事写人的技术,毕竟是大同的。

《史记》,汉司马迁著。司马迁字子长,左冯翊夏阳(今陕西韩城)人。景帝中元五年(公元前145年)生,卒年不详。他是太史令司马谈的儿子。小时候在本乡只帮人家耕耕田放放牛玩儿。司马谈做了太史令,才将他带到京师(今西安)读书。他十岁的时候,便认识"古文"的书了。二十岁以后，到处游历，真是足迹遍天下。他东边到过现在的河北、山东及江、浙沿海，南边到过湖南、江西、云南、贵州，西边到过陕、甘、西康等处，北边到过长城等处；当时的"大汉帝国"，除了朝鲜、河西（今宁夏一带）、岭南几个新开郡外，他都走到了。他的出游，相传是父亲命他搜求史料去的；但也有些处是因公去的。他搜得了多少写的史料，没有明文，不能知道。可是他却看到了好些古代的遗迹，听到了好些古代的轶闻；这些都是活史料，他用来印证并补充他所读的书。他作《史记》，叙述和描写往往特别亲切有味，便是为此。他的游历不但增扩了他的见闻，也增扩了他的胸襟；他能够综括三千多年的事，写成一部大书，而行文又极其抑扬变化之致，可见出他的胸襟是如何的阔大。

他二十几岁的时候，应试得高第，做了郎中。武帝元封元年（公元前110年），大行封禅典礼，步骑十八万，旌旗千余里。司马谈是史官，本该从行；但是病得很重，留在洛阳不能去。司马迁却跟去了。回来见父亲，父亲已经快死了，拉着他的手呜咽着道："我们先人从虞夏以来，世代做史官；周末弃职他去，从此我家便衰微了。我虽然恢复了世传的职务，可是不成；你看这回封禅大典，我竟不能从行，真是命该如此！再说孔子因为眼见王道缺，礼乐衰，才整理文献，论《诗》《书》，作《春秋》，他的功绩是不朽的。孔子到现在又四百多年了，各国只管争战，史籍都散失了，这得搜求整理；汉朝一统天下，明主、贤君、忠臣、死义之士，也得记载表彰。我做了太史令，却没能尽职，无所论著，真是惶恐万分。你若能继承先业，再做太史令，成就我的未竟之志，扬名于后世，那就是大孝了。你想着我的话罢。"司马迁听了父亲这番遗命，低头流泪答道："儿子虽然不肖，定当将你老人家所搜集的材料，小心整理起来，不敢有所遗失。"司马谈便在这年死了；司马迁这年三十六岁。父亲的遗命指示了他一条伟大的路。

父亲死的第三年，司马迁果然做了太史令。他有机会看到许多史籍和别的藏书，便开始做整理的工夫。那时史料都集中在太史令手里，特别是汉代各地方行政报告，他那里都有。他一面整理史料，一面却忙着改历的工作；直到太初元年（公元前104年），太初历完成，才动手著他的书。天汉二年（公元前99年），李陵奉了贰师将军李广利的命，领了五千兵，出塞打匈奴。匈奴八万人围着他们；他们杀伤了匈奴一万多，可是自己的人也死了一大半。箭完了，又没吃的，耗了八天，等贰师将军派救兵。救兵竟没有影子。匈奴却派人来招降。李陵想着回去也没有脸，就降了。武帝听了这个消息，又急又气。朝廷里纷纷说李陵的坏话。武帝问司马迁，李陵到底是个怎样的人。李陵也做过郎中，和司马迁同过事，司马迁是知道他的。

他说李陵这个人秉性忠义，常想牺牲自己，报效国家。这回以少敌众，兵尽路穷，但还杀伤那么些人，功劳其实也不算小。他决不是怕死的人，他的降大概是假意的，也许在等机会给汉朝出力呢。武帝听了他的话，想着贰师将军是自己派的元帅，司马迁却将功劳归在投降的李陵身上，真是大不敬；便教将他抓起来，下在狱里。第二年，武帝杀了李陵全家，处司马迁宫刑。宫刑是个大辱，污及先人，见笑亲友。他灰心失望已极，只能发愤努力，在狱中专心致志写他的书，希图留个后世名。过了两年，武帝改元太始，大赦天下。他出了狱，不久却又做了宦者做的官——中书令，重被宠信。但他还继续写他的书。直到征和二年（公元前91年），全书才得完成，共一百三十篇，五十二万六千五百字。他死后，这部书部分的流传；到宣帝时，他的外孙杨恽才将全书献上朝廷去，并传写公行于世。汉人称为《太史公书》《太史公》《太史公记》《太史记》。魏晋间才简称为《史记》，《史记》便成了定名。这部书流传时颇有缺佚，经后人补续改窜了不少；只有元帝、成帝间褚少孙补的有主名，其余都不容易考了。

司马迁是窃比孔子的。孔子是在周末官守散失时代第一个保存文献的人，司马迁是秦火以后第一个保存文献的人。他们保存的方法不同，但是用心一样。《史记·自序》里记着司马迁和上大夫壶遂讨论作史的一番话。司马迁引述他的父亲称扬孔子整理"六经"的丰功伟业，而特别着重《春秋》的著作。他们父子都是相信孔子作《春秋》的。他又引董仲舒所述孔子的话："我有种种觉民救世的理想，凭空发议论，恐怕人不理会；不如借历史上现成的事实来表现，可以深切著明些。"这便是孔子作《春秋》的趣旨；他是要明王道，辨人事，分明是非善恶贤不肖，存亡继绝，补敝起废，作后世君臣龟鉴。《春秋》实在是礼义的大宗，司马迁相信礼治是胜于法治的。他相信《春秋》包罗万象，采善贬恶，并非以刺讥为主。像他父亲遗命所说的，汉兴以来，人主明圣盛德，和功臣、世家、贤大夫之业，是他父子职守所在，正该记载表彰。他的书记汉事较详，固然是史料多，也是他意主尊汉的缘故。他排斥暴秦，要将汉远承三代。这正和今文家说的《春秋》尊鲁一样，他的书实在是窃比《春秋》的。他虽自称只是"厥协《六经》异传，整齐百家杂语"，述而不作，不敢与《春秋》比，那不过是谦辞罢了。

他在《报任安书》里说他的书，"欲以究天人之际，通古今之变，成一家之言"。《史记·自序》里说："罔罗天下放佚旧闻，王迹所兴，原始察终，见盛观衰，论考之行事。""王迹所兴"，始终盛衰，便是"古今之变"，也便是"天人之际"。"天人之际"只是天道对于人事的影响，这和所谓"始终盛衰"都是阴阳家言。阴阳家倡"五德终始说"，以为金木水火土五行之德，互相克胜，终始运行，循环不息。当运者盛，王迹所兴；运去则衰。西汉此说大行，与"今文经学"合而为一。司马迁是请教过董仲舒的，董就是今文派的大师；他也许受了董的影响。"五德终始说"原是一种历史哲学，实际的教训只是让人君顺时修德。

《史记》虽然窃比《春秋》，却并不用那咬文嚼字的书法，只据事实录，使善恶自见。书里也有议论，那不过是著者牢骚之辞，与大体是无关的。原来司马迁自遭李陵之祸，更加努力著书。他觉得自己已经身废名裂，要发抒意中的郁结，只有这一条通路。他在《报任安书》和《史记·自序》里引了文王以下到韩非诸贤圣，都是发愤才著书的。他自己也是个发愤著书的人。天道的无常，世变的无常，引起了他的慨叹；他悲天悯人，发为牢骚抑扬之辞。这增加了他的书的情韵。后世论文的人推尊《史记》，一个原因便在这里。

班彪论前史得失，却说他"论议浅而不笃，其论术学，则崇黄老而薄《五经》，序货殖，则轻仁义而羞贫穷，论游侠，则贱守节而贵俗功"，以为"大敝伤道"；班固也说他"是非颇谬于圣人"。其实推崇道家的是司马谈；司马迁时，儒学已成独尊之势，他也成了一个推崇的人了。至于《游侠》《货殖》两传，确有他的身世之感。那时候有钱可以赎罪，他遭了李陵之祸，刑重家贫，不能自赎，所以才有"羞贫穷"的话；他在穷窘之中，交游竟没有一个抱不平来救他的，所以才有称扬游侠的话。这和《伯夷传》里天道无常的疑问，都只是偶一借题发挥，无关全书大旨。东汉王允死看"发愤"著书一语，加上咬文嚼字的成见，便说《史记》是"佞臣"的"谤书"，那不但误解了《史记》，也太小看了司马迁。

《汉书》，汉班固著。班固，字孟坚，扶风安陵（今陕西咸阳）

人。光武帝建武八年生，和帝永元四年卒（公元32—92年）。他家和司马氏一样，也是个世家；《汉书》是子继父业，也和司马迁差不多。但班固的凭借，比司马迁好多了。他曾祖班斿，博学有才气，成帝时，和刘向同校皇家藏书。成帝赐了他全套藏书的副本，《史记》也在其中。当时书籍流传很少，得来不易；班家得了这批赐书，真像大图书馆似的。他家又有钱，能够招待客人。后来有好些学者，老远的跑到他家来看书，扬雄便是一个。班斿的次孙班彪，既有书看，又得接触许多学者；于是尽心儒术，成了一个史学家。《史记》以后，续作很多，但不是偏私，就是鄙俗；班彪加以整理补充，著了六十五篇《后传》。他详论《史记》的得失，大体确当不移。他的书似乎只有本纪和列传；世家是并在列传里，这部书没有流传下来，但他的儿子班固的《汉书》是用它作底本的。

　　班固生在河西，那时班彪避乱在那里。班固有弟班超，妹班昭，后来都有功于《汉书》。他五岁时随父亲到那时的京师洛阳。九岁时能作文章，读诗赋。大概是十六岁罢，他入了洛阳的大学，博览群书。他治学不专守一家；只重大义，不沾沾在章句上。又善作辞赋。为人宽和容众，不以才能骄人。在大学里读了七年书，二十三岁上，父亲死了，他回到安陵去。明帝永平元年（公元58年），他二十八岁，开始改撰父亲的书。他觉得《后传》不够详的，自己专心精究，想完成一部大书。过了三年，有人上书给明帝，告他私自改作旧史。当时天下新定，常有人假造预言，摇惑民心；私改旧史，更有机会造谣，罪名可以很大。

　　明帝当即诏令扶风郡逮捕班固，解到洛阳狱中，并调看他的稿子。他兄弟班超怕闹出大乱子，永平五年（公元62年），带了全家赶到洛阳；他上书给明帝，陈明原委，请求召见。明帝果然召见。他陈明班固不敢私改旧史，只是续父所作。那时扶风郡也已将班固稿子送呈。明帝却很赏识那稿子，便命班固做校书郎，兰台令史，跟别的几个人同修世祖（光武帝）本纪。班家这时候很穷，班超也做了一名书记，帮助哥哥养家。后来班固等又述诸功臣的事迹，作列传载记二十八篇奏上。这些后来都成了刘珍等所撰的《东观汉记》的一部分，与《汉书》是无关的。

明帝这时候才命班固续完前稿。永平七年（公元64年），班固三十三岁，在兰台重新写他的大著。兰台是皇家藏书之处，他取精用弘，比家中自然更好。次年，班超也做了兰台令史。虽然在官不久，就从军去了，但一定给班固帮助很多。章帝即位，好辞赋，更赏识班固了。他因此得常到宫中读书，往往连日带夜的读下去。大概在建初七年（公元82年），他的书才大致完成。那年他是五十一岁了。和帝永元元年（公元89年），车骑将军窦宪出征匈奴，用他做中护军，参议军机大事。这一回匈奴大败，逃得不知去向。窦宪在出塞三千多里外的燕然山上刻石纪功，教班固作铭。这是著名的大手笔。

次年他回到京师，就做窦宪的秘书。当时窦宪威势极盛；班固倒没有仗窦家的势欺压人，但他的儿子和奴仆却都无法无天的。这就得罪了许多地面上的官儿，他们都敢怒而不敢言。有一回他的奴子喝醉了，在街上骂了洛阳令种兢；种兢气恨极了，但也只能记在心里。永元四年（公元92年），窦宪阴谋弑和帝；事败，自杀。他的党羽，或诛死，或免官。班固先只免了官，种兢却饶不过他，逮捕了他，下在狱里。他已经六十一岁了，受不得那种苦，便在狱里死了。和帝得知，很觉可惜，特地下诏申斥种兢，命他将主办的官员抵罪。班固死后，《汉书》的稿子很散乱。他的妹子班昭也是高才博学，嫁给曹世叔，世叔早死，她的节行并为人所重。当时称为曹大家。这时候她奉诏整理哥哥的书；并有高才郎官十人，从她研究这部书——经学大师扶风马融，就在这十人里。书中的八表和天文志那时还未完成，她和马融的哥哥马续参考皇家藏书，将这些篇写定，这也是奉诏办的。

《汉书》的名称从《尚书》来，是班固定的。他说唐虞三代当时都有记载，颂述功德；汉朝却到了第六代才有司马迁的《史记》。而《史记》是通史，将汉朝皇帝的本纪放在尽后头，并且将尧的后裔的汉和秦、项放在相等的地位，这实在不足以推尊本朝。况《史记》只到武帝而止，也没有成段落似的。他所以断代述史，起于高祖，终于平帝时王莽之诛，共十二世，二百三十年，作纪、表、志、传凡百篇，称为《汉书》。班固著《汉书》，虽然根据父亲的评论，修正了《史记》的缺失，但断代的主张，却是他的创见。他这样一面保存了文献，一面贯彻了发扬本朝功德的趣旨。所以后来的正史都以他的书为范本，名称也多叫作"书"。他这个创见，影响是极大的。他的书所包举的，比《史记》更为广大；天地、鬼神、人事、政治、道德、艺术、文章，尽在其中。

书里没有世家一体，本于班彪《后传》。汉代封建制度，实际上已不存在；无所谓侯国，也就无所谓世家。这一体的并入列传，也是自然之势。至于改"书"为"志"，只是避免与《汉书》的"书"字相重，无关得失。但增加了《艺文志》，叙述古代学术源流，记载皇家藏书目录，所关却就大了。《艺文志》的底本是刘歆的《七略》。刘向、刘歆父子都曾奉诏校读皇家藏书；他们开始分别源流，编订目录，使那些"中秘书"渐得流传于世，功劳是很大的。他们的原著都已不存，但《艺文志》还保留着刘歆《七略》的大部分。这是后来目录学家的宝典。原来秦火之后，直到成帝时，书籍才渐渐出现；成帝诏求遗书于天下，这些书便多聚在皇家。刘氏父子所以能有那样大的贡献，班固所以想到在《汉书》里增立《艺文志》，都是时代使然。司马迁便没有这样好运气。

《史记》成于一人之手，《汉书》成于四人之手。表、志由曹大家和马续补成；纪、传从昭帝至平帝有班彪的《后传》作底本。而从高祖至武帝，更多用《史记》的文字。这样一看，班固自己作的似乎太少。因此有人说他的书是"剽窃"而成，算不得著作。但那时的著作权的观念还不甚分明，不以抄袭为嫌；而史书也不能凭虚别构。班固删润旧文，正是所谓"述而不作"。他删润的地方，却颇有别裁，绝非率尔下笔。史书叙汉事，有阙略的，有隐晦的，经他润色，便变得详明；这是他的独到处。汉代"明主、贤君、忠臣、死义之士"，他实在表彰得更为到家。书中收载别人整篇的文章甚多，有人因此说他是"浮华"之士。这些文章大抵关系政治学术，多是经世有用之作。那时还没有文集，史书加以搜罗，不失保存文献之旨。至于收录辞赋，却是当时的风气和他个人的嗜好；不过从现在看来，这些也正是文学史料，不能抹煞的。

班、马优劣论起于王充《论衡》。他说班氏父子"文义浃备，纪事详赡"，观者以为胜于《史记》。王充论文，是主张"华实俱成"的。汉代是个辞赋的时代，所谓"华"，便是辞赋化。《史记》当时还用散行文字；到了《汉书》，便弘丽精整，多用排偶，句子也长了。这正是辞赋的影响。自此以后，直到唐代，一般文士，大多偏爱《汉书》，专门传习《史记》的传习者却甚少。这反映着那时期崇尚骈文的风气。唐以后，散文渐成正统，大家才提倡起《史记》来；明归有光及清桐城派更力加推尊，《史记》差不多要驾乎《汉书》之上了。这种优劣论起于二书散整不同，质文各异；其实是跟着时代的好尚而转变的。

《史》《汉》可以说是各自成家。《史记》"文直而事核",《汉书》"文赡而事详"。司马迁感慨多,微情妙旨,时在文字蹊径之外;《汉书》却一览之余,情词俱尽。但是就史论史,班固也许比较客观些,比较合体些。明茅坤说"《汉书》以矩矱胜",清章学诚说"班氏守绳墨""班氏体方用智",都是这个意思。晋傅玄评班固,"论国体则饰主阙而折忠臣,叙世教则贵取容而贱直节"。这些只关识见高低,不见性情偏正,和司马迁《游侠》《货殖》两传蕴含着无穷的身世之痛的不能相比,所以还无碍其为客观的。总之,《史》《汉》二书,文质和繁省虽然各不相同,而所采者博,所择者精,却是一样;组织的弘大,描写的曲达,也同工异曲。二书并称良史,决不是偶然的。

第十章
古诗十九首释

诗是精粹的语言。因为是"精粹的",便比散文需要更多的思索、更多的吟味;许多人觉得诗难懂,便是为此。但诗究竟是"语言",并没有真的神秘;语言,包括说的和写的,是可以分析的;诗也是可以分析的。只有分析,才可以得到透彻的了解;散文如此,诗也如此。有时分析起来还是不懂,那是分析得还不够细密,或者是知识不够,材料不足;并不是分析这个方法不成。这些情形,不论文言文、白话文、文言诗、白话诗,都是一样。不过在一般不大熟悉文言的青年人,文言文,特别是文言诗,也许更难懂些罢了。

我们设《诗文选读》这一栏,便是要分析古典和现代文学的重要作品,帮助青年诸君的了解,引起他们的兴趣,更注意的是要养成他们分析的态度。只有能分析的人,才能切实欣赏;欣赏是在透彻的了解里。一般的意见将欣赏和了解分成两橛,实在是不妥的。没有透彻的了解,就欣赏起来,那欣赏也许会驴唇不对马嘴,至多也只是模糊影响。一般人以为诗只能综合地欣赏,一分析诗就没有了。其实诗是最错综的、最多义的,非得细密的分析功夫,不能捉住它的意旨。若是囫囵吞枣的读去,所得着的怕只是声调辞藻等一枝一节,整个儿的诗会从你的口头眼下滑过去。

本文选了《古诗十九首》作对象,有两个缘由。一来《十九首》可以说是我们最古的五言诗,是我们诗的古典之一。所谓"温柔敦厚""怨而不怒"的作风,《三百篇》之外,《十九首》是最重要的代表。直到六朝,五言诗都以这一类古诗为标准;而从六朝以来的诗论,还都以这一类诗为正宗。《十九首》影响之大,从此可知。

二来《十九首》既是诗的古典,说解的人也就很多。古诗原来很不少,梁代昭明太子(萧统)的《文选》里却只选了这十九首。《文选》成了古典,《十九首》也就成了古典;《十九首》以外,古诗流传到后世的,也就有限了。唐代李善和"五臣"给《文选》作注,当然也注了《十九首》。嗣后历代都有说解《十九首》的,但除了《文选》注家和元代刘履的《选诗补注》,整套作解的似乎没有。清代笺注之学很盛,独立说解《十九首》的很多。近人隋树森先生编有《古诗十九首集释》一书(中华版),搜罗历来《十九首》的整套的解释,大致完备,很可参看。

这些说解,算李善的最为谨慎、切实;虽然他释"事"的地方多,释"义"的地方少。"事"是诗中引用的古事和成辞,普通称为"典故"。"义"是作诗的意思或意旨,就是我们日常说话里的"用意"。有些人反对典故,认为诗贵自然,辛辛苦苦注出诗里的典故,只表明诗句是有"来历"的,作者是渊博的,并不能增加诗的价值。另有些人也反对典故,却认为太麻烦、太琐碎,反足为欣赏之累。

可是,诗是精粹的语言,暗示是它的生命。暗示得从比喻和组织上做功夫,利用读者联想的力量。组织得简约紧凑;似乎断了,实在连着。比喻或用古事成辞,或用眼前景物;典故其实是比喻的一类。这首诗、那首诗可以不用典故,但是整个儿的诗是离不开典故的。旧诗如此,新诗也如此;不过新诗爱用外国典故罢了。要透彻地了解诗,在许多时候,非先弄明白诗里的典故不可。陶渊明的诗,总该算"自然"了,但他用的典故并不少。从前人只囫囵读过,直到近人古直先生的《靖节诗笺定本》，才细细地注明。我们因此增加了对于陶诗的了解；虽然我们对于古先生所解释的许多篇陶诗的意旨并不敢苟同。李善注《十九首》的好处，在他所引的"事"都跟原诗的文义和背景切合，帮助我们的了解很大。

别家说解，大都重在意旨。有些是根据原诗的文义和背景，却忽略了典故，因此不免望文生义，模糊影响。有些并不根据全篇的文义、典故、背景，却只断章取义，让"比兴"的信念支配一切。所谓"比兴"的信念，是认为作诗必关教化；凡男女私情、相思离别的作品，必有寄托的意旨——不是"臣不得于君"，便是"士不遇知己"。这些人似乎觉得相思、离别等等私情不值得作诗；作诗和读诗，必须能见其大。但是原作里却往往不见其大处。于是他们便抓住一句两句，甚至一词两词，曲解起来，发挥开去，好凑合那个传统的信念。这不但不切合原作，并且常常不能自圆其说；只算是无中生有、驴唇不对马嘴罢了。

据近人的考证，《十九首》大概作于东汉末年，是建安（献帝）诗的前驱。李善就说过，诗里的地名像宛、洛、上东门，都可以见出有一部分是东汉人作的；但他还相信其中有西汉诗。历来认为《十九首》里有西汉诗，只有一个重要的证据，便是第七首里"玉衡指孟冬"一句话。李善说，这是汉初的历法。后来人都信他的话，同时也就信《十九首》中一部分是西汉诗。不过李善这条注并不确切可靠，俞平伯先生有过详细讨论，载在《清华学报》里。我们现在相信这句诗还是用的夏历。此外，梁启超先生的意见，《十九首》作风如此相同，不会分开在相隔几百年的两个时代（《美文及其历史》）。徐中舒先生也说，东汉中叶，文人的五言诗还是很幼稚的；西汉若已有《十九首》那样成熟的作品，怎么会有这种现象呢！（《古诗十九首考》，

中大语言历史研究所《周刊》六十五期)

《十九首》没有作者,但并不是民间的作品,而是文人仿乐府作的诗。乐府原是入乐的歌谣,盛行于西汉。到东汉时,文人仿作乐府辞的极多;现存的乐府古辞,也大都是东汉的。仿作乐府,最初大约是依原调、用原题;后来便有只用原题的。再后便有不依原调、不用原题,只取乐府原意作五言诗的了。这种作品,文人化的程度虽然已经很高,题材可还是民间的,如人生不常、及时行乐、离别、相思、客愁等等。这时代作诗人的个性还见不出,而每首诗的作者,也并不限于一个人;所以没有主名可指。《十九首》就是这类诗;诗中常用典故,正是文人的色彩。但典故并不妨害《十九首》的"自然";因为这类诗究竟是民间味,而且只是浑括的抒叙,还没到精细描写的地步,所以就觉得"自然"了。

本文先抄原诗。诗句下附列数字,李善注便依次抄在诗后;偶有不是李善的注,都在下面记明出处,或加一"补"字。注后是说明;这儿兼采各家,去取以切合原诗与否为准。

一

行行重行行,与君生别离[①]。
相去万余里,各在天一涯[②]。
道路阻且长,会面安可知[③]。
胡马依北风,越鸟巢南枝[④]。
相去日已远,衣带日已缓[⑤]。
浮云蔽白日,游子不顾反[⑥]。
思君令人老[⑦],岁月忽已晚。

弃捐勿复道,努力加餐饭⑧。

①《楚辞》曰:"悲莫悲兮生别离。"
②《广雅》曰:"涯,方也。"
③《毛诗》曰:"溯洄从之,道阻且长。"薛综《西京赋注》曰:"安,焉也。"
④《韩诗外传》曰:"诗云:'代马依北风,飞鸟栖故巢',皆不忘本之谓也。"《盐铁论·未通》篇:"故代马依北风,飞鸟翔故巢,莫不哀其生。"(徐中舒《古诗十九首考》)《吴越春秋》:"胡马依北风而立,越燕望海日而熙,同类相亲之意也。"(同上)
⑤《古乐府歌》曰:"离家日趋远,衣带日趋缓。"
⑥浮云之蔽白日,以喻邪佞之毁忠良,故游子之行,不顾反也。《文子》曰:"日月欲明,浮云盖之。"陆贾《新语》曰:"邪臣之蔽贤,犹浮云之鄣日月。"《古杨柳行》曰:"谗邪害公正,浮云蔽白日。"义与此同也。郑玄《毛诗笺》曰:"顾,念也。"
⑦《小雅》:"维忧用老。"(孙𥘹评《文选》语)
⑧《史记·外戚世家》:"平阳主拊其(卫子夫)背曰:'行矣,强饭,勉之!'"蔡邕(?)《饮马长城窟行》:"长跪读素书,书中竟何如?上有'加餐饭',下有'长相忆'。"(补)

诗中引用《诗经》《楚辞》,可见作者是文人。"生别离"和"阻且长"是用成辞;前者暗示"悲莫悲兮"的意思,后者暗示"从之"不得的意思。借着引用的成辞的上下文,补充未申明的含义;读者若能知道所引用的全句以至全篇,便可从联想领会得这种含义。这样,诗句就增厚了力量。这所谓词短意长;以技巧而论,是很经济的。典故的效用便在此。"思君令人老"脱胎于"维忧用老",而稍加变化;知道《诗经》的句子的读者,就知道本诗这一句是暗示着相思的烦忧了。"冉冉孤生竹"一首里,也有这一语;歌谣的句子原可套用,《十九首》还不脱歌谣的风格,无怪其然。"相去"两句也是套用古乐府歌的句子,只换了几个词。"日已"就是"去者日以疏"一首里的"日以",和"日趋"都是"一天比一天"的意思;"离家"变为"相去",是因为诗中主人身份不同,下文再论。

"代马""飞鸟"两句,大概是汉代流行的歌谣;《韩诗外传》和《盐铁论》都引到这两个比喻,可见。到了《吴越春秋》,才改为散文,下句的题材并略略变化。这种题材的变化,一面是环境的影响,一面是文体的影响。越地滨海,所以变了下句;但越地不以马著,所以不变上句。东汉文体,受辞赋的影响,不但趋向骈偶,并且趋向工切。"海日"对"北风",自然比"故巢"工切得多。本诗引用这一套比喻,因为韵的关系,又变用"南枝"对"北风",却更见工切了。至于"代马"变为"胡马",也许只是作诗人的趣味;歌谣原是常常修改的。但"胡马"两句的意旨,却还不外乎"不忘本""哀其生""同类相亲"三项。这些得等弄清楚诗中主人的身份再来说明。

"浮云蔽白日"也是个套句。照李善注所引证,说是"以喻邪佞之毁忠良",大致是不错的。有些人因此以为本诗是逐臣之辞;诗中主人是在远的逐臣,"游子"便是逐臣自指。这样,全诗就都是思念君王的话了。全诗原是男女相思的口气;但他们可以相信,男女是比君臣的。男女比君臣,从屈原的《离骚》创始;后人这个信念,显然是以《离骚》为依据。不过屈原大概是神仙家。他以"求女"比思君,恐怕有他信仰的因缘;他所求的是神女,不是凡人。五言古诗从乐府演化而出，乐府里可并没有这种思想。乐府里的羁旅之作，大概只说思乡；《十九首》中"去者日以疏""明月何皎皎"两首，可以说是典型。这些都是实际的。"涉江采芙蓉"一首，虽受了《楚辞》的影响，但也还是实际的思念"同心"人，和《离骚》不一样。在乐府里，像本诗这种缠绵的口气，大概是居者思念行者之作。本诗主人大概是个"思妇"，如张玉谷《古诗赏析》所说；"游子"与次首"荡子行不归"的"荡子"同意。所谓诗中主人，可并不一定是作诗人；作诗人是尽可以虚拟各种人的口气，代他们立言的。

但是"浮云蔽白日"这个比喻，究竟该怎样解释呢？朱筠说："'不顾返'者，本是游子薄幸；不肯直言，却托诸浮云蔽日。言我思子而子不思归，定有谗人间之；不然，胡不返耶？"（《古诗十九首说》）张玉谷也说："浮云蔽日，喻有所惑，游不顾返，点出负心，略露怨意。"两家说法，似乎都以白日比游子，浮云比谗人；谗人惑游子是"浮云蔽白日"。就"浮云"两句而论，就全诗而论，这解释也可通。但是一个比喻往往有许多可能的意旨，特别是在诗里。我们解释比喻，不但要顾到当句当篇的文义和背景，还要顾到那比喻本身的背景，才能得着它的确切的意旨。见仁见智的说法，到底是不足为训的。"浮云蔽白日"这个比喻，李善注引了三证，都只是"谗邪害公正"一个意思。本诗与所引三证时代相去不远，该还用这个意思。不过也有两种可能：一是那游子也许在乡里被"谗邪"所"害"，远走高飞，不想回家；二也许是乡里中"谗邪害公正"，是非黑白不分明，所以游子不想回家。前者是专指，后者是泛指。我不说那游子是"忠良"或"贤臣"；因为乐府里这类诗的主人，大概都是乡里的凡民，没有朝廷的达官的缘故。

明白了本诗主人的身份，便可以回头吟味"胡马""越鸟"那一套比喻的意旨了。"不忘本"是希望游子不忘故乡。"哀其生"是哀念他的天涯漂泊。"同类相亲"是希望他亲爱家乡的亲戚故旧乃至思妇自己。在游子虽不想回乡,在思妇却还望他回乡。引用这一套彼此熟习的比喻,是说物尚有情,何况于人?是劝慰,也是愿望。用比喻替代抒叙,作诗人要的是暗示的力量;这里似是断处,实是连处。明白了诗中主人是思妇,也就明白诗中套用古乐府歌"离家"那两句时,为什么要将"离家"变为"相去"了。

"衣带日已缓"是衣带日渐宽松;朱筠说:"与'思君令人瘦'一般用意。"这是就果显因,也是暗示的手法;带缓是果,人瘦是因。"岁月忽已晚"和"东城高且长"一首里"岁暮一何速"同意,指的是秋冬之际岁月无多的时候。"弃捐勿复道,努力加餐饭"两语,解者多误以为全说的诗中主人自己。但如注⑧所引,"强饭""加餐"明明是汉代通行的慰勉别人的话语,不当反用来说自己。张玉谷解这两句道,"不恨己之弃捐,惟愿彼之强饭",最是分明。我们的语言,句子没有主词是常态,有时候很容易弄错;诗里更其如此。"弃捐"就是"见弃捐",也就是"被弃捐";施受的语气同一句式,也是我们语言的特别处。这"弃捐"在游子也许是无可奈何,非出本愿,在思妇却总是"弃捐",并无分别;所以她含恨地说:"反正我是被弃了,不必再提吧;你只保重自己好了!"

本诗有些复沓的句子。如既说"相去万余里",又说"道路阻且长",又说"相去日已远",反复说一个意思;但颇有增变。"衣带日已缓"和"思君令人老"也同一例。这种回环复沓,是歌谣的生命;许多歌谣没有韵,专靠这种组织来建筑它们的体格,表现那强度的情感。只看现在流行的许多歌谣,或短或长,都从回环复沓里见出紧凑和单纯,便可知道。不但歌谣,民间故事的基本形式,也是如此。

诗从歌谣演化，回环复沓的组织也是它的基本；《三百篇》和屈原的"辞"，都可看出这种痕迹。《十九首》出于本是歌谣的乐府，复沓是自然的；不过技巧进步，增变来得多一些。到了后世，诗渐渐受了散文的影响，情形却就不一定这样了。

二

> 青青河畔草，郁郁园中柳。
> 盈盈楼上女，皎皎当窗牖。
> 娥娥红粉妆，纤纤出素手。
> 昔为倡家女，今为荡子妇。
> 荡子行不归，空床难独守。

这显然是思妇的诗；主人公便是那"荡子妇"。"青青河畔草，郁郁园中柳"是春光盛的时节，是那荡子妇楼上所见。荡子妇楼上开窗远望，望的是远人，是那"行不归"的"荡子"。她却只见远处一片草，近处一片柳。那草沿着河畔一直青青下去，似乎没有尽头——也许会一直青青到荡子的所在吧。传为蔡邕作的那首《饮马长城窟行》开端道："青青河边草，绵绵思远道。"正是这个意思。那茂盛的柳树也惹人想念远行不归的荡子。《三辅黄图》说："灞桥在长安东，……汉人送客至此桥，折柳赠别。""柳"谐"留"音，折柳是留客的意思。汉人既有折柳赠别的风俗，这荡子妇见了"郁郁"起来的"园中柳"，想到当年分别时依依留恋的情景，也是自然而然的。再说，河畔的草青了，园中的柳茂盛了，正是行乐的时节，更是少年夫妇行乐的时节。可是"荡子行不归"，辜负了青春年少；及时而不能行乐,那是什么日子呢!况且草青、柳茂盛,也许不止一回了,年年这般等闲地度过春光,那又是什么日子呢!

"盈盈楼上女,皎皎当窗牖。娥娥红粉妆,纤纤出素手。"描画那荡子妇的容态姿首。这是一个艳妆的少妇。"盈"通"嬴"。《广雅》:"嬴,容也。"就是多仪态的意思。"皎",《说文》:"月之白也。"说妇人肤色白皙。吴淇《选诗定论》说这是"以窗之光明,女之丰采并而为一",是不错的。这两句不但写人,还夹带叙事;上句登楼,下句开窗,都是为了远望。"娥",《方言》:"秦晋之间,美貌谓之娥。""粧"又作"妆""装",饰也,指涂粉画眉而言。"纤纤女手,可以缝裳",是《韩诗·葛屦》篇的句子(《毛诗》作"掺掺女手")。《说文》:"纤,细也。""掺,好手貌。""好手貌"就是"细",而"细"说的是手指。《诗经》里原是叹惜女人的劳苦,这里"纤纤出素手"却只见凭窗的姿态——"素"也是白皙的意思。这两句专写窗前少妇的脸和手;脸和手是一个人最显著的部分。

"昔为倡家女,今为荡子妇",叙出主人公的身份和身世。《说文》:"倡,乐也。"就是歌舞伎。"荡子"就是"游子",跟后世所谓"荡子"略有不同。《列子》里说:"有人去乡土游于四方而不归者,世谓之为狂荡之人也。"可以为证。这两句诗有两层意思。一是昔既做了倡家女,今又做了荡子妇,真是命不由人。二是做倡家女热闹惯了,做荡子妇却只有冷清清的,今昔相形,更不禁身世之感。况且又是少年美貌,又是春光盛时。荡子只是游行不归,独守空床自然是"难"的。

有人以为诗中少妇"当窗""出手",未免妖冶,未免卖弄,不是贞妇的行径。《诗经·伯兮》篇道:"自伯之东,首如飞蓬;岂无膏沐,谁适为容。"贞妇所行如此。还有说"空床难独守",也不免于野，不免于淫。总而言之，不免放滥无耻，不免失性情之正，有乖于温柔敦厚、怨而不怒的诗教。话虽如此，这些人却没胆量贬驳这首诗，他们只能曲解这首诗是比喻。这首诗实在看不出是比喻。《十九首》原没有脱离乐府的体裁。乐府多歌咏民间风俗，本诗便是一例。世间是有"昔为倡家女，今为荡子妇"的女人，她有她的身份，有她的想头，有她的行径。这些跟《伯兮》里的女人满不一样，但别恨离愁却一样。只要真能表达出来这种女人的别恨离愁，恰到好处，歌咏是值得的。本诗和《伯兮》篇的女主人公其实都说不到贞淫上去，两诗的作意只是怨。不过《伯兮》篇的怨浑含些，本诗的怨刻露些罢了。艳妆登楼是少年爱好，"空床难独守"是不甘岑寂，其实也都是人之常情；不过说"空床"也许显得亲热些。"昔为倡家女"的荡子妇，自然没有《伯兮》篇里那贵族的女子节制那样多。妖冶，野，是有点儿；卖弄，淫，放滥无耻，便未免是捕风捉影的苛论。王昌龄有一首《春闺》诗道："闺中少妇不知愁，春日凝妆上翠楼。忽见陌头杨柳色，悔教夫婿觅封侯。"正是从本诗变化而出。诗中少妇也是个荡子妇，不过没有说是倡家女罢了。这少妇也是"春日凝妆上翠楼"，历来论诗的人却没有贬驳她的。潘岳《悼亡》诗第二首有句道："展转眄枕席，长簟竟床空。床空委清尘，室虚来悲风。"这里说"枕席"，说"床空"，却赢得千秋的称赞。可见艳妆登楼跟"空床难独守"并不算卖弄，淫，放滥无耻。那样说的人只是凭了"昔为倡家女"一层，将后来关于"娼妓"的种种联想附会上去，想着那荡子妇必有种种坏念头、坏打算在心里。那荡子妇会不会有那些坏想头，我们不得而知，但就诗论诗，却只说到"难独守"就戛然而止，还只是怨，怨而不至于怒。这并不违背温柔敦厚的诗教。至于将不相干的成见读进诗里去，那是最足以妨碍了解的。

陆机《拟古》诗差不多亦步亦趋，他拟这一首道："靡靡江离草，熠燿生河侧。皎皎彼姝女，阿那当轩织。粲粲妖容姿，灼灼美颜色。良人游不归，偏栖独只翼。空房来悲风，中夜起叹息。"又，曹植《七哀诗》道："明月照高楼，流光正徘徊。上有愁思妇，悲叹有余哀。借问叹者谁？言是客子妻。君行逾十年，贱妾常独栖。"这正是化用本篇语意。"客子"就是"荡子"，"独栖"就是"独守"。曹植所了解的本诗的主人公，也只是"高楼"上一个"愁思妇"而已。"倡家女"变为"彼姝女"，"当窗牖"变为"当轩织"，"粲粲妖容姿，灼灼美颜色"还保存原作的意思。"良人游不归"就是"荡子行不归"，末三语是别恨离愁。这首拟作除"偏栖独只翼"一句稍稍刻露外，大体上比原诗浑含些、概括些；但是原诗作意只是写别恨离愁而止，从此却分明可以看出。陆机去《十九首》的时代不远，他对于原诗的了解该是不至于有什么歪曲的。

评论这首诗的都称赞前六句连用叠字。顾炎武《日知录》说："诗用叠字最难。《卫风·硕人》：'河水洋洋，北流活活。施罛濊濊，鱣鲔发发。葭菼揭揭，庶姜孽孽。'连用六叠字，可谓复而不厌，赜而不乱矣。《古诗》'青青河畔草，……纤纤出素手'，连用六叠字，亦极自然。下此即无人可继。"连用叠字容易显得单调，单调就重复可厌了。而连用的叠字也不容易处处确切，往往显得没有必要似的，这就乱了。因此说是最难。但是《硕人》篇跟本诗六句连用叠字，却有变化——《古诗源》说本诗六叠字从"河水洋洋"章化出，也许是的。就本诗而论，青青是颜色兼生态，郁郁是生态。

这两组形容的叠字，跟下文的盈盈和娥娥，都带有动词性。例如开端两句，译作白话的调子，就得说，河畔的草青青了，园中的柳郁郁了，才合原诗的意思。盈盈是仪态，皎皎是人的丰采兼窗的光明，娥娥是粉黛的妆饰，纤纤是手指的形状。各组叠字，词性不一样，形容的对象不一样，对象的复杂度也不一样，就都显得确切不移；这就重复而不可厌，繁賾而不觉乱了。《硕人》篇连用叠字，也异曲同工。但这只是因难见巧，还不是连用叠字的真正理由。诗中连用叠字，只是求整齐，跟对偶有相似的作用。整齐也是一种回环复沓，可以增进情感的强度。本诗大体上是顺序直述下去，跟上一首不同，所以连用叠字来调剂那散文的结构。但是叠字究竟简单些；用两个不同的字，在声音和意义上往往要丰富些。而数句连用叠字见出整齐，也只在短的诗句，像四言、五言里如此；七言太长，字多，这种作用便不显了。就是四言、五言，这样许多句连用叠字，也是可一而不可再。这一种手法的变化是有限度的；有人达到了限度，再用便没有意义了。只看古典的四言、五言诗中只各见了一例，就是明证。所谓"下此即无人可继"，并非后人才力不及古人，只是叠字本身的发展有限，用不着再去"继"罢了。

　　本诗除连用叠字外，还用对偶，第一二句、第七八句都是的。第七八句《初学记》引作"自云倡家女，嫁为荡子妇"。单文孤证，不足凭信。这里变偶句为散句，便减少了那回环复沓的情味。"自云"直贯后四句，全诗好像曲折些。但是这个"自云"凭空而来，跟上文全不衔接。再说"空床难独守"一语，作诗人代言已不免于野，若变成"自云"，那就太野了些。《初学记》的引文没有被采用，这些恐怕也都有关系的。

　　　三

　　　　青青陵上柏，磊磊礀中石。

> 人生天地间，忽如远行客。
> 斗酒相娱乐，聊厚不为薄。
> 驱车策驽马，游戏宛与洛。
> 洛中何郁郁，冠带自相索。
> 长衢罗夹巷，王侯多第宅。
> 两宫遥相望，双阙百余尺。
> 极宴娱心意，戚戚何所迫。

本诗用三个比喻开端，寄托人生不常的慨叹。陵上柏青青，礀（通涧）中石磊磊，都是长存的。青青是常青青。《庄子》："仲尼曰：'受命于地，唯松柏独也，在冬夏常青青。'"磊磊也是常磊磊。磊磊，众石也。人生却是奄忽的，短促的；"人生天地间"，只如"远行客"一般。《尸子》："老莱子曰：'人生于天地之间，寄也。'"李善说："寄者固归。"伪《列子》："死人为归人。"李善说："则生人为行人矣。"《韩诗外传》："二亲之寿，忽如过客。""远行客"那比喻大约便是从"寄""归""过客"这些观念变化出来的。"远行客"是离家远行的客，到了那里，是暂住便去，不久即归的。"远行客"比一般"过客"更不能久住；这便加强了这个比喻的力量，见出诗人的创造功夫。诗中将"陵上柏"和"礀中石"跟"远行客"般的人生对照，见得人生是不能像柏和石那样长存的。"远行客"是积极的比喻，柏和石是消极的比喻。"陵上柏"和"礀中石"是邻近的，是连类而及；取它们做比喻，也许是即景生情，也许是所谓"近取譬"——用常识的材料做比喻。至于李善注引的《庄子》里那几句话，作诗人可能想到运用，但并不必然。

本诗主旨可借用"人生行乐耳"一语表明。"斗酒"和"极宴"

是"娱乐","游戏宛与洛"也是"娱乐";人生既"忽如远行客","戚戚"又"何所迫"呢?《汉书·东方朔传》:"销忧者莫若酒。"只要有酒,有酒友,落得乐以忘忧。极宴固可以"娱心意",斗酒也可以"相娱乐"。极宴自然有酒友,"相"娱乐还是少不了酒友。斗是酌酒的器具,斗酒为量不多,也就是"薄",是不"厚"。极宴的厚固然好,斗酒的薄也自有趣味——只消且当作厚不以为薄就行了。本诗人生不常一意,显然是道家思想的影响。"聊厚不为薄"一语似乎也在模仿道家的反语如"大直若屈""大巧若拙"之类,意在说厚薄的分别是无所谓的。但是好像弄巧成拙了,这实在是一个弱句;五个字只说一层意思,还不能透彻地或痛快地说出。这句式前无古人,后无来者,只是一个要不得罢了。若在东晋玄言诗人手里,这意思便不至于写出这样累句,也是时代使然。

　　游戏原指儿童。《史记·周本纪》说后稷"为儿时","其游戏好种树麻菽",该是游戏的本义。本诗"游戏宛与洛"却是出以童心,一无所为的意思。洛阳是东汉的京都。宛县是南阳郡治所在,在洛阳之南;南阳是光武帝发祥的地方,又是交通要道,当时有"南都"之称,张衡特为作赋,自然也是繁盛的城市。《后汉书·梁冀传》里说:"宛为大都,士之渊薮。"可以为证。聚在这种地方的人多半为利禄而来,诗中主人公却不如此,所以说是"游戏"。既然是游戏,车马也就无所用其讲究,"驱车策驽马"也就不在乎了。驽马是迟钝的马;反正是游戏,慢点儿没有什么的。说是"游戏宛与洛",却只将洛阳的繁华热热闹闹地描写了一番,并没有提起宛县一个字。大概是因为京都繁华第一,说了洛就可以见宛,不必再赘了吧? 歌谣里本也有一种接字格,"月光光"是最熟的例子。汉乐府里已经有了,《饮马长城窟行》可见。现在的歌谣却只管接字,不管意义;全首满是片段，意义毫不衔接——全首简直无意义可言。推想古代歌谣当也有这样的，不过没有存留罢了。本诗"游戏宛与洛"下接"洛中何郁郁"，便只就洛中发挥下去，更不照应上句，许就是古代这样的接字歌谣的遗迹，也未可知。

诗中写东都，专从繁华着眼。开首用了"洛中何郁郁"一句赞叹，"何郁郁"就是"多繁盛呵""多热闹呵"！游戏就是来看热闹的，也可以说是来凑热闹的，这是诗中主人公的趣味。以下分三项来说，冠带往来是一；衢巷纵横，第宅众多是二；宫阙壮伟是三。"冠带自相索"，冠带的人是贵人，贾逵《国语》注："索，求也。""自相索"是自相往来不绝的意思。"自相"是说贵人只找贵人，不把别人放在眼下，同时也有些别人不把他们放在眼下，尽他们来往他们的——他们的来往无非趋势利、逐酒食而已。这就带些刺讥了。"长衢罗夹巷，王侯多第宅"，罗就是列，《魏王奏事》说："出不由里门，面大道者。名曰第。"第只在长衢上。"两宫遥相望，双阙百余尺"，蔡质《汉宫典职》说："南宫北宫相去七里。"双阙是每一宫门前的两座望楼。这后两项固然见得京都的伟大，可是更见得京都的贵盛。将第一项合起来看，本诗写东都的繁华，又是专从贵盛着眼。这是诗，不是赋，不能面面俱到，只能选择最显著、最重要的一面下手。至于"极宴娱心意"，便是上文所谓凑热闹了。"戚戚何所迫"，《论语》："小人长戚戚"，戚戚，常忧惧也。一般人常怀忧惧，有什么迫不得已呢？——无非为利禄罢了。短促的人生，不去饮酒、游戏，却为无谓的利禄自苦，未免太不值得了。这一句不单就"极宴"说，是总结全篇的。

本诗只开头两句对偶，"斗酒"两句跟"极宴"两句复沓；大体上是散行的。而且好像说到哪里是哪里，不嫌其尽的样子，从"斗酒相娱乐"以下都如此——写洛中光景虽自有剪裁,却也有如方东树《昭昧詹言》说的:"极其笔力,写到至足处。"这种诗有点散文化,不能算是含蓄蕴藉之作,可是不失为严羽《沧浪诗话》所谓"沉着痛快"的诗。历来论诗的都只赞叹《十九首》的"优柔善入,婉而多讽",其实并不尽然。

四

> 今日良宴会,欢乐难具陈。
> 弹筝奋逸响,新声妙入神。
> 令德唱高言,识曲听其真。
> 齐心同所愿,含意俱未伸。
> 人生寄一世,奄忽若飙尘。
> 何不策高足,先据要路津。
> 无为守穷贱,轗轲长苦辛。

这首诗所咏的是听曲感心;主要的是那种感,不是曲,也不是宴会。但是全诗从宴会叙起,一路迤逦说下去,顺着事实的自然秩序,并不特加选择和安排。前八语固然如此,以下一番感慨,一番议论,一番"高言",也是痛快淋漓,简直不怕说尽。这确是近乎散文。《十九首》还是乐府的体裁,乐府原只像现在民间的小曲似的,有时随口编唱,近乎散文的地方是常有的。《十九首》虽然大概出于文人之手,但因模仿乐府,散文的成分不少;不过都还不失为诗。本诗也并非例外。

开端四语只是直陈宴乐。这一日是"良宴会",乐事难以备说;

就中只提乐歌一件便可见。"新声"是歌,"弹筝"是乐,是伴奏。新声是胡乐的调子,当时人很爱听;这儿的新声也许就是"西北有高楼"里的"清商","东城一何高"里的"清曲"。陆侃如先生的《中国诗史》据这两条引证以及别的,说清商曲在汉末很流行,大概是不错的。弹唱的人大概是些"倡家女",从"西北有高楼""东城一何高"二诗可以推知。这里只提乐歌一事,一面固然因为声音最易感人——"入神"便是"感人"的注脚;刘向《雅琴赋》道:"穷音之至入于神",可以参看——一面还是因为"识曲听真",才引起一番感慨,才引起这首诗。这四语是引子,以下才是正文。再说这里"欢乐难具陈"下直接"弹筝"二句,便见出"就中只说"的意思,无须另行提明,是诗体比散文简省的地方。

"令德唱高言"以下四语,歧说甚多。上二语朱筠《古诗十九首说》说得最好:"'令德'犹言能者。'唱高言',高谈阔论,在那里说其妙处,欲令'识曲'者'听其真'。"曲有声有辞。一般人的赏识似乎在声而不在辞。只有聪明人才会赏玩曲辞,才能辨识曲辞的真意味。这种聪明人便是知音的"令德"。"高言"就是妙论,就是"人生寄一世"以下的话。"唱"是"唱和"的"唱"。聪明人说出座中人人心中所欲说出而说不出的一番话,大家自是欣然应和的,这也在"今日"的"欢乐"之中。"齐心同所愿"是人人心中所欲说,"含意俱未伸"是口中说不出。二语中复沓着"齐""同""俱"等字,见得心同理同,人人如一。

曲辞不得而知。但是无论歌咏的是富贵人的欢惊还是穷贱人的苦绪,都能引起诗中那一番感慨。若是前者,感慨便由于相形见绌;若是后者,便由于同病相怜。话却从人生如寄开始。既然人生如寄,见绌便更见绌,相怜便更相怜了。而"人生一世"不但是"寄",简直像卷地狂风里的尘土,一忽儿就无踪影。这就更见迫切。"飙尘"当时是个新比喻,比"寄"比"远行客"更"奄忽",更见人生是短促的。人生既是这般短促,自然该及时欢乐,才不白活一世。富贵才能尽情欢乐,"穷贱"只有"长苦辛";那么,为什么"守穷贱"呢?为什么不赶快去求富贵呢?

"何不策高足,先据要路津",就是:"为什么不赶快去求富贵呢?"这儿又是一个新比喻。"高足"是良马、快马,"据要路津"便是《孟子》里"夫子当路于齐"的"当路"。何不驱车策良马快去占住路口渡口——何不早早弄些高官做呢?——贵了也就富了。"先"该是捷足先得的意思。《史记》:"蒯通曰:'秦失其鹿,天下共逐之,高材捷足者先得焉。'"正合"何不"两句语意。从尘想到车,从车说到"辗轲",似乎是一串儿,并非偶然。辗轲,不遇也;《广韵》:"车行不利曰辗轲,故人不得志亦谓之辗轲。""车行不利"是辗轲的本义,"不遇"是引申义。《楚辞》里已只用引申义,但本义存在偏旁中,是不易埋没的。本诗用的也是引申义,可是同时牵涉着本义,和上文相照应。"无为"就是"毋为",等于"毋"。这是一个熟语。《诗经·板》篇有"无为夸毗"一句,郑玄《笺》作"女(汝)无(毋)夸毗",可证。

"何不"是反诘,"无为"是劝诫,都是迫切的口气。那"令德"和在座的人说,我们何不如此如此呢?我们再别如彼如彼了啊!人生既"奄忽若飙尘",欢乐自当亟亟求之,富贵自当亟亟求之,所以用得着这样迫切的口气。这是诗,这同时又是一种不平的口气。富贵是并不易求的;有些人富贵,有些人穷贱,似乎是命运使然。穷贱的命不犹人,心有不甘;"何不"四语便是那怅惘不甘之情的表现。这也是诗。明代钟惺说:"欢宴未毕,忽作热中语,不平之甚。"陆时雍说："慷慨激昂。'何不——苦辛'，正是欲而不得。"清代张玉谷说："感愤自嘲，不嫌过直。"都能搔着痒处。诗中人却并非孔子的信徒，没有安贫乐道，"君子固穷"等信念。他们的不平不在守道而不得时，只在守穷贱而不得富贵。这也不失其为真。有人说是"反辞""诡辞"，是"讽"是"谑"，那是蔽于儒家的成见。

陆机拟作变"高言"为"高谈"，他叙那"高谈"道："人生无几何，为乐常苦晏。譬彼伺晨鸟，扬声当及旦。曷为恒忧苦，守此贫与贱！""伺晨鸟"一喻虽不像"策高足"那一喻切露，但"扬声当及旦"也还是"亟亟求之"的意思。而上文"为乐常苦晏"，原诗却未明说；有了这一语，那"扬声"自然是求富贵而不是求荣名了。这可以旁证原诗的主旨。

五

> 西北有高楼，上与浮云齐。
> 交疏结绮窗，阿阁三重阶。
> 上有弦歌声，音响一何悲。
> 谁能为此曲，无乃杞梁妻。
> 清商随风发，中曲正徘徊。
> 一弹再三叹，慷慨有余哀。
> 不惜歌者苦，但伤知音稀。
> 愿为双鸣鹤，奋翅起高飞。

这首诗所咏的也是闻歌心感。但主要的是那"弦歌"的人，是从歌曲里听出的那个人。这儿弦歌的人只是一个，听歌心感的人也只是一个。"西北有高楼","弦歌声"从那里飘下来,弦歌的人是在那高楼上。那高楼高入云霄,可望而不可即。四面的窗子都"交疏结绮",玲珑工细。"交疏"是花格子,"结绮"是格子联结着像丝织品的花纹似的。"阁"就是楼,"阿阁"是"四阿"的楼。司马相如《上林赋》有"离宫别馆,……高廊四注"的话,"四注"就是"四阿",也就是四面有檐,四面有廊。"三重阶"可见楼不在地上而在台上。阿阁是宫殿的建筑,即使不是帝居,也该是王侯的第宅。在那高楼上弦歌的人自然不是寻常人,更只可想而不可即。

弦歌声的悲引得那听者驻足。他听着,好悲啊!真悲极了!"谁能作出这样悲的歌曲呢?莫不是杞梁妻吗?"齐国杞梁的妻子"善哭其夫",见于《孟子》。《列女传》道:"杞梁之妻无子,内外皆无五属之亲。既无所归,乃枕其夫之尸于城下而哭。内诚动人,道路过者莫不为之挥涕,十日而城为之崩。"琴曲有《杞梁妻叹》,《琴操》说是杞梁妻所作。《琴操》说,梁死,"妻叹曰:'上则无父,中则无夫,下则无子,将何以立吾节?亦死而已!'援琴而鼓之。曲终,遂自投淄水而死。"杞梁妻善哭,《杞梁妻叹》是悲叹的曲调。

本诗引用这桩故事,也有两层意思。第一是说那高楼上的弦歌声好像《杞梁妻叹》那样悲。"谁能"二语和别一篇古诗里"谁能为此器?公输与鲁班!"句调相同。那两句只等于说:"这东西巧妙极了!"这两句在第一意义下,也只等于说:"这曲子真悲极了!"说了"一何悲",又接上这两句,为的是增加语气;"悲"还只是概括的,这两句却是具体的。"音响一何悲"的"音响"似乎重复了上句的"声",似乎只是为了凑成五言。古人句律宽松,这原不足为病。但《乐记》里说"声成文谓之音",而响为应声也是古义,那么,分析地说起来,"声"和"音响"还是不同的。"谁能"二语,假设问答,本是乐府的体裁。乐府多一半原是民歌，民歌有些是对着大众唱的，用了问答的语句，有时只是为使听众感觉自己在歌里也有份儿——答语好像是他们的。但那别一篇古诗里的"谁能"二语跟本诗里的，除应用这个有趣味的问答式之外，还暗示一个主旨。那就是，只有公输与鲁班能为此器（香炉），只有杞梁妻能为此曲。本诗在答句里却多了"无乃"这个否定的反诘语，那是使语气婉转些。

这儿语气带些犹疑，却是必要的。"谁能"二句其实是双关语，关键在"此曲"上。"此曲"可以是旧调旧辞，也可以是旧调新辞——下文有"清商随风发"的话，似乎不会是新调。可以是旧调旧辞，便蕴含着"谁能"二句的第一层意思，就是上节所论的。可以是旧调新辞，便蕴含着另一层意思。这就是说，为此曲者莫不是杞梁妻一类人吗？——曲本兼调和辞而言。这也就是说那位"歌者"莫不是一位冤苦的女子吗？宫禁里、侯门中，怨女一定是不少的；《长门赋》《团扇辞》《乌鹊双飞》所说的只是些著名的，无名的一定还多。那高楼上的歌者可能就是一个，至少听者可以这样想，诗人可以这样想。陆机拟作里便直说道："佳人抚琴瑟，纤手清且闲。芳气随风结，哀响馥若兰。玉容谁得顾？倾城在一弹。"语语都是个女人。曹植《七哀诗》开端道："明月照高楼，流光正徘徊。上有愁思妇，悲叹有余哀。"似乎也多少袭用本诗的意境，那高楼上也是个女人。这些都可供旁证。

"上有弦歌声"是叙事，"音响一何悲"是感叹句，表示曲的悲，也就是表示人——歌者跟听者——的悲。"谁能"二语进一步具体地写曲写人。"清商"四句才详细地描写歌曲本身，可还兼顾着人。朱筠说"随风发"是曲之始，"正徘徊"是曲之中，"一弹三叹"是曲之终，大概不错。商音本是"哀响"，加上"徘徊"，加上"一弹三叹",自然"慷慨有余哀"。徘徊,《后汉书·苏竟传》注说是"萦绕淹留"的意思。歌曲的徘徊也正暗示歌者心头的徘徊,听者足下的徘徊。《乐记》说:"'清庙'之瑟……壹倡而三叹,有遗音者矣。"郑玄注:"倡,发歌句也;三叹,三人从而叹之耳。"这个叹大概是和声。本诗"一弹再三叹",大概也指复沓的曲句或泛声而言;一面还照顾着杞梁的妻的叹,增强曲和人的悲。《说文》:"慷慨,壮士不得志于心也。"这儿却是怨女的不得志于心。也许有人想,宫禁千门万户,侯门也深如海,外人如何听得清高楼上的弦歌声呢?这一层,姑无论诗人设想原可不必黏滞实际,就从实际说,也并非不可能的。唐代元稹的《连昌宫词》里不是说过吗:"李谟擫笛傍宫墙,偷得新翻数般曲。"还有,陆机说"佳人抚琴瑟",抚琴瑟自然是想象之辞,但参照别首,也许是"弹筝奋逸响"也未可知。

歌者的苦,听者从曲中听出想出,自然是该痛惜的。可是他说"不惜",他所伤心的只是听她的曲而知她的心的人太少了。其实他是在痛惜她,固然痛惜她的冤苦,却更痛惜她的知音太少。一个不得志的女子禁闭在深宫内院里,苦是不消说的,更苦的是有苦说不得;有苦说不得,只好借曲写心,最苦的是没人懂得她的歌曲,知道她的心。这样说来,"知音稀"真是苦中苦,别的苦还在其次。"不惜""但伤"是这个意思。这里是诗比散文经济的地方。知音是引用俞伯牙、钟子期的故事。伪《列子》道:"伯牙善鼓琴,钟子期善听。伯牙鼓琴,志在登高山,钟子期曰:'善哉!峨峨兮若泰山。'志在流水,钟子期曰:'善哉!洋洋兮若江河。'伯牙所念,钟子期必得之。"《列子》虽是伪书,但这个故事来源很古(《吕氏春秋》中有);因为《列子》里叙得合用些,所以引在这里。"伯牙所念,钟子期必得之",这才是"善听",才是知音。这样的知音也就是知心、知己,自然是很难遇的。

本诗的主人公是那听者,全首都是听者的口气。"不惜"的是他,"但伤"的是他,"愿为双鸣鹤,奋翅起高飞!""愿"的也是他。这末两句似乎是乐府的套语。"东城高且长"篇末作"思为双飞燕,衔泥巢君屋";伪苏武诗第二首袭用本诗的地方很多,篇末也说"愿为双黄鹄,送子俱远飞",篇中又有"何况双飞龙,羽翼临当乖"的话。苏武诗虽是伪托,时代和《十九首》相去也不会太远的。从本诗跟"东城高且长"看,双飞鸟的比喻似乎原是用来指男女的。伪苏武诗里的双飞龙,李善《文选注》说是"喻己及朋友",双黄鹄无注,李善大概以为跟双飞龙的喻意相同。这或许是变化用之。本诗的双鸣鹤,该是比喻那听者和那歌者。一作双鸿鹄,意同。鹤和鸿鹄都是鸣声嘹亮,跟"知音"相照应。"奋翼"句也许出于《楚辞》的"将奋翼兮高飞"。高,远也,见《广雅》。但《诗经·邶风·柏舟》篇末"静言思之,不能奋飞"二语的意思,"愿为"两句里似乎也蕴含着。这是俞平伯先生在《葺芷缭蘅室古诗札记》里指出的。那二语却是一个受苦的女子的话。唯其那歌者不能奋飞,那听者才"愿"为鸣鹤,双双奋飞。不过,这也只是个"愿",表示听者的"惜"和"伤",表示他的深切的同情罢了,那悲哀终于是"绵绵无尽期"的。

六

> 涉江采芙蓉,兰泽多芳草。
> 采之欲遗谁,所思在远道。
> 还顾望旧乡,长路漫浩浩。
> 同心而离居,忧伤以终老。

这首诗的意旨只是游子思家。诗中引用《楚辞》的地方很多，成辞也有，意境也有，但全诗并非思君之作。《十九首》是仿乐府的，乐府里没有思君的话，汉魏六朝的诗里也没有，本诗似乎不会是例外。"涉江"是《楚辞》的篇名，屈原所作的《九章》之一。本诗是借用这个成辞，一面也多少暗示着诗中主人的流离转徙——《涉江》篇所叙的正是屈原流离转徙的情形。采芳草送人，本是古代的风俗。《诗经·郑风·溱洧》篇道："溱与洧，方涣涣兮，士与女，方秉蕳兮。"《毛传》："蕳，兰也。"《诗》又道："且往观乎，洧之外，洵讦且乐。维士与女，伊其相谑，赠之以勺药。"郑玄《笺》说士与女分别时，"送女以勺药，结恩情也"。《毛传》说勺药也是香草。《楚辞》也道："采芳洲兮杜若，将以遗兮下女""搴汀洲兮杜若，将以遗兮远者""被石兰兮带杜衡，折芳馨兮遗所思""折疏麻兮瑶华，将以遗兮离居"。可见采芳相赠，是结恩情的意思，男女都可，远近也都可。

本诗"涉江采芙蓉，兰泽多芳草"便说的采芳。芙蓉是莲花，《溱洧》篇的蕳，《韩诗》说是莲花；本诗作者也许兼用《韩诗》的解释。莲也是芳草。这两句是两回事。河里采芙蓉是一回事，兰泽里采兰另是一事。"多芳草"的芳草就指兰而言。《楚辞·招魂》道："皋兰被径兮斯路渐。"王逸注："渐，没也；言泽中香草茂盛，覆被径路。"这正是"兰泽多芳草"的意思。《招魂》那句下还有"目极千里兮伤春心，魂兮归来哀江南"二语。本诗"兰泽多芳草"引用《招魂》，还暗示着伤春思归的意思。采芳草的风俗，汉代似乎已经没有。作诗人也许看见一些芳草，即景生情，想到古代的风俗，便根据《诗经》《楚辞》，虚拟出采莲、采兰的事实来。诗中想象的境地本来多，只要有暗示力就成。

采莲、采兰原为的送给"远者"、"所思"的人、"离居"的人——这人是"同心"人,也就是妻室。可是采芳送远到底只是一句自慰的话、一个自慰的念头;道路这么远这么长,又怎样送得到呢?辛辛苦苦地东采西采,到手一把芳草;这才恍然记起所思的人还在远道,没法子送去。那么,采了这些芳草是要给谁呢?不是白费吗?不是傻吗?古人道:"诗之失,愚。"正指这种境地说。这种愚只是无可奈何的自慰。"采之欲遗谁,所思在远道"不是自问自答,是一句话,是自诘自嘲。

记起了"所思在远道",不免爽然自失。于是乎"还顾望旧乡"。《涉江》里道"乘鄂渚而顾兮",《离骚》里也有"忽临睨夫旧乡"的句子。古乐府道,"远望可以当归";"还顾望旧乡"又是一种无可奈何的自慰。可是"长路漫浩浩",旧乡哪儿有一些踪影呢?不免又是一层失望。漫漫,长远貌,《文选》左思《吴都赋》刘渊林注。浩浩,广大貌,《楚辞·怀沙》王逸注。这一句该是"长路漫漫浩浩"的省略。漫漫省为漫,叠字省为单辞,《诗经》里常见。这首诗以前,这首诗以后,似乎都没有如此的句子。"还顾望旧乡"一语,旧解纷歧。一说,全诗是居者思念行者之作,还顾望乡是居者揣想行者如此这般(姜任修《古诗十九首释》,张玉谷《古诗赏析》)。曹丕《燕歌行》道:"念君客游思断肠,慊慊思归恋故乡。"正是居者从对面揣想。但那里说出"念君",脉络分明。本诗的"还顾"若也照此解说,却似乎太曲折些。这样曲折的组织,唐宋诗里也只偶见,古诗里是不会有的。

本诗主人在两层失望之余,逼得只有直抒胸臆,采芳既不能赠远,望乡又茫无所见,只好心上温寻一番罢了。这便是"同心而离居,忧伤以终老"二语。由相思而采芳草,由采芳草而望旧乡,由望旧乡而回到相思，兜了一个圈子，真是无可奈何到了极处。所以有"忧伤以终老"这样激切的口气。《周易》："二人同心。"这里借指夫妇。同心人该是生同室，死同穴，所谓"偕老"。现在却"同心而离居""道路阻且长，会面安可知"，想来是只有忧伤终老的了！"而离居"的"而"字包括着离居的种种因由、种种经历；古诗浑成，不描写细节，也是时代使然。但读者并不感到缺少，因为全诗都是粗笔，这儿一个"而"字尽够咀嚼的。"忧伤以终老"一面是怨语，一面也重申"同心"的意思——是说尽管忧伤，绝无两意。这两句兼说自己和所思的人，跟上文专说自己的不同；可是下句还是侧重在自己身上。

本诗跟"庭中有奇树"一首，各只八句，在《十九首》中是最短的。这一首里复沓的效用最易见。首二语都是采芳草；"远道"一面跟"旧乡"是一事，一面又跟"长路漫浩浩"是一事。八句里虽然复沓了好些处，却能变化。"涉江"说"采"，下句便省去"采"字，句式就各别；而两语的背景又各不相同。"远道"是泛指，"旧乡"是专指；"远道"是"天一方"，"长路漫浩浩"是这"一方"到那"一方"的中间。这样便不单调。而诗中主人相思的深切却得借这些复沓处显出。既采莲，又采兰，是唯恐恩情不足。所思的人所在的地方，两次说及，也为的增强力量。既说道远，又说路长，再加上"漫浩浩"，只是"会面安可知"的意思。这些都是相思，也都是"忧伤"，都是从"同心而离居"来的。

七

　　明月皎夜光，促织鸣东壁。

> 玉衡指孟冬，众星何历历。
> 白露沾野草，时节忽复易。
> 秋蝉鸣树间，玄鸟逝安适。
> 昔我同门友，高举振六翮。
> 不念携手好，弃我如遗迹。
> 南箕北有斗，牵牛不负轭。
> 良无盘石固，虚名复何益。

这首诗是怨朋友不相援引，语意明白。这是秋夜即兴之作。《诗经·月出》篇："月出皎兮。……劳心悄兮。""明月皎夜光"一面描写景物，一面也暗示着悄悄地劳心。促织是蟋蟀的别名。"鸣东壁"，"东壁向阳，天气渐凉，草虫就暖也"（张庚《古诗十九首解》）。《诗经·七月》篇道："七月在野，八月在宇，九月在户，十月蟋蟀入我床下。"可以参看。《春秋说题辞》说："趣（同"促"）织之为言趣（促）也。织与事遽，故趣织鸣，女作兼也。"本诗不用蟋蟀而用促织，也许略含有别人忙于工作自己却偃蹇无成的意思。

"玉衡指孟冬，众星何历历"，也是秋夜所见。但与"明月皎夜光"不同时，因为有月亮的当儿，众星是不大显现的。这也许指的上弦夜，先是月明，月落了，又是星明；也许指的是许多夜。这也暗示秋天夜长，诗中主人"忧愁不能寐"的情形。"玉衡"见《尚书·尧典》（伪古文见《舜典》），是一支玉管儿，插在璇玑（一种圆而可转的玉器）里窥测星象的。这儿却借指北斗星的柄。北斗七星，形状像个舀酒的大斗——长柄的勺子。第一星至第四星成勺形，叫斗魁；第五星至第七星成柄形，叫斗杓，也叫斗柄。《汉书·律历志》已经用玉衡比喻斗杓，本诗也是如此。古人以为北斗星一年旋转一周，他们用斗柄所指的方位定十二月二十四气。斗柄指着什么方位，他们就说是哪个月、哪个节气。这在当时是常识，差不多人人皆知。"玉衡指孟冬"，便是说斗柄已经指着孟冬的方位了；这其实也就是说，现在已到了冬令了。

这一句里的孟冬，李善说是夏历的七月，因为汉初是将夏历的十月作正月的。历来以为《十九首》里有西汉诗的，这句诗是重要的客观的证据。但古代历法，向无定论。李善的话也只是一种意见，并无明确的记载可以考信。俞平伯先生在《清华学报》曾有长文讨论这句诗，结论说它指的是夏历九月中。这个结论很可信。陆机拟作道："岁暮凉风发，昊天肃明明。招摇西北指，天汉东南倾。""招摇"是斗柄的别名。"招摇西北指"该与"玉衡指孟冬"同意。据《淮南子·天文训》，斗柄所指，西北是夏历九月十月之交的方位，而正西北是立冬的方位。本诗说"指孟冬"，该是作于夏历九月立冬以后；斗柄所指该是西北偏北的方位。这跟诗中所写别的景物都无不合处。"众星何历历！"历历是分明。秋季天高气清，所谓"昊天肃明明"，众星更觉分明，所以用了感叹的语谓。

"明月皎夜光"四语，就秋夜的见闻起兴。"白露沾野草，时节忽复易。秋蝉鸣树间，玄鸟逝安适。"却接着泛写秋天的景物。《礼记》："孟秋之月，白露降。"又，"孟秋，寒蝉鸣。"又，"仲秋之月，玄鸟归。"——郑玄注，玄鸟就是燕子。《礼记》的时节只是纪始。九月里还是有白露的，虽然立了冬，而立冬是在霜降以后，但节气原可以早晚些。九月里也还有寒蝉。八月玄鸟归，九月里说"逝安适"，更无不可。这里"时节忽复易"兼指白露、秋蝉、玄鸟三语；因为白露同时是个节气的名称，便接着"沾野草"说下去。这四语见出秋天一番萧瑟的景象，引起宋玉以来传统的悲秋之感。而"时节忽复易","岁暮一何速"("东城高且长"中句),诗中主人也是"贫士失职而志不平",也是"淹留而无成"(宋玉《九辩》),自然感慨更多。

"昔我同门友"以下便是他自己的感慨来了。何晏《论语集解》"有朋自远方来,不亦乐乎"下引包咸曰:"同门曰朋。"邢昺《疏》引郑玄《周礼注》:"同师曰朋,同志曰友。"说同门是同在师门受学的意思。同门友是很亲密的,所以以下文有"携手好"的话。《诗经》里道:"惠而好我,携手同车。"也是很亲密的。从前的同门友现在是得意起来了。"高举振六翮"是比喻。《韩诗外传》"盖桑曰:'夫鸿鹄一举千里,所恃者六翮耳。'"翮是羽茎,六翮是大鸟的翅膀。同门友好像鸿鹄一般高飞起来了。上文说玄鸟,这儿便用鸟做比喻。前面两节的联系就靠这一点儿,似连似断的。同门友得意了,却"不念携手好,弃我如遗迹"了。《国语·楚语》下:"灵王不顾于民,一国弃之,如遗迹焉。"韦昭注,像行路人遗弃他们的足迹一样。今昔悬殊,云泥各判,又怎能不感慨系之呢?

"南箕北有斗,牵牛不负轭。"李善注:"言有名而无实也。"《诗经》:"维南有箕,不可以簸扬;维北有斗,不可以挹酒浆。""睆彼牵牛,不以服箱。"箕是簸箕,用来扬米去糠。服箱是拉车。负轭是将轭架在牛颈上,也还是拉车。名为箕而不能簸米,名为斗而不能挹酒,名为牛而不能拉车。所以是"有名而无实"。无实的名只是"虚名"。但是诗中只将牵牛的有名无实说出,"南箕""北有斗"却只引《诗经》的成辞,让读者自己去联想。这种歇后的手法,偶然用在成套的比喻的一部分里,倒也新鲜,见出巧思。这儿的箕、斗、牵牛虽也在所见的历历众星之内,可是这两句不是描写景物而是引用典故来比喻朋友。朋友该相援引,名为朋友而不相援引,朋友也只是"虚名"。"良无盘石固",良,信也。《声类》:"盘,大石也。"固是"不倾移"，《周易·系词》下"德之固也"注如此；《荀子·儒效》篇也道："万物莫足以倾之之谓固。"《孔雀东南飞》里兰芝向焦仲卿说："君当作盘石，妾当作蒲苇。蒲苇纫如丝，盘石无转移。"仲卿又向兰芝说："盘石方且厚，可以卒千年。"可见"盘石固"是大石头稳定不移的意思。照以前"同门""携手"的情形，交情该是盘石般稳固的。可是现在"弃我如遗迹"了，交情究竟没有盘石般稳固呵。那么，朋友的虚名又有什么用处呢！只好算白交往一场罢了。

本诗只开端二语是对偶，"秋蝉"二语偶而不对，其余都是散行句。前书描写景物，也不尽依逻辑的顺序，如促织夹在月星之间，以及"时节忽复易"夹在白露跟秋蝉、玄鸟之间。但诗的描写原不一定依照逻辑的顺序，只要有理由。"时节"句上文已论。"促织"句跟"明月"句对偶着，也就不觉得杂乱。而这二语都是韵句，韵脚也给它们凝整的力量。再说从大处看，由秋夜见闻起首，再写秋天的一般景物，层次原也井然。全诗又多直陈，跟"青青陵上柏""今日良宴会"有相似处，但结构自不相同。诗中多用感叹句，如"众星何历历！""时节忽复易！""玄鸟逝安适！""虚名复何益！"也和"青青陵上柏"里的"极宴娱心意，戚戚何所迫！""今日良宴会"里的"何不策高足，先据要路津。无为守穷贱，轗轲长苦辛！"相似。直陈要的是沉着痛快，感叹句能增强这种效果。诗中可也用了不少比喻。六翮、南箕、北斗、牵牛，都是旧喻新用，盘石是新喻，玉衡、遗迹，是旧喻。这些比喻，特别是箕、斗、牵牛那一串儿，加上开端二语牵涉的感慨，足以调剂直陈诸语，免去专一的毛病。本诗前后两节联系处很松泛，上面已述及，松泛得像歌谣里的接字似的。"青青陵上柏"里利用接字增强了组织，本诗"六翮"接"玄鸟"，前后是长长的两节，这个效果便见不出。不过，箕、斗、牵牛既照顾了前节的

"众星何历历",而从传统的悲秋到失志无成之感到怨朋友不相援引,逐层递进,内在的组织原也一贯。所以诗中虽有些近乎散文的地方,但就全体而论,却还是紧凑的。

八

> 冉冉孤生竹,结根泰山阿。
> 与君为新婚,菟丝附女萝。
> 菟丝生有时,夫妇会有宜。
> 千里远结婚,悠悠隔山陂。
> 思君令人老,轩车来何迟。
> 伤彼蕙兰花,含英扬光辉。
> 过时而不采,将随秋草萎。
> 君亮执高节,贱妾亦何为?

吴淇说这是"怨婚迟之作"(《选诗定论》),是不错的。方廷珪说:"与君为新婚""只是媒妁成言之始,非嫁时"(《文选集成》),也是不错的。这里"为新婚"只是订了婚的意思。订了婚却老不成婚,道路是悠悠的,岁月也是悠悠的,怎不"思君令人老"呢?一面说"与君""思君""君亮",一面说"贱妾",显然是怨女在向未婚夫说话。但既然"为新婚",照古代的交通情形看,即使不同乡里,也该相去不远才是,怎么会"千里远""隔山陂"呢?也许那男子随宦而来,订婚在幼年,以后又跟着家里人到了远处或回了故乡。也许他自己为了种种缘故,做了天涯游子。诗里没有提,我们只能按情理这样揣想罢了。无论如何,那女子老等不着成婚的信儿是真的。照诗里的

143

口气，那男子虽远隔千里，却没有失踪；至少他的所在那女子还是知道的。说"轩车来何迟"，说"君亮执高节"，明明有个人在那里。轩车是有阑干的车子，据杜预《左传注》，是大夫乘坐的。也许男家是做官的，也许这只是个套语，如后世歌谣里的"牙床"之类。这轩车指的是男子来亲迎的车子。彼此相去千里，隔着一重重山陂，那女子似乎又无父母，自然只有等着亲迎一条路。男大当婚，女大当嫁，彼此到了婚嫁的年纪，那男子却总不来亲迎，怎不令人忧愁相思要变老了呢！"思君令人老"是个套句，但在这里并不缺少力量。

何故"轩车来何迟"呢？诗里也不提及。可能的原因似乎只有两个：一是那男子穷，道路隔得这么远，迎亲没有这笔钱；二是他弃了那女子，道路隔得这么远，岁月隔得这么久，他懒得去践那婚约——甚至于已经就近另娶，也没有准儿。照诗里的口气，似乎不是因为穷，诗里的话，那么缠绵固结，若轩车不来是因为穷，该有些体贴的句子。可是没有。诗里只说了"君亮执高节"一句话，更不去猜想轩车来迟的因由；好像那女子已经知道，用不着猜想似的。亮，信也。你一定"守节情不移"，不至于变心负约的。果能如此，我又为何自伤呢？上文道："伤彼蕙兰花，……""贱妾亦何为？"就是何为"伤彼"，而"伤彼"也就是自伤。张玉谷说这两句"代揣彼心，自安己分"（《古诗赏析》），可谓确切。不过"代揣彼心"，未必是彼真心；那女子口里尽管说"君亮执高节"，心里却在唯恐他不"执高节"。这是一句原谅他，代他回护，也安慰自己的话。他老不来，老不给成婚的信儿，多一半是变了心，负了约，弃了她；可是她不能相信这个。她想他、盼他，希望他"执高节"；唯恐他不如此，是真的，但愿他还如此，也是真的。轩车不来，却只说"来何迟"！相隔千里，不能成婚，却还说"千里远结婚"——尽管千里，彼此结为婚姻，总该是固结不解的。这些都出于同样的一番苦心、一番希望。这是"怨而不怒",也是"温柔敦厚"。

婚姻贵在及时,她能说的、敢说的,只是这个意思。"菟丝生有时""过时而不采"都从"时"字着眼。既然"与君为新婚",既然结为婚姻,名分已定,情好也会油然而生。也许彼此还没有见过面,但自己总是他的人,盼望及时成婚,正是常情所同然。他的为人,她不能详细知道;她只能说她自己的。她对他的情好是怎样的缠绵固结呵。她盼望他来及时成婚,又怎样的热切呵。全诗用了三个比喻,只是回环复沓地暗示着这两层意思。"冉冉孤生竹,结根泰山阿""菟丝附女萝"都暗示她那缠绵固结的情好。"冉冉"是柔弱下垂的样子,"山阿"是山弯里。泰山,王念孙《读书杂志》说是"大山"之讹,可信;大山犹如高山。李善注:"竹结根于山阿,喻妇人托身于君子也。""孤生"似乎暗示已经失去父母,因此更需有所依托——也幸而有了依托。弱女依托于你,好比孤生竹结根于大山之阿——她觉得稳固不移。女萝就是松萝。陆玑《毛诗草木疏》:"今松萝蔓松而生,而枝正青。菟丝草蔓联草上,黄赤如金,与松萝殊异。""菟丝附女萝",只暗示缠结的意思。李白诗:"君为女萝草,妾作菟丝华。"以为女萝是指男子,菟丝是女子自指。就本诗本句和下文"菟丝生有时"句看,李白是对的。这里两个比喻中间插入"与君为新婚"一句,前后照应,有一箭双雕之妙。还有,《楚辞·山鬼》道,"若有人兮山之阿""思公子兮徒离忧"。本诗"结根大山阿"更暗示着下文"思君令人老"那层意思。

"菟丝生有时",为什么单提菟丝,不说女萝呢?菟丝有花,女萝没有;花及时而开,夫妇该及时而会。"夫妇会有宜",宜,得其所也;得其所也便是得其时。这里菟丝虽然就是上句的菟丝——蝉联而下,也是接字的一格——可是不取它的"附女萝"为喻,而取它的"生有时"为喻,意旨便各别了。这两语是本诗里仅有的偶句;本诗比喻多,得用散行的组织才便于将这些彼此不相干的比喻贯串起来,所以偶句少。下文蕙兰花是女子自比,有花的菟丝也是女子自比。女子究竟以色为重,将花作比,古今中外,心同理同。夫妇该及时而会,可是千里隔山陂,"轩车来何迟"呢!于是乎自伤了。"一干一花而香有余者,兰;一干数花而香不足者,蕙。"见《尔雅翼》。总而言之是香草。花而不实者谓之英,见《尔雅》。花而不实,只以色为重,所以说"含英扬光辉"。《五臣注》:"此妇人喻己盛颜之时。"花"过时而不采",将跟着秋草一块儿蔫了、枯了;女子过时而不婚,会真个变老了。《离骚》道:"惟草木之零落兮,恐美人之迟暮。""夫妇会有宜",妇贵及时,夫也贵及时之妇。现在轩车迟来,眼见就会失时,怎能不自伤呢?可是——念头突然一转,她虽然不知道他别的,她准知道他会守节不移;他会来的,迟点儿、早点儿,总会来的。那么,还是等着吧,自伤为了什么呢?其实这不过是无可奈何的自慰——不,自骗——罢了。

九

　　庭中有奇树,绿叶发华滋。
　　攀条折其荣,将以遗所思。
　　馨香盈怀袖,路远莫致之。
　　此物何足贡,但感别经时。

《十九首》里本诗和"涉江采芙蓉"一首各只八句,最短。而这一首直直落落的,又似乎最浅。可是陆时雍说得好:"《十九首》深衷浅貌,短语长情。"(《古诗镜》)这首诗才恰恰当得起那两句评语。试读陆机的拟作:"欢友兰时往,苔苔匿音徽。虞渊引绝景,四节逝若飞。芳草久已茂,佳人竟不归。踯躅遵林渚,惠风入我怀;感物恋所欢,采此欲贻谁!"这首诗恰可以做本篇的注脚。陆机写出了一个有头有尾的故事:先说所欢在兰花开时远离;次说四节飞逝,又过了一年;次说兰花又开了,所欢不回来;次说踯躅在兰花开处,感怀节物,思念所欢,采了花却不能赠给那远人。这里将兰花换成那"奇树"的花,也就是本篇的故事。可是本篇却只写出采花那一段儿,而将整个故事暗示在"所思""路远莫致之""别经时"等语句里。这便比较拟作经济。再说拟作将故事写成定型,自然不如让它在暗示里生长着的引人入胜。原作比拟作"语短",可是比它"情长"。

诗里一面却详叙采花这一段儿。从"庭中有奇树"而"绿叶",而"发华滋",而"攀条",而"折其荣";总而言之,从树到花,应有尽有,另来了一整套儿。这一套却并非闲笔。蔡质《汉官典职》:"宫中种嘉木奇树。"奇树不是平常的树,它的花便更可贵些。

这里浑言"奇树",比拟作里切指兰草的反觉新鲜些。华同花,滋是繁盛,荣就是华,避免重复,换了一字。朱筠说本诗"因人而感到物,由物而说到人"。又说"因意中有人,然后感到树;……'攀条折其荣,将以遗所思',因物而思绪百端矣"(《古诗十九首说》)。可谓搔着痒处。诗中主人也是个思妇,"所思"是她的"欢友"。她和那欢友别离以来,那庭中的奇树也许是第一回开花,也许开了不止一回花,现在是又到了开花的时候。这奇树既生在庭中,她自然朝夕看见;她看见叶子渐渐绿起来,花渐渐繁起来。这奇树若不在庭中,她偶然看见它开花,也许会顿吃一惊:日子过得快呵,一别这么

147

久了!可是这奇树老在庭中,她天天瞧着它变样儿,天天觉得过得快,那人是一天比一天远了!这日日的煎熬、渐渐的消磨,比那顿吃一惊更伤人。诗里历叙奇树的生长,便为了暗示这种心境;不提苦处而苦处就藏在那似乎不相干的奇树的花叶枝条里。这是所谓"浅貌深衷"。

孙𨥤说这首诗与"涉江采芙蓉"同格,邵长蘅也说意同。这里"同格""意同"只是一个意思。两首诗结构各别,意旨确是大同。陆机拟作的末语跟"涉江采芙蓉"第三语只差一"此"字,差不多是直抄,便可见出。但是"涉江采芙蓉"有行者望乡一层,本诗专叙居者采芳欲赠,轻重自然不一样。孙𨥤又说"盈怀袖"一句意新。本诗只从采芳着眼,便酝酿出这新意。采芳本为了祓除邪恶,见《太平御览》引《韩诗章句》。祓除邪恶,凭着花的香气。"馨香盈怀袖"见得奇树的花香气特盛,比平常的香花更为可贵,更宜于赠人。一面却因"路远莫致之"——致,送达也——久久地、痴痴地执花在手,任它香盈怀袖而无可奈何。《左传》声伯《梦歌》:"归乎,归乎!琼瑰盈吾怀乎!"《诗·卫风》:"籊籊竹竿,以钓于淇。岂不尔思?远莫致之。"本诗引用"盈怀""远莫致之"两个成辞,也许还联想到各原辞的上语:"馨香"句可能暗示着"归乎,归乎"的愿望,"路远"句更是暗示着"岂不尔思"的情味。断章取义,古所常有,与原义是各不相干的。诗到这里来了一个转语:"此物何足贡?"贡,献也,或作"贵"。奇树的花虽比平常的花更可贵,更宜于赠人,可是为人而采花,采了花而"路远莫致之",又有什么用处!那么,可贵的也就不足贵了。泛称"此物",正是不足贵的口气。"此物何足贵",将攀条折荣,香盈怀袖,路远莫致,一笔抹杀,是直直落落的失望。"此物何足贡",便不同一些。此物虽可珍贵,但究竟是区区微物,何足献给你呢？没人送去就没人送去算了。也是失望，口气较婉转。总之，都是物轻人重的意思，朱筠说"非因物而始思其人"，一语破的。意中有人，眼看庭中奇树叶绿花繁，是一番无可奈何；幸而攀条折荣，可以自遣，可遗所思，而路远莫致，又是一番无可奈何。于是乎"但感别经时"。"别经时"从上六句见出，"别经时"原是一直感着的，盼望采花打个岔儿，却反添上一层失望。采花算什么呢？单只感着别经时，老只感着别经时，无可奈何的更无可奈何了。"这次第怎一个'愁'字了得"呵！孙𫓧说"盈怀袖"一句下应以"别经时"，"视彼（涉江采芙蓉）较快，然冲味微减"。本诗原偏向明快，"涉江采芙蓉"却偏向深曲，各具一格，论定优劣是很难的。

魏晋南北朝文学

李长之

第十一章
这一时期的基本历史事实和文学发展大势

从东汉末年到隋唐以前,亦即从公元2世纪到6世纪,这四五百年间,在社会状况上和文学发展上都成为一个具有若干特点的段落。它不同于以前的周、秦、西汉,也不同于后来的隋、唐。

这是一个经过农民和奴隶大起义的时代。就在"百姓怨气满腹"的汉光武时代,所谓"妖贼"就已经迭起。统治阶级虽然用卑劣的手段,或令起义者互相残杀,"听群盗自相纠摘,五人共斩一人者除其罪"[1];或派遣奸细,混入起义军中,用伏兵诱杀;也有扮作缝衣穷人,暗中在衣服上做了记号,以便寻剿[2],因而得了短时胜利的,但在豪门恶霸欺压下的整个东汉时代人民是起义不绝的[3]。后来规模最大的就是汉末黄巾军起义,人数在百万以上(192年时的记载),活动的时期有20多年。东晋时起义军规模最大的是用天师道徒的外衣而起来的孙恩等,他们是被解放的奴隶,因又遭兵役而起来反抗的,时间

---

[1] 建武十六年(40)。见《资治通鉴》卷四三。

[2] 永初四年(110)。见《资治通鉴》卷四九。

[3] 桓帝时的梁冀可作豪门恶霸代表,他有好几十里的兔园,兔子的毛上有着记号,有人杀了他的兔子就要十几个人来偿命。他死时(159)抄没他的家产,得20余万万,因而这年减天下租税之半。

有十余年，一度打到南京附近。这些起义军都曾震撼过当时的统治秩序。

这也是一个长期军阀混战的时代。从汉灵帝末年（189），董卓诛死宦官时起，中国就入了军阀混战时期。这种混战一直到晋灭吴（280），统一全国，才暂告结束，前后有百年光景。董卓时，"二百里内，屋室荡尽，无复鸡犬"[1]。曹操到徐州作战，坑杀避董乱难民"数十万口于泗水，水为不流"，屠郯时，"鸡犬亦尽，墟里无复行人"[2]。魏、蜀、吴三国的统治阶级都是同样与人民为敌的[3]。西晋有八王之乱，东晋又先后有王敦、苏峻、桓温、桓玄、刘裕发动的内战，人民是苦极了。

这又是一个长期而剧烈的民族斗争的时代。由于两晋统治阶级腐化和内战的结果，引起塞外野蛮民族的内侵，从匈奴族刘渊建国起，到鲜卑族北周亡（304—581），华北人民遭受浩劫有将近300年之久。

这同时是一个门阀士族特别有势力的时代。士族是特权的大地主、大奴隶主阶级。自从曹丕根据社会上原有的士族势力，定出"九品中正"的办法，于是更造成"上品无寒门，下品无世族"（西晋刘毅语）的局势。东晋有"王与马，共天下"的谚语，说明王谢士族的

1《资治通鉴》卷五九。

2《资治通鉴》卷六一。

3 曹操以破黄巾为政治资本，他在建安十五年（210）诏令中把"破降黄巾三十万众"当作得意之举。荀彧更明显而无耻地指出"将军（指曹操）本以兖州首事，平山东之难（指黄巾），百姓无不归心悦服"，可见曹操就是以破黄巾起家的。吴国连年有起义的"山寇"，终于被陆逊消灭掉。蜀国诸葛亮对于随便杀人的法正不加禁止，反而说让他得意得意。这是什么话！

力量。北朝有卢、崔、郑、王四姓，和异族统治阶级联合压榨人民。

在文化思想上，这是一个由于社会不安定以及印度佛教思想的诱发而思想界解放、老庄思想得到新的发展的时代。社会上极度不安，旧秩序破坏，传统的儒家思想权威垮了。而军阀们为了需要"人才"，像曹操就公然撕破脸皮，征求"盗嫂受金"的人物，说"唯才是举"，于是也助长了人们由拘谨而至通脱。佛教在东汉明帝永平十年（67）入华，经过三国、两晋，而有了译经，自慧远、鸠摩罗什诸大师的宣扬而大为盛行。这是中国新的精神食粮，而原有的老庄思想也得到了新的理解，王弼、向秀、郭象的《老子》《庄子》新注疏也产生了，伪《列子》也编辑出来了，道佛两教的辩难也盛极一时了。

最后，这也是中国艺术史上十分辉煌的时代。大书法家王羲之、郑道昭是在这个时代，大画家顾恺之、陆探微、宗炳是在这个时代，大雕塑家并音乐家戴逵是在这个时代。而江南的寺庙，北方的云岗、龙门的雕刻也在这个时代。不但有创作，也有理论，中国系统的画论——所谓"六法"，也产生在这个时代。

必须把这各方面都考虑到，才能对这时代的文学有所理解。农民和奴隶大规模的起义说明当时阶级斗争的尖锐和激烈。军阀混战和民族剧烈斗争说明人民灾难的深重。不但是一般人民过着痛苦的日子，就是上层阶级像大奴隶主、大地主等也有朝不保夕的感觉。至于中间层的人物，生活就更动荡，而性命也更没有保障。单以文人而论，这个时期的文人很少是善终的，像嵇康、张华、陆机陆云兄弟、潘岳、郭璞、范晔、谢灵运、谢朓、鲍照……没有不是被杀害的。原因是，既有对立阶级的矛盾，又有民族的矛盾，而统治阶级内部也互相倾轧得厉害，而文人如果牵连于这种统治阶级内部斗争之中一派时，就难免为别一派所仇恨,所以往往成了政权争夺时的牺牲者。由于他们一般地遭际可怜的命运,这就是那吃药、饮酒、寻求麻醉生活的根源,也是那慷慨的歌声特别悲凉的缘故。同时那些门阀士族是既有雄厚的经济势力,又有享受优越的文化教养的机会的,因此他们有余力可以从事诗文的创作。加上他们的迁徙流亡,也就对社会和自然有所发现和感触[1],这也增加了诗的素材。解放的思想又使这些门阀士族一方面有了清谈的题目,另一方面也构成了诗的一部分内容,同时这清谈的习惯也帮助着语言的精练化和工巧化[2],这就使那时的诗歌的内容和技巧都推进了一步。艺术的发达,则促进了人们的美感,于是当时的诗国也就美化起来。这就是当时诗歌所以发达的种种因素。

这种种因素又集中表现在对文学的见解上。抒情的唯美的文学被重视了。这对于过去被儒家正统思想所束缚的文艺思想说,自然是一个解放。但同时也就走上了脱离现实、脱离生活的另一个岔路。在思

---

[1]《世说新语·言语篇》载:林公(支遁)见东阳长山曰:"何其坦迤!"顾长康(恺之)从会稽还,人问山川之美,顾曰:"千岩竞秀,万壑争流,草木蒙笼其上,若云兴霞蔚。"又:王子敬(献之)云:"从山阴道上行,山河自相映发,使人应接不暇,若秋冬之际,尤难为怀。"这是对于山川之美的发现。又:道壹道人(竺道)好整饰音辞,从都下还东山,经吴中,已而会雪下,未甚寒,诸道人问在道所经。壹公曰:"风霜固所不论,乃先集其惨澹,郊邑正自飘瞥,林岫便已皓然。"又,谢太傅(安)寒雪日,内集与儿女讲论文义,俄而雪骤,公欣然曰:"白雪纷纷何所似?"兄子胡儿(朗)曰:"撒盐空中差可拟。"兄女曰:"未若柳絮因风起。"公大笑乐。这是说明他们仿佛新发现自然景物中的雪似的。又,谢太傅语王右军:"中年伤于哀乐,与亲友别,辄作数日恶。"王曰:"年在桑榆,自然至此,正赖丝竹陶写。恒恐儿辈觉,损欣乐之趣。"这说明他们对人世的伤感。

[2] 袁裦对于晋人语言的体会是"简约玄澹,尔雅有韵",《世说新语》便是证明。

想方法上，因为印度思想的输入，诱导起中国本土名理思想的发达，所以这时的论文也有一种周密辨析的特点。影响到文学批评上，也就有了成体系的文学批评著作像《文心雕龙》等的出现。

第十二章

辉煌的民歌

谈这时候的民歌就很容易联想到乐府，但民歌不限于乐府。因此，我们不采用乐府这个名词。如果从乐府这个名词的来源上及它的内容和演变上加以考察的话，我们就会认识到乐府和民歌是性质不同的两个名词。

原来远在司马迁的少年时代，汉武帝就已经成立乐府了。乐府在当时是皇帝的歌舞班子，他们采取了些民间音乐是真的，因而采取了一些民间歌词也是真的，但目的并不为保存，而是为享乐。既然为享乐，也就有些改动。况且他们专从音乐上着眼，歌词的内容更是不顾。如果顾的话，也只是审查那些对自己不利的话而已。因此，我们对于那些对乐府存希望过奢的人，不免要唤醒他们：不要忘了乐府本来的性质！

历史上记载汉武帝初立乐府时，让司马相如等造为诗歌，因为太文雅了，连"通一经之士"也看不明白，必须会集五经各家，"相与共讲习读之，乃能通知其意"[1]，这是公元前 120 年的事。这就是乐府原来的情况，有什么民间味！西汉末成帝时乐府最盛，贵族有和皇帝争女乐的，也可见只为统治阶级取乐之用。到哀帝初立（前 7），曾

---

[1]《资治通鉴》卷一九。

经裁减乐府官,在829人中只留下388人[1],说是"去郑声",留下的只是些祭祀音乐和战歌。这就见出统治阶级是只为自己的利益打算,他们对乐府的存废是丝毫没有其他理由的。

乐府里保存着民歌(大体是或者为了配合音乐,或者为了政治上刺目而经过修改的),也是偶然的。同时民歌也有不入乐府的。民歌配不配乐是另外一回事,配乐也不能称为乐府。所谓"民间乐府"一词实在是可商量的[2]。拿《诗经》和乐府比,这也是形式上看问题,以为都是"乐诗",就是一样,其实《诗经》之乐诗说既未必可靠,汉代宫廷之"采诗"目的也不为观民风——宫廷的腐化生活也和春秋以前大不相同了。至于说杜甫、白居易不是承继《诗经》而是承继乐府[3],那更是有些混淆了。再则乐府里也有些"美人哉,宜天子"(《圣人出》),"令我主寿万年"(《临高台》)的奴才文学,又有些根本不可解的词句。因此,我们索性打破乐府一词的束缚,就民歌谈民歌。这时代的民歌却确乎是很出色的。

在那杰出的民歌里,最值得注意的,是一些叙事诗。在这些叙事诗中暴露最深刻的是当时的婚姻问题。透过婚姻问题,表现了阶级社会的本质。《陌上桑》中说秦罗敷逢到一个有妇之夫的"使君"便几

---

1 《资治通鉴》卷三三。

2 余冠英:《乐府诗选序》曾有此称(《汉魏六朝诗论丛》,22页,棠棣出版社,1952年版)。

3 此说亦见上书。实则杜甫的"三吏""三别","即事名篇",正说明没被乐府所拘;白居易"因事立题"的新乐府,也是这种新诗体,宫廷里是不会真正演唱的。白居易提出《诗经》也不只是"旗帜",倒正是说明他的作品是《诗经》的现实主义精神的真正继承人。太强调汉乐府的作用,倒是"模糊了历史的真相"了。

乎被劫夺了去，但她是忠心于自己的夫婿的，正色拒绝了那个"一何愚"的使君。同样主题表现在《羽林郎》中，这不是采桑女了，而是酒家胡，但她同样几乎被豪门的暴客诱走，而她也同样坚定地拒绝了，并且声明"贵贱不相逾"，又指出"男儿爱后妇，女子重前夫"。前者说明阶级的压迫，后者说明阶级社会中男人把女人只当作享乐的对象，然而女人是忠实于爱情的。写得更复杂也更深刻的，那就是著名的长篇叙事诗《孔雀东南飞》，这里写到了婆婆对儿媳的压迫，写到了母子的冲突，也创造出了肯同兰芝一块殉情的府吏，但是重要的是指明府吏的母亲之所以敢于让兰芝回娘家的主要缘故是由于阶级，所以告诉她儿子"汝是大家子，……慎勿为妇死"；兰芝之所以演成"黄泉下相见"的悲剧，也是由于县令和太守的先后逼婚，而她自己实在是贫贱的，正如她母亲所说"贫贱有此女"。所以这个悲剧的主要原因还是阶级的压迫。至于兰芝那个"性行暴如雷"的哥哥，认为"先嫁得府吏，后嫁得郎君，否泰如天地，足以荣汝身"，也完全是压迫阶级的意识反映。"谢家事夫婿，中道还兄门，处分适兄意，那得自任专？"这就是兰芝的哥哥除了执行压迫阶级的意旨之外，还执行了男人对女人的压迫。然而阶级压迫是根本的，所以说"同是被逼迫，君尔妾亦然"，这就是阶级压迫造成的悲剧。府吏的母亲虽然认为她的儿子是"大家子"，大概就是过去的家庭论是如此，但府吏的意识却不同，他已明知道"儿已薄禄相，幸复得此妇"了，也就因为这个缘故，他才有可能和兰芝同赴黄泉。诗人已经抓住社会矛盾的本质了。就社会说，是悲剧；就他们说，是英勇的反抗。他俩终于合葬，坟上终于出现了"仰头相向鸣"的鸳鸯，这是诗人积极浪漫主义的手法。写对话和性格，在这诗里达到了高度的艺术水平。中间写府吏赶到兰芝家时，"新妇识马声"一句，尤其写得生动深刻而精练。

这首长诗是伟大的！此外像《上山采蘼芜》也是一篇好叙事诗，也是表现婚姻纠纷的，只是其中被弃的妇女却软弱些了。

另一种内容的叙事诗是《木兰辞》，这首诗很朴素地表现了花木兰的英雄气概。

在这些民歌里有好的抒情诗，如《十五从军征》那样的反战的，如《陇头歌》那样的苦兵役的，如《孤儿行》那样的写"兄嫂难与久居"的，如《上邪》那样的写直率的坚决的爱情的，如《艳歌行》那样的写在外作客的难处的，以及像南方的《子夜歌》那样美丽，北方的《敕勒歌》那样壮阔的，都是。

在这些民歌里有好的政治讽刺诗，像桓帝时（147—168）的"举秀才，不知书，察孝廉，父别居"，指出当时统治阶级的欺骗，顺帝时的"直如弦，死道边，曲如钩，反封侯"，指出当时政治的腐败，而刺巴郡太守李盛横敛的诗，尤其具有反抗性。

从这些民歌里见出深刻的阶级矛盾。像那些叙事诗里所表现的以及反战、反行役、反腐化、反剥削的政治讽刺诗里所表现的，不用说了，就是在挽歌里也能看出来，贵族的挽歌是"人死一去何时归"，而穷人的挽歌则是"鬼伯一何相催促，人命不得少踟蹰"！

这些民歌表现了民间文艺的技巧上的特色。不怕重复，形容详细，以及使用同音的代字隐语，这都是民间色彩。尤其有趣的，是有全首用比喻，而带有强烈的反抗性的，例如《豫章行》和《艳歌行》（《南山石嵬嵬》），都是用树木的自白，表示对大兴木土的反抗的。这种技巧，让我们想到《诗经》中的《鸱鸮》。这些民歌产生的时代虽然不易确定，但大部分都在东汉到东汉末。有的歌词是经过了好几百年才写定的，《孔雀东南飞》就是一例。这些民歌虽然有不同的形式，但基本的形式是五言，这应该是文人的五言诗起源于民间的有力说明。

文人写的五言诗最初是什么样子呢？五言诗在那时还是附庸的状态，也没有专写五言诗的人，同时也很质直。班固、郦炎、赵壹等的诗可以作为代表。所写的内容是单调的，辞藻是贫乏的，作者的产量（在五言诗方面的产量）大抵是很小的，仿佛偶尔为之的。我们说这时五言诗还是附庸的状态，例如赵壹的《疾邪诗》就是附在《刺世疾邪赋》中。下面是《疾邪诗》二首的原文：

河清不可俟，人命不可延，顺风激靡草，富贵者称贤。文章虽满腹，不如一囊钱。伊优北堂上，肮脏倚门边。

势家多所宜，咳唾自成珠。被褐怀金玉，兰蕙化为刍。贤者虽独悟，所困在群愚。且各守尔分，勿复空驰驱。哀哉复哀哉，此是命矣夫！

这就算当时的好诗了。内容是有一定程度上的反抗性的，但是技术是多么质直啊。这就是初期的文人五言诗的状态。比起民歌已有的成就来是差得多了。

至于大家所常称的《古诗十九首》，在我们看，恐怕也是文人的作品，因为，"不如饮美酒，被服纨与素""何不策高足，先据要路津"，都不是民间的思想情感而是士大夫的。但它却是下一个时代里为诗人们所极其重视的作品。传为李陵、苏武写的诗，也应该属于这个范畴。这是民歌和有名的文人作品的过渡，我们应该从文学发展的角度上去衡量它。

第十三章

从蔡琰到嵇康

（一）民歌的影响
——蔡琰、徐幹和应璩的作品

民歌给了魏晋南北朝的诗歌以深刻的影响，虽然就个别的作家论，这影响有大小的不同。

显著地受民歌的叙事诗的影响的，在建安时代有蔡琰的《悲愤诗》。她是当时文坛领袖蔡邕的女儿，经过董卓的战乱，在公元194年间被匈奴掳去，在那里住了12年，后来被曹操赎了回来。她和胡人已经生了两个孩子，但她为了回到祖国的怀抱，把那两个孩子撇下了。她的诗就是写祖国的情感和母子的情感的冲突，并且反映出军阀混战的罪恶，以及人民在民族压迫下的痛苦的。她写道"有客从外来，闻之常欢喜，迎问其消息，辄复非乡里"，写出她对祖国深挚的怀念。她写到要和孩子分别时，孩子们说"阿母常仁恻，今何更不慈？我尚未成人，奈何不顾思"，便又表现出做母亲的听了这话该是多么痛苦。看那种"马边悬男头，马后载妇女""白骨不知谁，从横莫覆盖"的情景，有多惨！至于被敌人俘去，"或有骨肉俱，欲言不敢语，失意几微间，辄言毙降虏，要当以亭刃，我曹不活汝"。那种"欲死不能得，欲生无一可"的生活简直是人间地狱。这是建安时代文人创作中最富有现实主义精神的作品。《悲愤诗》有五言和骚体二首，另有《胡笳十八拍》一首，主题相同。

在这时显著地受民歌抒情诗的影响的，有徐幹的《室思》。像"浮云何洋洋，愿因通我辞，飘飘不可寄，徙倚徒相思，人离皆复会，君独无返期。自君之出矣，明镜暗不治，思君如流水，何有穷已时？"这些句子，是那样流利自然，如果不是受民歌影响是不可能产生的。在形式上受民歌影响更突出的是繁钦（？—218）的《定情诗》。这都是抒情的杰作。

在这时显著地受民歌政治讽刺诗的影响的，有应璩的《百一诗》，现存《百一诗》三首虽然还多是自负不平之意，但原有百余篇，却都是"讥切时事"的，这些诗后来又给陶渊明的一部分创作开辟了道路。

（二）建安七子和曹氏父子
——王粲和曹植

在上面所提到的徐幹是建安七子之一。所谓建安七子就是依附在曹氏父子周围的一批文人。七子除徐幹外，有孔融（153—208）、陈琳、阮瑀、应玚、刘桢和王粲（177—217）。那时依附在曹氏父子周围的文人并不止七子，七子不过是因为曹丕在《典论·论文》及《与吴质书》中特别提到而已。在这批人中除了少数杰出的，如有头脑、有棱角的孔融（他实在是前一辈的人物），有操守、有思想的徐幹，以及写有现实主义作品的王粲之外，大都是清客帮闲之流。曹丕在回忆他们在一块的生活时说"弹棋闲设，终以六博，高谈娱心，哀筝顺耳。……白日既匿，继以朗月，同乘并载，以游后园，舆轮徐动，参从无声"(《与朝歌令吴质书》),又说"昔日游处,行则连舆,止则接席,何曾须臾相失?每至觞酌流行,丝竹并奏,酒酣耳热,仰而赋诗"(《与吴质书》),这就是他们的生活,这也就是他们的诗的来源。因此就产生了一些"公子敬爱客,乐饮不知疲"(应玚《侍五官中郎将建章台集诗》)的公宴诗。在那人民灾难深重的日子里,这些人所过的可说是毫无心肝的生活。至于导演曹丕在曹操出门时装哭的吴质,捏造孔融罪状的路粹[1],那就更恶劣了。

七子中,就诗的创作论,可称道的是王粲。虽然他也作了一些歌功颂德的文字,但他的《七哀诗》,写出了因军阀混战而造成的"出门无所见,白骨蔽平原,路有饥妇人,抱子弃草间"的惨状;他的《咏史诗》,拆穿了殉葬决非自愿的真相,说"临没要之死,焉得不相随",都还算深刻的。

作为建安文坛的东道主的是曹氏父子,在曹氏父子中曹植(192—232)是一个出色的诗人。因为他自己是统治阶级里比较不得意的人物,对于生活的体会也就较深。他《赠白马王彪》一诗中说的"谗巧令亲疏",是他一生最大的痛苦。他《赠丁仪王粲》诗中说的"权家虽爱胜,全国为令名",是他的人道主义思想的表现。他的乐府《白马篇》《美女篇》《名都篇》都见出受了民歌的影响,而《白马篇》尤其表现他有爱国思想("捐躯赴国难,视死忽如归")和对于现实的反映("边城多警急,胡虏数迁移")。他的父亲曹操,也写有悲凉豪爽的诗歌,但偏于个人英雄气概的表现,他的哥哥曹丕也写有清俊的诗句,但不免是公子哥儿的享乐诗,比曹植都差一些了。

1《魏志》卷二一,裴注引《世语》《典略》。

建安时代最重要的诗人就是上面所说的王粲和曹植[1]。建安文坛普遍地有一种"慷慨有余哀"的情调。风格是质朴而有力的。他们普遍地受着民歌的影响，更特别地受着仿作的民歌《古诗十九首》的影响。这影响一直到后来的东晋。王恭和弟弟王睹就讨论过十九首中哪句最好[2]，可见这是那时一般士大夫们长期间熟悉的读物了。

（三）正始诗人
——杰出的诗人嵇康

司马懿夺得政权以后，是西晋。在魏晋之交，有所谓"竹林七贤"。这七贤是嵇康、阮籍、山涛、向秀、阮咸、王戎、刘伶，他们主要活动的时代是在三国时期魏末，因而也称为正始诗人。他们的时代和建安七子时只差一辈，例如阮籍就是建安七子中阮瑀的儿子。但社会和风气都有了一些变化。在思想上，作为七贤的先驱的是何晏和王弼，他们都是老庄思想的宣扬者。七贤的生活和建安七子的生活有一个显著的不同，七子的生活中心是宫廷，七贤的生活中心是山林。七子是依附贵公子，靠拢统治阶级的，七贤却是大部分人至少在某一时期内是多少带有反抗性的。这说明文人们已多少对统治者由幻想而入于幻灭。但七贤个别的情形也不同。像山涛、王戎，后来都做了大

---

1 沈约《宋书·谢灵运传》论"子建（曹植）仲宣（王粲）以气质为体，并标能擅美，独映当时"。

2 《世说新语·文学篇》，王孝伯（恭）认为"所遇无故物，焉得不速老"两句最好。

官，刘伶是偶然加入的，阮籍因为和嵇康是朋友而加入，阮咸是随了叔叔阮籍加入，所以七贤中最基本的人物乃是嵇康和向秀。嵇康在山阳县竹林中一共住了20多年。

七贤中最被人称道的是阮籍和嵇康。但这两人也有很大的不同。阮籍（210—263）虽然也是一个不拘礼法的人，虽然也有些愤世嫉俗，但他终于是能用理智克服情感的人，也是善于应付人的人。在政治上，他倾向司马氏，所以得到司马昭的保护。他是很早地用全力作五言诗的人，有《咏怀诗》80多首，都是五言。第一首是序曲，也可以作为那全部诗的代表："夜中不能寐，起坐弹鸣琴，薄帷鉴明月，清风吹我衿。孤鸿号外野，翔鸟鸣北林。徘徊将何见，忧思独伤心。"这诗比建安的诗空灵，在技术的熟练上比建安进了一步。由于他的性格的复杂，出世入世的矛盾，加上时事有难明言的地方，所以他的诗向来被认为难懂。他的最大缺点是有极端个人主义的冷酷。"人且皆死我独生"（《大人先生传》），这是多么可怕的思想！

嵇康（223—262）比阮籍伟大，也比阮籍可爱得多。他比阮籍率真、有棱角、有反抗性。在政治上，因为他是魏宗室的女婿，倾向魏，这就是他在司马氏有了势力后被杀的真正原因。他得罪过钟会（钟会来看他打铁，他不理），他得罪过吕巽（吕巽霸占庶弟吕安的老婆，诬吕安不孝，嵇康曾替吕安说过话），二人都是司马昭的红人，因而构成他的罪，但这原因究竟是枝节上的。事实上，他也曾企图援助毌丘俭起兵讨司马师。他喜欢打铁，他为群众所爱护，死时有三千多太学生给他请愿，甚而有要求入狱的。他死得那样从容，临刑前还给袁孝尼弹了一曲《广陵散》。他不但是诗人，而且是论文家、音乐家、书法家、绘画家。

作为一个思想家和论文家，他的论文有他在《琴赋》中所说的

"非夫至精者不能与之析理"的那种逻辑性、辨析性。他著有《声无哀乐论》,分析音乐的本身只是谐和,和人们主观上的哀乐是二事,另著有《养生论》,这是后来清谈思想的三大题目之二,另一题目是《言尽意论》[1]。他的辨析,超过了已往的论文家。他的《释私论》攻击伪君子,他的《难自然好学论》说"不学未必为长夜,六经未必为太阳",和传统的儒教宣战;他的《太师箴》反对"宰割天下,以奉其私",表现了他的民主思想。

现在嵇康的集中有诗54首,四言、五言、六言、骚体、乐府都有。骚体的《思亲诗》和四言的《幽愤诗》都真挚动人。六言诗表现了他的"不以天下私亲"的民主思想,文字是非常通俗的。《代秋胡歌诗》更是明显地采取了民间形式的。

鲁迅对于嵇康有长久而精细的研究。现在在《鲁迅全集》中有1924年校的《嵇康集》一册,是鲁迅对于古典专集整理工作中致力最大的一种。他用了精审的功夫,厘清了许多问题。根据《鲁迅日记》,他对于嵇康的爱好,一生不断,一直到死。嵇康之有热情、有棱角、敢反抗,对事物观察能透过一层,并抱有民主政治见解论,的确是值得鲁迅热爱,也值得我们热爱的。

1《世说新语·文学篇》。

第十四章

大诗人陶渊明的前后

（一）西晋时的诗人
——潘岳和左思

从嵇康之死，到陶渊明的诞生，有100年的光景。在这100年中间，社会有了很大的变化，诗歌也有了很大的变化。前50年是西晋，后50年入东晋。在西晋50年中，头十几年全国还没有统一，后二十几年有统治阶级内部的混战，就是所谓"八王之乱"，结果招来了野蛮民族内侵的大惨剧。在西晋盛时，著名诗人有三张、两潘、二陆、一左。三张是张载、张协、张华[1]，张华（232—300）是当时文坛的领袖。他早年为阮籍所赏识，后来他又赏识了许多诗人。两潘是潘尼、潘岳。二陆是陆机、陆云。一左是左思。因为太康是西晋盛时，所以这些诗人也称为太康诗人。那时中国刚趋统一，有"天下无穷人之谚"[2]，这些诗人也就大半做了暂时太平的点缀。但不久即有八王之乱，这些诗人也多半作了牺牲者。

在这些诗人中最值得提起的是潘岳和左思。只有他俩有真实的

---

1 三张有二说，旧谓张载、协、亢，因三人是兄弟，冯唯讷主之；郑振铎、刘大杰以张华代张亢，理由是张亢不列《诗品》。兹从后说。

2 干宝：《晋纪》。

内容和独创的风格，其余却多半是诗匠。《文选》中选陆机的作品最多，而他就是标准的诗匠。他的论文是要比他的诗强些的。潘岳（247—300）是一个富于情感的人。他最善于写哀悼的文字，像为夏侯湛写的《夏侯常侍诔》，表现了深厚的友情；他的《马汧督诔》给"位末名卑"的抵御氐人侵略的将领马敦说了公道话。他的诗以悼亡诗为最著名，在内容上有真挚的情感，在形式上有民歌的痕迹。此外《哀诗》和《顾内诗》也都是带有民间形式的抒情诗的杰作。下面是《顾内诗》的第二首：

> 独悲安所慕？人生若朝露。绵邈寄绝域，眷恋想平素。尔情既未迁，我心亦还顾。形体隔不达，精爽交中路。不见山上松，隆冬不易故。不见陵涧柏，岁寒守一度。无谓希见疏，在远分弥固！

他的《关中诗》则是一首四言长诗，是和《马汧督诔》一样的富有现实意义并表现爱国主义思想的作品。这诗是为公元298年孟观战胜七万氐寇齐万年于中亭（西安、宝鸡之间）而做。孟观的功劳，解除了"俾我晋民，化为狄俘"的危险；诗人更希望"縻暴于众，无陵于强，惴惴寡弱，如熙春阳"。齐万年事件可看作是"五胡乱华"的先声。江统的《徙戎论》即作于此时。潘岳这篇歌颂抗敌英雄的诗歌的重要性也就可见了。

左思（250—305）的妹妹左芬曾说"生蓬户之侧陋兮"（《离思赋》），可知左思出身的寒微。他的诗里反映了门阀士族对人才的压抑（"世胄蹑高位，英俊沉下僚"——《咏史》），然而他并不屈服，却依然希望立"左眄澄江湘，右盼定羌胡"（《咏史》）的功业，依然保持着"振衣千仞岗，濯足万里流"（《咏史》）的气概，因此，被压抑和对压抑的反抗就构成了他的诗的主题。他的诗最能保持建安的风格——质朴，有力，不纤弱，有点野趣。他的《娇女诗》是运用俗语很好的一首有趣的诗，写他两个淘气的女儿，"贪华风雨中，眄忽数百适，务蹑霜霰戏，重綦常累积"，最后是大人刚要责打了，"瞥闻当与杖，掩泪俱向壁"，还没打，就哭了。后来很多诗人模仿这首诗，但都没有这里所写的孩子那样活泼可爱。他的《三都赋》也是名著。

潘岳和左思就是西晋诗人中最出色的了。

（二）东晋初年的诗人
——刘琨和郭璞

一般人常混言魏晋，其实不但魏晋不同，就是东晋和西晋也不同。东晋的人们在江南建国之初大抵有一种哀愤的情感。不但一般人民如此，就是晋元帝也说"寄人国土，心常怀惭"；当周颙说到"风景不殊，正自有山河之异"，听的人也都落泪，王导并且愀然变色，说："当共戮力王室，克复神州，何至作楚囚相对？"[1] 东晋时有些人已经对放达的人作了批判，例如卞壶就说："悖礼伤教，罪莫斯甚，中朝倾覆，实由于此。"[2] 有人觉悟到《老子》《庄子》《论语》的无用，换了读《战国策》，例如袁悦说："少年时读《论语》《老子》，又看《庄子》《易经》，此皆是病痛事，当何所益耶？天下要物，正有《战国

---

1 《世说新语·言语篇》。
2 《世说新语·赏誉篇》注引《卞壶别传》。

策》。"[1]当然《战国策》不足以解决问题,但这至少说明对于《老》《庄》的空虚是有所感觉了。在西晋、东晋之交,反映那个大变动的诗人有刘琨和郭璞。刘琨(270—317)不只是诗人,而且是能带兵作战的英雄。他少年时也是喜欢老庄的,但由于血的教训,他觉悟到"聃、周之为虚诞,嗣宗之为妄作"。他的父母都被敌人杀掉了。他在沦陷区还参加了段匹磾(也是胡人)的队伍,他曾受晋命讨石勒,并想乘机把段匹磾的军权夺过来,但结果失败被缢杀。他有爱国的热情,他是劝元帝在江东立国的人物之一。现存的《重赠卢谌诗》,就是被段匹磾所扣留时作,"功业未及建,夕阳忽西流,时哉不我与,去乎若云浮",表现出他的悲愤焦急。

郭璞(276—324)是大乱中南渡的人物。他是一个出色的语言学家、神话学家。他很有科学头脑,关于他的一些迷信传说大概是谣言。他也是一个有爱国热情的人,他为了鼓舞江东立国的信心,作有《江赋》。他又把爱国热情写在名为《游仙》的诗里,"四渎流如泪""零泪缘缨流""遐邈冥茫中,俯视令人哀",可见他沉痛悲愤的心情。《与王使君》一诗中说"蠢蠢中华,遭此虐戾",正反映了那个惨痛的时代。他的一部分作品曾经影响了后来的大诗人李白。

(三)陶渊明

刚过江时,士大夫们虽然有些哀愤,连上层统治阶级也有些激动,但不久就又陷入麻痹,门阀士族们一方面觉得江南依然可以享

---

[1]《世说新语·谗险篇》。

乐，一方面就钩心斗角，闹摩擦。稍有军权的人就想做政治上的投机，借北伐的幌子，做自己夺取政权的手段。慢慢地士族的势力便为军阀的势力所压倒了。至于在诗歌上填充了郭璞到陶渊明的四五十年间的空白的是逃避现实的所谓"玄言诗"。玄言诗的作者有孙绰、许询等。他们的作品大半不传。现在从江淹拟作的许询诗看来，大抵是采取了郭璞《游仙诗》的表面，而阉割了那哀愤的有血有肉的内容。玄言诗在当时曾有很大的势力，扭转了这风气的是谢混[1]。谢混诗有山水诗的味道，已很接近陶渊明。

士族的势力衰微了，军阀的势力大起来；老庄思想有些过去了，儒家思想有些抬头；人民过的日子依然是困苦不堪的日子——这就是陶渊明时代的社会情况。经过"玄言诗"的冲洗，诗体变为轻淡了，但人们不满意"玄言诗"，于是追求郭璞，追求左思，追求建安，然而终于是冲洗过的了——这就是陶渊明时代的文学状况。

陶渊明（365—427）[2]出身于一个官僚家庭，最初过的是中小地主的生活。29岁以前是少年时代。从"弱年逢家乏"（《有会而作》）、"弱冠逢世阻"（《怨诗楚调示庞主簿邓治中》）看，知道他的家庭已经没落。从"少年罕人事，游好在六经"（《饮酒》）看，知道他早年受过儒家很深的影响。从"少时壮且厉"（《拟古》）看，知道他那时也有一种豪气。淝水之战的那年（383），他19岁。这一战的胜利，说明东晋的国威还很强大。从这次战后，王谢士族的势力衰弱下去，军

---

[1]《世说新语·文学篇》引《续晋阳秋》："询、绰并为一时文宗，自此作者悉体之，至义熙中谢混始改。"

[2] 生年采旧说，而不采梁启超说，理由见张芝（本书著者笔名）《陶渊明传论》，100页（棠棣1953年版）。

阀的力量代之而起。东晋就削弱在内战中。陶渊明不是士族，然而由于文化教育的关系，他在意识上却也染有没落士族的情调。29岁到41岁，是陶渊明的中年，这是12年矛盾的生活。他做过几次小官，也出过几次门，出门的原因多半是由于职务。"畴昔苦长饥，投耒去学仕"(《饮酒》)，这就是他出仕的理由。可是因为受了拘束，看不惯许多事情，便常常"拂衣归田里"。归田之后，却往往又因为生活的关系，再出仕，再痛苦，再回来。就这样过了12年。在陶渊明35岁那年(399)，有天师道徒孙恩的起义，导火线是被解放的奴隶又被征兵。起义军规模很大，人数有二十几万，发动的地点是浙江，不久就打到当时的京城(建康)附近。陶渊明曾经参加过刘牢之镇压孙恩的官军，官军纪律很坏，使东南一带人民遭了浩劫(刘裕就是在刘牢之部下出了风头的)。陶渊明心里很痛苦，他说"此行谁使然？似为饥所驱，……恐此非名计，息驾归闲居"(《饮酒》)，他本是为生活所迫而出仕的，现在如此，所以就不如回家了。和孙恩的起义同时，桓玄在长江上游建立了新的政治中心——江陵。陶渊明对桓玄抱有幻想，便曾到过江陵，这是他三十六七岁的时候。但他不久也幻灭了，这是从他到江陵销假的诗"如何舍此去，遥遥至西荆"可以看出的[1]。桓玄后来打到建康，接受了晋国的"禅让"。改国号为楚，当了皇帝(403)。桓玄建国二年(404)，被刘裕消灭，名义上又恢复晋室。陶渊明这时在家居丧，过田园生活。又为了生活的关系，"耕植不足以自给"(《归去来辞序》)，他又出仕了，这是他最后一次出仕，这就是他当了彭泽令的时候。这一年是405年，即桓玄失败后的第二年，

---

[1]《赴假还江陵诗》的赴假作销假解，采朱自清说。

桓氏余党正被杀戮。就陶渊明政治倾向上和政治关系上说是危险的[1]，所以做了80天的官，便找了点儿借口，以后再也不出来了，就这样结束了他的矛盾摇摆的生活。《归去来辞》就是他这样的生活的总结。《归去来辞》的主题是贯串在他的很多作品里的。这时他41岁，从此到死，有22年，是完全过躬耕的生活。经过火灾，"一宅无遗宇"（《戊申岁六月遇火》），他尝到了"老至更长饥"（《有会而作》）的苦处，也体验到了"饥者欢初饱"（《于下潠田舍获》）的实况，他过着"晨出肆微勤，日夕负禾还"（《于西田获早稻》）的劳动生活，也领略了"桑麻日已长，我志日已广"（《归园田居》）的劳动乐趣。最后，他在"人生实难，死如之何"（《自祭文》）中死去了，他活了63岁。在他56岁时，逢到第二次改朝换代，那就是刘裕让晋恭帝演了一幕禅让，晋变为宋。晋恭帝后来被刘裕派人用毒酒杀掉。陶渊明在晚年见到这些事情，很不愉快，"履运增慨然"（《岁暮和张常侍》），"言尽意不舒"（《赠羊长史》），他特别写了隐约的《述酒诗》，哀悼晋恭帝并指责刘裕的险毒。他的许多激愤的诗，也多半和这有关。

陶渊明的思想是有发展的，他由儒家而走入道家，他的社会理想结晶在五十三四岁所写的《桃花源诗》中，"春蚕收长丝，秋熟靡王税"，他倾向于这种没有剥削制的原始公社式的社会。后来王安石曾指出这个《桃花源》的社会显著特点之一是"虽有父子无君臣"（《桃源行》），可见在反对剥削之外，又有着反对专制的民主思想。陶渊明所以产生这样伟大的思想，除了老、庄以及伪《列子》的一部分思想来源以外，是和那时孙恩等的起义以及他自身的劳动生活和饥饿生活的体验分不开的。他在最后也有了较前彻底的唯物论思想。像他

---

1 参看《陶渊明传论》，23页，105—108页。

在《挽歌诗》中所说："死去何所道，托体同山阿！"这比起他49岁时所写的《形影神》来，那时虽然已经反对慧远的唯心论——神不灭论，然而终于认为"人为三才中，岂不以我（神）故"，神还是高一等，这是有很大的发展的了。

没有问题，陶渊明有他的阶级限制。他虽然不是士族，但多少反映了没落的士族意识，在这方面就表现了他的软弱性。他虽然倾向于没有剥削没有专制的社会，但"俎豆犹古法，衣裳无新制"，还是有些开倒车的复古的意味。他痛恨刘裕夺取政权的卑劣，但他不能对刘裕北伐的功劳给以公平的评价，在"九域甫已一"的时候，他的兴奋没有压倒对于四皓的向往（"多谢绮与角，精爽今何如？"——《赠羊长史》）。他爱的是"亲戚共一处，子孙还相保"（《杂诗》），他在遗嘱里认为最重要的事是维持"七世同财，家人无怨色"的几世同堂的大家族的生活。他一方面很旷达，一方面却也很头巾气，这正是他的阶级使然。他后来虽然过着劳动的生活，但在他中年写的"顾尔俦列，能不怀愧"（《劝农》），是在教训农民，并把农民看作比孔子、董仲舒低一等；"农人告余以春及，将有事于西畴"（《归去来辞》），也是旁观的地主的神气，所以他和农民是有一定距离的，虽然这距离在晚年已在缩短。这也就是他不能理直气壮地承认孙恩等起义的正义性的缘故，这也就是他特别斤斤于桓玄、刘裕和司马氏之间的缘故。

然而陶渊明虽然有这些限制，由于他晚年身经劳动和身受饥饿之故，他多少体会了劳动人民的困苦，在一定程度上反映了劳动人民的思想感情。《有会而作》一诗这样说：

弱年逢家乏，老至更长饥，菽麦实所美，孰敢慕甘肥？憩如亚九饭（用子思居卫三旬九食的典故），当暑厌寒衣。岁月将欲幕,如何辛苦悲?常善粥者心,深念蒙袂非。嗟来何足吝?徒没空自遗。斯滥岂攸志?固穷夙所归。馁也已矣夫,在昔余多师。

他深了解饥饿者的感情,也深体会到饥饿者的倔强。这反映了当时"或死于干戈,或毙于饥馑"[1]生活的一斑。陶渊明同样是倔强和有反抗性的,"朝与仁义生,夕死复何求"(《咏贫士》),他穷,但是有骨头;"嬴氏乱天纪"(《桃花源诗》),"志在报强嬴,……豪主正怔营"(《咏荆轲》),他是那样痛恨暴秦一类的巨恶;他有要求自由的一种强烈的感情,像"久在樊笼里,复得返自然"(《归园田居》),就是一例;而《读山海经》诗里所赞美的"刑天舞干戚,猛志故常在""余迹寄邓林,功竟在身后",更表现他有一种积极的乐观主义精神。这一方面也就是他伟大的地方。

陶渊明不能不有他的矛盾,出身没落的官僚地主家庭,却又经过一种劳动的生活;本身不是士族,却又受到过士族的教育的影响;老庄思想流行的时代,他却经过儒家的洗礼,但又依归于道家;士族衰落,军阀起来,同时农民起义又在他的周围;田园的生活不能维持,官吏的生活违背他的正义感也破坏他爱好自由的习性;他"性刚才拙,与物多忤"(《与子俨等疏》),然而有时他也不能不压制他的棱角,说什么"独正者危,至方则碍"(颜延之《陶徵士诔》),表面上变成和易;——这些矛盾就构成了他的一生,也构成了他的诗。

他的矛盾是在这样的程度上解决,忍受饥寒的痛苦,退出统治阶级的集团;生活在农民群里,和农民终有一点儿距离;他不能全身心地倾向起义军,但在消极方面不和统治阶级合作,在积极方面发挥一

---

[1]《魏书》卷一一〇《食货志》记晋末语。

些个人的反抗；他把儒家和道家最后合一了，他采取了儒家不合作的安贫乐道的精神，他采取了道家的唯物论和社会理想，他找到了《论语》中反对孔子的人物沮溺作为自己的理想，他把孔子化为"羲皇去我久，举世少复真，汲汲鲁中叟，弥缝使其淳"(《饮酒》)的热心实现他那社会理想的人物——不是经典的孔子，而是陶渊明化的孔子了！

萧统说他的诗"语时事则直而可想"，钟嵘说他的诗出于应璩——那个写讥讽时事的《百一诗》的应璩，说明了他的诗在一定程度上反映了当时的政治现实。单纯地把他认为是田园诗人是不对的，单纯地以为他的诗是冲淡和平的更是不对的。

在诗的作风上，他虽然一方面不免有当时用典或用代字的习气（像"翼坎相与期"那样的句子），然而另一方面他却已经做到自然而接近口语的地步，像"今日天气佳，清吹与鸣弹"(《诸人共游周家墓柏下》)，"结庐在人境，而无车马喧"(《饮酒》)，"虽有五男儿，总不好纸笔"(《责子》)都可以为例。又由于晋人对语言的讲究，使他的诗也做到把一切不必要的字或句都减缩到不可再减的干净利落，这也就是钟嵘所谓"文体省净，殆无长语"。"衰荣无定在，彼此更共之""世短意恒多，斯人乐久生"，都是简净、意义丰富而又不失为口语的。这是他的风格的特点，就是在他的散文里也表现出这种优长。《五柳先生传》是多么简短的自传，但又是多么意义丰富的自传！"既醉而退，曾不吝情去留"，包括多少修养！《桃花源记》也是上等的散文，在那短短的没有废字废句的文章里，写出了那个渔父如何为桃源所诱引("欲穷其林")，如何为桃源的人所惊讶("咸来问讯")，如何为他们所热情招待("便要还家""余人各复延至其家")，最后渔人自己又如何羡慕这个地方("便扶向路，处处志之")，而这地方却又如何为人可望不可即("不足为外人道也""寻向所志,遂迷不复得路""后遂无问津者")。由于他写得那样生动逼真,这就增加了他那个理想社会的宣传力量。其中"便"字、"是"字("问今是何世")更是显著的口语,在研究中国语法史上也是值得注意的[1]。他的《闲情赋》也是一篇采用了民间表现方法的好作品。

在陶渊明死后七八十年,得到了一个极其热心的宣扬者,这就是萧统(501—531)。萧统给他编了集子,这是中国文人专集的第一部。过了20年,北齐就也出现了阳休之的编订本。因为陶渊明有一部分儒家思想,所以他为宋儒所喜爱。宋以后,对他研究渐细。鲁迅也常提到他。关于陶渊明的研究之盛,在过去是仅次于杜甫的。在创作上显然受了陶渊明的影响的,唐代有孟浩然、王维、韦应物,宋代有苏轼、辛弃疾,元代有马致远。我们应该重视这样一个诗人,但理由并不在他是一个歌咏田园的隐士,尤其不在他冲淡,反之乃是更在他关心现实、反映现实,有反对剥削反对专制的思想,有积极乐观的精神。

(四)宋齐梁陈的诗人和宫体诗的出现

在陶渊明的时代,就已经出现了下一代的青年诗人。颜延之和谢灵运是最著名的。颜延之(384—456)是陶渊明亲密友人之一。陶渊明死后,他给陶渊明作过有名的诔文。颜诗的特点是喜欢用典。谢灵运(385—433)可能和陶渊明见过面,因为他们同是慧远的座上

---

[1] 中国古代有"非"字而无动词"是"字,晋时始用动词"是"字,参考王力:《中国语法初探》。

客。大概由于地位不同，谢是贵族大地主，陶是贫士；思想也不同，谢灵运崇拜佛，陶渊明自有他自己的儒道合一的思想系统；谢灵运爱做官，陶渊明又已经看淡。所以他们两人没有深厚的友情。颜、谢主要活动的时代都在刘宋。刘宋时代也是统治阶级内部互相倾轧的时代，谢灵运因为接近刘裕第二子刘义真，三子刘义隆立为宋文帝后，就杀了大哥二哥，也借故把谢灵运杀了。颜延之也接近刘义真，幸亏儿子做了大官，被保全了。谢诗爱用辞藻。颜、谢的诗就当时论，是更合乎士大夫的口味的，所以他们的诗的地位曾经被评判为在陶渊明之上。谢灵运由于刘义真的关系，不能在朝，当了永嘉太守，这是他写出了那些山水诗的原因。他对于自然景物的刻画比陶渊明更突出些、有力些，又爱用色彩的对比，构成了诗的特点。谢灵运也是有爱国思想的，在刘裕北伐时，他写过一首《北征赋》，后来也曾建议收复齐鲁。

和颜、谢同时而稍后的诗人有鲍照（415？—466）。钟嵘说他"才秀人微，故致湮当代"，可知他出身寒微。正因为他出身寒微，所以他的诗里更多反映了些像他这样身份的人的悲哀和反抗。像《苦热行》中的"财轻君尚惜，士重安可希"，《白头吟》中的"心赏犹难恃，貌恭岂易凭"，像《咏史》中的"君平独寂寞，身世两相弃"，都是寒族的悲哀！而《升天行》中的"何时与尔曹，啄腐共吞腥"，就是激烈的反抗了。就这一方面说，他有点儿像左思。表现他的爱国主义思想的，则是"身死为国殇"的《出自蓟北门行》。他在技巧上是有着大胆创造的，又能运用口语，他的出色的乐府诗也多半保存了民间形式，这就是《诗品》称他"险俗"的缘故。他的诗在当时已经很有影响，到唐代更被李白、杜甫所推重，尤其影响了李白的乐府诗。

鲍照之后可注意的诗人是谢朓（464—499），这已是齐的时代了。他是李白一生所最佩服的诗人。后人为了把他和谢灵运区别，称为小谢。他虽然只活了36岁，但诗的造就是可惊的。"朔风吹飞雨，萧条江上来"的《观朝雨诗》是他的代表作。在他的诗里，人们常常有像发现新事物似的感觉。"空濛如薄雾，散漫似轻埃"，他的观察是这样入微。他的诗有了工整的对句，像《同王主簿怨情》，就是一例。这给后来的律诗开辟了道路，同时他也爱写短诗，像《玉阶怨》"夕殿下珠帘，流萤飞复息，长夜缝罗衣，思君此何极"，这又给后来的绝句立下了榜样。他的诗被沈约所推赏。

沈约（441—513）是身经宋、齐、梁三朝的老诗人，也是在长时期内文坛的领袖。他创了声律说，给所谓永明体建立了理论根据，也给唐代律诗准备了理论基础。作为诗的技术的发展说，他的学说有他的一定价值，但是在当时因为过于为它拘束，也就产生了只求形式、不顾内容，甚而损害内容的恶果。他也有好作品，但不如这方面的影响大。

堕落的统治阶级最后产生了腐化恶劣的宫体诗。宫体是梁简文帝（萧纲）时最盛行的。像他所写的"密态随羞脸，娇形逐软声"（《美女篇》），就是那一般的柔靡堕落情调的代表。咏妓是最常见的主题，有时就写到变态心理的生活上去。沈约也是这种诗的附和者。徐陵的《玉台新咏》是这种诗的主要结集，虽然其中也保存了一部分好的民歌。这堕落的诗歌甚而流传下来一直到唐初。到盛唐时才逐渐廓清。

北方的诗坛最初比较沉寂，保存下来的诗多半出自后来南朝投降的官僚，这些人除了偶尔写出"胡风入骨冷，汉月照心明"（庾信《明君词》）的痛苦外，就也拿宫体诗毒害了那刚健清新的北国诗坛。

我们必须明了宫体诗的堕落，才可以了解大批评家刘勰、钟嵘出现的意义,才可以了解唐代的诗歌是怎样扭转了这个风气的意义,才可以了解李白、杜甫等在诗歌上的伟大贡献的意义。后人对于从建安到齐、梁这一段的诗歌的认识,随着时代不同,而了解的程度也不一致。大概在唐代诗人还是重在鲍、谢,也就是陶渊明死后的一段诗歌,而他们之重鲍、谢也还是停留在技术上,宋以后才把眼光转到陶渊明身上,而陶渊明的地位也就历元、明、清而愈来愈高了。

第十五章

文学批评的发展

文学批评的发展
——从曹丕到刘勰和钟嵘

这一个时期的文学批评是很出色的。有几种文学批评的名著不但在当时有着极大的作用，而且已经成为了解这一个时期的文艺活动的必不可缺的文献，同时其中有许多原理在相当长的时期内也仍有着指导作用。

从曹丕（187—226）的《典论·论文》起，这个时期的文学批评活动就开始了。《典论·论文》不但论到了当时所谓建安七子的作品，并提出了"文以气为主"的个性论（"气之清浊有体，不可力强而致，……虽在父兄不能以移子弟"），也提出了"奏议宜雅，书论宜理，铭诔尚实，诗赋欲丽"的文体论，又提出"文章经国之大业"的主张，这就抬高了文艺作品的价值，这是以前的批评家像王充等所没做到的。他所指出的文气说明了建安诗的风格特点，他的文体论是后来更细致的文体论的雏形。这篇文字大概作在217年。

隔了70多年，有陆机（261—303）的《文赋》出现，《文赋》

大概写于289年[1]。这是采用赋的体裁所写的文学理论，其中包含有非常详细而有系统的创作论。他提到了创作时顺利的情状，"文徽徽以溢目，音泠泠而盈耳"，以及不顺利的情状，"理翳翳而愈伏，思乙（音轧）乙其若抽"；他提到了发挥创造性的必要和割爱的必要，"虽杼轴于予怀，怵他人之我先。苟伤廉而愆义，亦虽爱而必捐"；他的文体论更由曹丕的四分法扩充到了十分法，"诗缘情而绮靡，赋体物而浏亮。碑披文以相质，诔缠绵而凄怆。铭博约而温润，箴顿挫而清壮。颂优游以彬蔚，论精微而朗畅。奏平澈以闲雅，说炜晔而谲诳"，这就比曹丕分析得更细微了，这也就是后来《文心雕龙》文体论的基础；其中"诗缘情而绮靡"一语则恰是说明太康诗的风格特点的；在声律方面，他提出了"暨音声之迭代，若五色之相宣"，是后来沈约的理论的先声。他在《文赋》的序中说："余每观才士之所作，窃有以得其用心。"这也正是后来《文心雕龙》取名的出处，而其中很多问题也成了《文心雕龙》中专篇的题目，这说明《文心雕龙》就是在这些批评文字的基础上更进一步的发展。

差不多和陆机同时，有作《文章志》和《流别集》的挚虞。《文章志》记文学家，《流别集》选作品，前者有4卷，后者有30卷，他对于每种作品都有评论。这是中国最早的近于文学史的著述。《流别集》可能是后来昭明《文选》一类的先驱。可惜挚虞这样的大著述现在只剩下几条逸文了。根据他留下的话"文章者所以宣上下之象，明人伦之叙，穷理尽性，以究万物之宜者也"，可见他是有近似现实

---

1 《文赋》是陆机入洛与张华见面以后作，见《文选》李善注引臧荣绪《晋书》。这时是289年以后，他29岁以后了。杜甫有"陆机二十作《文赋》"句，当是误解。

主义的要求的。

又有作《翰林论》54卷的李充,他的书也同样失传了,同样只留下几条逸文。但我们从这几条逸文看,还见出他推崇嵇康的论文,认为够得上"论贵于允理,不求支离"的标准,又推崇应璩的诗,认为"风规治道,盖有诗人之旨",可知道他是有眼光的。他的著作的性质大概和挚虞的相近。

东晋时代有一个大批评家是著《抱朴子》的葛洪(约281—341)。他是王充的崇拜者,他的见解也大半是王充理论的发挥。他同样主张古不及今,同样主张写文字应该通俗;同样认为"古书之多隐,未必昔人故欲难晓,或世异语变,或方言不同"(《钧世篇》);同样主张文章当有个性,"五味舛而并甘,众色乖而皆丽"(《辞义篇》);同样主张文章当有实用价值,"百家之言、与善一揆,譬操水者,器虽异而救火同焉,犹针灸者,术虽殊而攻疾均焉"(《尚博篇》)。但他说得比王充更透辟,同时他对于文学范围的看法也不像王充那样偏狭,而且反对把文章比起德行来认为是"余事"的看法(《尚博篇》),这说明他比王充进了一步,这是因为这时的文学本身实在比王充时代有发展了。

从曹丕、陆机、挚虞、李充到葛洪,文学批评诚然有了很大的发展,但最伟大而又最有理论体系的批评家却还要推梁时的刘勰和钟嵘。

刘勰(约465—约532)是一个佛教徒。他曾经帮助过僧祐整理佛典,也曾参加过代表当时的佛教道教争论的《弘明集》的编辑工作,这集子中就收有他自己的一篇论文《灭惑论》。他的文学批评名著《文心雕龙》大概写在他的壮年,约在501年[1]。这部著作在体例和

---

[1] 见范文澜:《文心雕龙序志篇注》,引刘毓崧:《通谊堂集书文心雕龙后》。

用语上，有显著地受有佛典影响的地方。这是中国从来没有过的一部有系统的文学批评的书，而且在一千多年间也一直没有过第二部。

全书一共50篇，前25篇除了头三篇外，是文体论。他论到的体裁约有33类，这比陆机的分类更精密得多了。这一部分中每一篇的结构是如他在《序志》中所说"原始以表末，释名以章义，选文以定篇，敷理以举统"，这就是先由历史的叙述，得出正确的概念，又选出适当的例子，最后定出标准，作为批评根据。此中最有价值的就是历史的叙述一部分，例如《明诗》篇中的这一部分就不啻是一篇缩小的诗歌史——从葛天氏的八阕之歌一直说到"俪采百字之偶，争价一字之奇"的他所谓"近世"。

后25篇，除了末一篇外，则是系统的文学原理，包括创作论（如《神思篇》《物色篇》），风格论（如《体性篇》《通变篇》），修辞论（如《章句篇》《练字篇》），以及一般的文学史论（如《时序篇》）和作家论（如《才略篇》《程器篇》）。此中最可宝贵的，是他对于文学史的叙述和对于当代的批评。在《时序篇》短短的论文里，叙述了"蔚映十代，辞采九变"的大势。他深知道从社会的现实基础去解释文艺现象，例如他论到建安时说"观其时文，雅好慷慨，良由世积乱离，风衰俗怨，并志深而笔长，故梗概而多气也"，他的结论是"故知文变染乎世情，兴废系乎时序，原始以要终，虽百世可知也"。他知道从社会现象的联系上去观察，他知道这样做就有规律可循，这个见解是很卓越的。至于他批评当代的话，就有"魏晋浅而绮，宋初讹而新"（《通变篇》），这也是极其中肯的。因此，他大声疾呼要求改革："通变则久！"他说："言与志反，文岂足征？""繁采寡情，味之必厌。"（《情采篇》）这都是恰中当时士大夫们那些没有真实内容而只在形式上做功夫的作品的真正弱点的。在当时许多具体问题上，像关于声律，他主张"音律所始，本于人声"，因而反对勉强；关于丽词（就是对偶），他主张"自然成对""不劳经营"；关于事类（就是用典），他主张"不啻自其口出"——都见出他有一种反对造作，要求自然，保卫现实主义的鲜明倾向。这对于那个时代说，是有着极其进步的意义的，同时也给后来文学的发展开辟了道路。

在当时受了刘勰影响的，有萧统。刘勰曾经做过他的"舍人"，其实就是他的老师。萧统的最大成绩是现存的《文选》一书和他对于《陶渊明集》的编订。《文选》的文体分类（37类）大体是和《文心雕龙》的文体分类（33类）相符合的。他同样有文学史的观念，他的《文选》，"类分之中，各以时代相次"，他并且认为文章是"随时变改"（《文选·序》）而且发展的。他不但是这样看法，而且也这样实践。他虽然一方面受当时的文学见解的束缚，选的标准是"事出于沉思，义归于翰藻"，然而已经提出要"集其精英"了，那也就是刘勰所要求的。他编的《陶渊明集》也是可称道的，他不只写了序，还为陶渊明作了传，他指出陶渊明的诗的价值是在"语时事则直而可想。论怀抱则旷而且真"，这也是相当中肯的批评。现存的最早的而又规模最大的总集是《文选》，现存的最早的个人专集是这部《陶渊明集》，这都是萧统的成绩，而且他也是第一个发现陶渊明这个诗人的伟大的人。在后一点上他就又超过了刘勰，也超过了钟嵘了。

钟嵘的《诗品》约出现在《文心雕龙》半世纪左右以后。这部书可说是关于五言诗的发展的总结。书的主要部分是对于这400多年间的120位作家进行了具体的批评和分析。他的方法是历史的并风格分析的。他认为文学史上的两大源头是《国风》和楚辞，以后的作家有从《国风》一线发展的，如曹植、陆机等；有从楚辞一线发展的，如王粲、潘岳、郭璞等。这样的方法的缺点是有些形式主义倾向和被崇拜古代作品的观念所拘，但作为风格的分析比较看，却也有细致和深入的地方。例如他分析左思"野于陆机，深于潘岳"，他分析陶渊明"出于应璩，又协左思风力"，他批评谢灵运一方面"颇以繁富为累"，但另一方面因为有"名章迥句"，所以"譬犹青松之拔灌木，白玉之映泥沙，未足贬其高洁"，这都是很中肯的例子。但他书中最有价值的一部分是书前的序，他一方面叙述了五言诗发展的简史，一方面又给五言诗找到了理论根据，说比"文繁而意少"的四言诗高得多，而更重要的，是提出了"观古今胜语，多非补假，皆由直寻"，提出了"自然清旨"，赞扬那运用自然的口语的真正诗歌，反对"书抄"式的用典，反对"文多拘忌，伤其真美"的声律，这些是比刘勰的主张更彻底些，对当代的指责更中肯些，对后来反对齐梁诗体而开辟新的道路上也更有利些的。

刘勰和钟嵘就是这时代最伟大的批评家。他们很多可贵的见解是直到今天看来还是有价值的。

这时期的散文可值得一提的，是用精练的语言相当真实地反映了当时士大夫阶级生活的宋刘义庆的《世说新语》，是表现祖国山川美丽的北魏郦道元的《水经注》，以及梁范缜的有名的唯物论论文《神灭论》等。

第十六章
简短的结论

从2世纪到6世纪的这四五百年间，社会上最大的矛盾是阶级矛盾和民族矛盾，而这两种矛盾在当时都发展到特别尖锐的程度，表现前者的就是门阀士族的特殊势力的存在，表现后者的就是南北朝的对立。因为这样，一般人民过的生活是特别痛苦的。在文艺作品上，凡是伟大的作品都反映了这个基本事实。在这里，首先是民间作品，像《孔雀东南飞》就是深刻地刻画出当时的阶级关系的。其次是文人们采取了民间形式，在内容上又反映了当时现实的生活的作品，像蔡琰的《悲愤诗》就沉痛地写到了当时的民族矛盾，而王粲、嵇康、潘岳、左思、刘琨、郭璞、陶渊明、鲍照等的作品也都在不同程度上表现了民族矛盾、阶级矛盾、民间疾苦、中间层的苦闷、反对专制的民主思想、反对剥削的空想社会主义等，其中反映方面较广，而又深刻真挚的，就是陶渊明，所以他是伟大的。反之，那些不能反映这个现实的，和人民的切身痛苦和迫切要求漠不相关，在文学形式上采取了专为本阶级少数读者所能理解而拒绝运用或轻视民间形式人民语言的，也就是那些奄奄无生气的作品，腐烂的统治阶级也产生了腐烂的文学，那具体的东西就是所谓宫体。这时期的文学批评是有成绩的，因为那些出色的批评家像刘勰、钟嵘等已逐渐明确地批判了那些毫无生气的东西和腐烂的东西，因此，也就给下一代的文学发展扫清了道路。

隋唐文学

郑振铎

第十七章

隋及唐初文学

隋及唐文学皆受梁陈的影响——南朝文士北上者之多——隋的诗坛——诗人的杨广——北方诗人：薛道衡、卢思道及李德林——杨素与孙万寿——南朝的降臣们：王胄及许善心等——唐初的诗坛——陈隋的遗老们：许敬宗等——长孙无忌、李义府与上官仪——魏征——王绩——初唐四杰：王杨卢骆——白话诗人王梵志——隋及唐初的散文——玄奘的翻译工作——《大唐西域记》。

一

从庾信、王褒入周以后，北朝的文学起了一个很大的变动。几乎是自居于六朝风尚的"化外"的北周与北齐的文坛，登时发生了一个大改革，把他们自己掷身到时代的潮流之中，而成为六朝文学运动中的北方的支流。到了隋文帝开皇九年（公元589年），南朝的陈，为隋兵所灭，自后主陈叔宝以下诸文臣学士，皆北徙。于是跟随了南北朝的统一，而文坛也便统一了。在隋代的三四十年间（公元581—618年）差不多没有什么新的树立。从炀帝杨广以下，全都是无条件的承袭了梁、陈的文风的。李渊禅代（公元618年）之后，情形还是不变。唐初的文士们，不仅大多数是由隋入唐的，且也半是从前由陈北徙的；像傅奕、欧阳询、褚亮、萧德言、姚思廉、虞世南、李百药、陈叔达、孔颖达、温彦博、颜师古诸人，莫不皆然。当然，那时文坛的风气是不会有什么丕变的。及王、杨、卢、骆的四杰出现，唐代的文学，始现出从自身放射出的光芒来。但王、杨、卢、骆诸人，与其说是改变了六朝的风尚，还不如说是更进展的把六朝的风尚更深刻化，更精密化，更普及化了。他们不是六朝文学的改革者，而是变本加厉的把六朝文学的势力与影响更加扩大了的。他们承袭了六朝文学的一切，咀嚼了之后，更精练地吐了出来。他们引导了、开始了"律诗"的时代。在他们的时候，倩妍的短曲，像《子夜》《读曲》之流是不见了；梁、陈的别一新体，像"沙飞朝似幕，云起夜疑城"（梁简文帝），"白云浮海际，明月落河滨"（吴均），"终南云影落，渭北雨声多"（江总）之流，却更具体的成为流行的诗格。这便启示着"律诗时代"的到来。在这一方面，所谓"四杰"的努力是不能忘记的。

二

先讲诗坛的情形。隋代的诗坛，全受梁、陈的余光所照，即如上文所述。陈叔达、许善心、王胄以及虞世基、世南兄弟，皆为由陈入隋者。北土的诗人们，像卢思道、薛道衡等也全都受梁、陈的影响。当时的文学的东道主，像帝王的杨广，大臣的杨素，也都善于为文。杨广的天才尤高，所作艳曲，上可追梁代三帝，下亦能比肩陈家后主。

杨广（杨广见《隋书》卷四及卷五）为文帝杨坚第二子。弘农郡华阴人。开皇元年（公元581年），立为晋王。后坚废太子勇，立广

191

为太子。又五年，杀坚自立。在位十二年。为政好大喜功，且溺于淫乐，天下大乱遂起。广幸扬州，为宇文化及所杀。广虽不是一个很高明的政治家，却是一位绝好的诗人，正和陈、李二后主，宋的徽宗一样，而其运命也颇相同。他虽是北人，所作却可雄视南士。薛、卢之流，自然更不易与他追踪逐北。像他的《悲秋》：

> 故年秋始去，今年秋复来。
> 露浓山气冷，风急蝉声哀。
> 鸟击初移树，鱼寒欲隐苔。
> 断雾时通日，残云尚作雷。

又像他的《春江花月夜》：

> 暮江平不动，春花满正开。
> 流波将月去，潮水共星来。

都是置之梁祖、简文诸集中而不能辨的。又有"寒鸦飞数点，流水绕孤村"的数语，曾为秦观取入词中，成为"绝妙好辞"。惜全篇已不能有（见《铁围山丛谈》）。

有了这样的一位文学的东道主在那里，隋代文学，当然是很不枯窘的了。相传广妒心甚重，颇不欲人出其上。薛道衡初作《昔昔盐》，有"暗牖悬蛛网，空梁落燕泥"语，及广杀之，乃说道："还能作'空梁落燕泥'语否？"此事未必可信。"空梁落燕泥"一语，并不见如何高妙，《昔昔盐》全篇，更为不称。广又何至忮刻至此呢？

薛道衡（薛道衡见《隋书》卷五十七），字玄卿，河东汾阴人。少孤，专精好学，甚著才名。为齐尚书左外兵郎。齐亡，又历仕周、隋。杨广颇不悦之。不久，便以论时政见杀（540—609）。有集三十卷（《道衡集》见张溥辑的《汉魏六朝百三名家集》）。江东向来看不起北人所作，然道衡所作，南人往往吟诵。像他的《人日思归》：

入春才七日，离家已二年。
人归落雁后，思发在花前。

颇不愧为短诗的上驷。

与道衡同时有声并历诸朝者，为卢思道（卢思道见《隋书》卷五十七）及李德林（李德林见《隋书》卷四十二）。德林字公辅，博陵安平人。初仕齐，后又历仕周、隋。后出为湖州刺史。有集。德林诗传者甚少。思道，字子行，范阳人，聪爽有才辩。也历仕齐、周、隋三朝。开皇间为散骑侍郎。有集。思道所作，情思颇为寥落。此二人俱并道衡而不及。

在北人里，较有才情者还要算是一位不甚以诗人著称的杨素。素（杨素见《隋书》卷四十八），字处道，弘农华阴人。仕周，以平齐功，封成安县公。杨坚受禅，加上柱国，进封越国公。大业初，拜太师，改封楚公。有集。他的诗，像"日出远岫明，鸟散空林寂"（《山斋独坐》）诸语，还不脱齐、梁风格。至于《赠薛播州十四首》，中如：

北风吹故林，秋声不可听。
雁飞穷海寒，鹤唳霜皋净。

> 含毫心未传，闻音路犹夐。
>
> 惟有孤城月，徘徊犹临映。
>
> 吊影余自怜，安知我疲病。

便非齐、梁所得范围的了。殆足以上继嗣宗，下开子昂。《北史》谓："素尝以五言诗七百字赠播州刺史薛道衡。词气颖拔，风韵秀上，为一时盛作。未几而卒（？—606）。道衡曰：'人之将死，其言也善，若是乎！'"

又有孙万寿，字仙期，信都武强人。在齐为奉朝请。杨坚为帝时，滕穆王引为文学。坐衣冠不整，配防江南。宇文述召典军事，郁郁不得志。为五言诗寄京邑知友，有"如何载笔士，翻作负戈人！飘摇如木偶，弃置同刍狗。失路乃西浮，非狂亦东走"语，盛为当世吟诵。天下好事者，多书壁而玩之。后归乡里，为齐王文学。终于大理司直。他所作亦多北人劲秀之气，直吐愤郁，不屑作儿女之态，像《东归在路率尔成咏》：

> 学宦两无成，归心自不平。
>
> 故乡尚千里，山秋猿夜鸣。
>
> 人愁惨云色，客意惯风声。
>
> 羁恨虽多绪，俱是一伤情。

又孔绍安，大业末为监察御史，与万寿齐名。后入唐为秘书监。他的《落叶》："早秋惊落叶，飘零似客心。翻飞未肯下，犹言惜故林。"颇具有深远之意。

开皇九年（公元589年）是隋文学上很可纪念的一年。政治上成就了南北的统一，结束了二百七十余年（公元317—589年）的南北对峙的局面，而文坛上为了南朝的降王降臣的来临，更增加了活气不少。

陈后主叔宝到了北朝以后，是否仍然继续从前的努力，我们无从知道。即使还未放弃创作的生活，其风格当也仍是不曾变动过。我们在他的集里，看不出一点过着降王的生活后的影子。他死于仁寿四年（公元604年），离开他的被俘，已是十六年之久了。相传他和杨广交甚厚。或者不至于过着"以眼泪洗面"的生活罢。叔宝的弟叔达也是因了这个政治上的统一而由南北上者。叔达字子聪，陈宣帝第十六子。年十余岁，援笔便成诗，徐陵甚奇之。入隋为绛郡通守。后又降李渊。贞观中拜礼部尚书。他的诗是彻头彻尾的梁、陈派，与他哥哥一样，惟天才较差。

同在这一年北上的，有王胄，虞世基（虞世基见《隋书》卷六十七）、世南兄弟。王胄字承基，琅玡临沂人，仕陈为东阳王文学。入隋为学士。以与杨玄感交游，坐诛。虞世基字茂世，会稽余姚人。仕陈为尚书左丞。入隋，杨广深爱厚之。宇文化及杀广时，世基也遇害。其弟世南字伯施，与兄同入隋，时人以方二陆。大业中官秘书郎。后入唐，累官秘书监。

许善心，虽不是一位被俘的降人，却也是一位庾、王似的南人留北者。他字务本，高阳北新城人。陈祯明二年，以通直散骑常侍，聘于隋。为隋所留，縶宾馆。及陈亡，衰服号哭。后乃拜官。杨广被杀时，善心也同时遇害。

这几个人的诗，风格都不甚相殊，可以王胄的《枣下何纂纂》为代表：

御柳长条翠，宫槐细叶开。

还得闻春曲，便逐鸟声来。

三

所谓初唐的诗坛，相当于李渊及其后的三主的时代，即自武德元年到弘道元年的六十余年（公元618—683年）。开始于陈、隋遗老的遗响，终止于王、杨、卢、骆四杰的鹰扬。这期间颇有些可述的。当武德初，李世民与其兄建成、弟元吉争位相倾。各延揽儒士，以张势力。世民于秦邸开文学馆，召杜如晦、房玄龄、于志宁、苏世长、薛收、褚亮、姚思廉、陆德明、孔颖达、李道玄、李守素、虞世南、蔡允恭、颜相时、许敬宗、薛元敬、盖文达、苏勖等十八人为学士，时号十八学士。及他杀建成、元吉后，太子及齐王二邸中的豪彦，也并集于朝。世民他自己也好作"艳诗"。当时的风尚，全无殊于隋代。诗人之著者，像陈叔达、虞世南、欧阳询、李百药、杜之松、许敬宗、褚亮、蔡允恭、杨师道诸人皆是由隋入唐的。此外还有长孙无忌、李义府、上官仪、魏征、王绩诸人，一时并作，诗坛的情形是颇为热闹的。王绩尤为特立不群的雄豪。

欧阳询（欧阳询见《新唐书》卷一百九十八），字信平，潭州临湘人，仕隋为太常博士。入唐，撰《艺文类聚》，甚有名。官至太子率更令。李百药（李百药见《新唐书》卷一百二），字重规，德林子，七岁能属文，时号奇童。隋时为太子通事舍人。入唐，拜中书舍人。曾著《齐史》。百药藻思沉郁，尤长五言，虽樵童牧子亦皆吟讽。像《咏蝉》：

> 清心自饮露，哀响乍吟风。
> 未上华冠侧，先惊翳叶中。

已宛然是沈、宋体的绝句了。杜之松，博陵曲阿人，隋起居舍人。贞观中为河中刺史。与王绩交好。许敬宗（许敬宗、李义府均见《旧唐书》卷八十二，《新唐书》卷二百二十三），字延族，杭州新城人，善心子。入唐为著作郎，高宗时为相。有集。褚亮，字希明，杭州钱塘人。隋为太常博士。贞观中为散骑常侍，封阳翟县侯。蔡允恭，荆州江陵人，隋为起居舍人。贞观中，除太子洗马。杨师道，隋宗室，字景猷。入唐尚桂阳公主，封安德郡公。贞观中为中书令。为诗如宿构，无所窜定。

李义府，瀛州饶阳人。对策擢第。累迁太子舍人，与来济（来济见《新唐书》卷一百五）俱以文翰见知，时称"来、李"。高宗时为中书令，后长流巂州。他的《堂堂词》：

> 懒整鸳鸯被，羞褰玳瑁床。
> 春风别有意，密处也寻香。

甚有名，是具着充分的梁、陈的气息的。同时，长孙无忌（长孙无忌见《旧唐书》卷六十五，《新唐书》卷一百五），字机辅，河南洛阳人，为唐外戚。（文德后兄）封齐国公。高宗时，贬死黔州。其《新曲》"玉佩金钿随步远，云罗雾縠逐风轻。转目机心悬自许，何须更待听琴声"云云，也是所谓"艳诗"的一流，甚传于时。

上官仪（上官仪见《旧唐书》卷八十，《新唐书》卷一百五）也是义府与无忌的同道。其诗绮错婉媚，人多效之，谓为"上官体"。

他的《早春桂林殿应诏》"晓树流莺满，春堤芳草积。风光翻露文，雪华上空碧"云云，无愧于梁、陈之作。他字游韶，陕州陕人。贞观初擢进士第。高宗时为西台侍郎，同东西台三品。后以事下狱死（616？—664）。

魏征（魏征见《旧唐书》卷七十一，《新唐书》卷九十七）《述怀》却不是梁、陈作风所能拘束的了。像"纵横计不就，慷慨志犹存。……人生感意气，功名谁复论"云云，其气概豪健，盖不是所谓"宫体""艳诗"所能同群者。"人生感意气"云云，活画出一位直心肠的男子来。以阮嗣宗与陈子昂较之，恐怕还要有些差别。独惜征所作不多耳。征字玄成，魏州曲城人。少孤，落魄有大志。初从李建成，为太子洗马。世民杀建成，乃拜他为谏议大夫，封郑国公。

王绩（王绩见《旧唐书》卷一百九十二《隐逸传》，《新唐书》卷一百九十六《隐逸传》）与魏征又有所不同，他却是以澹远来纠正浓艳的。绩字无功，绛州龙门人。隋大业中为扬州六合丞，以非所好，弃去不顾。结庐河渚，以琴酒自乐。武德初，以前官待诏门下省。或问："待诏何乐？"他道："良酝可恋耳。"照例日给酒三升，陈叔达特给他一斗。时太乐署史焦革家善酿。绩求为丞。革死，又弃官归。尝躬耕于东皋，故时人号东皋子。或经过酒肆，动留数日。往往题壁作诗，多为好事者讽咏。死时，预自为墓志。其行事甚类陶渊明，而其作风也与渊明相近。像《田家》（一作王勃诗，但风格大不类）：

　　阮籍生涯懒，嵇康意气疏。
　　相逢一醉饱，独坐数行书。
　　小池聊养鹤，闲田且牧猪。

> 草生元亮径，花暗子云居。
> 倚床看妇织，登垄课儿锄。
> 回头寻仙事，并是一空虚。

还不类渊明么？更有趣的是，像《田家》的第二首：

> 家住箕山下，门枕颍川滨。
> 不知今有汉，惟言昔避秦。
> 琴伴前庭月，酒劝后园春。
> 自得中林士，何忝上皇人。

以及第三首的"恒闻饮不足，何见有残壶"云云，连其意境也便是直袭之渊明的了。他的最好的诗篇，像《野望》：

> 东皋薄暮望，徙倚欲何依？
> 树树皆秋色，山山惟落晖。
> 牧人驱犊返，猎马带禽归。
> 相顾无相识，长歌怀《采薇》。

像《过酒家》：

> 对酒但知饮，逢人莫强牵。
> 倚炉便得睡，横瓮足堪眠。

也浑是上继嗣宗、渊明，下起王维、李白的。在梁、陈风格紧紧握住了诗坛的咽喉的时候，会产生了这样的一位风趣澹远的诗人出来，是颇为可怪的。或正如颜、谢的时候而会有渊明的同样的情形罢。一面自然是这酒徒的本身性格，一面也是环境的关系。他不曾做过什么"文学侍从之臣"，故也不必写作什么"侍宴""颂圣"的东西，以损及他的风格，或舍己以从人。

四

"四杰"的起来，在初唐诗坛上是一个极重要的消息。"四杰"也是承袭了梁、陈的风格的。惟意境较为阔大深沉，格律且更为精工严密耳。他们是上承梁、陈而下起沈、宋（沈佺期、宋之问）的。王世贞说：

> 卢、骆、王、杨，号称四杰。词旨华靡，固沿陈、隋之遗；翩翩意象，老境超然胜之。五言遂为律家正始。内子安稍近乐府，杨、卢尚宗汉、魏。宾王长歌，虽极浮靡，亦有微瑕，而缀锦贯珠，滔滔洪远，故是千秋绝艺（见王世贞的《全唐诗说》，《学海类编》本）。

在许多持王、杨、卢、骆优劣论者当中，世贞此话，尚较为持平。

王勃字子安，绛州龙门人。很早便会写诗。相传他六岁善文辞，九岁得颜师古注《汉书》读之，作《指瑕》以摘其失。麟德初（公元664年），刘祥道表于朝，对策高第。年未及冠，授朝散郎。沛王闻其名，召署府修撰。因作《檄英王鸡文》，被出为虢州参军。后又因事除名。高宗上元二年（675年），往交趾省父，渡海溺水，悸而卒（见《旧唐书》卷一百九十《文苑上》，《新唐书》卷二百一《文艺上》），年二十九（647—675）。有集（《王子安集》，有通行本，《四部丛刊》本）。初，他道出钟陵，九月九日，都督大宴滕王阁，宿命其婿作序以夸客。因此纸笔遍请，客莫敢当。至子安抗然不辞。都督怒起更衣。遣吏伺其文辄报。至"落霞与孤鹜齐飞，秋水共长天一色"语，乃矍然道："天才也！"请遂成文，极欢罢。那便是有名的《滕王阁序》。又相传子安属文初不精思，先磨墨数升，引被覆面而卧。忽起书之，不易一字。时人谓之腹稿。他所作以五言为最多，且均是很成熟的律体。像《郊兴》：

空园歌独酌，春日赋闲居。
泽兰侵小径，河柳覆长渠。
雨去花光湿，风归叶影疏。
山人不惜醉，惟畏绿尊虚。

还不是律诗时代的格调么？又像：

抱琴开野室，携酒对情人。
林塘花月下，别似一家春。
　　——《山扉夜坐》

山泉两处晚，花柳一园春。
还持千日醉，共作百年人。
　　——《春园》

还不宛然是最正格的五绝么？又像《寒夜怀友杂体》：

北山烟雾始茫茫，南津霜月正苍苍，
秋深客思纷无已，复值征鸿中夜起。

虽说是"杂体"，其实还不是"七绝"之流么？沈、宋时代的到来，盖在"四杰"的所作里，已先看到其先行队伍的踪迹了。正如太阳神万千缕的光芒还未走在东方之前，东方是先已布满了黎明女神的玫瑰色的曙光了。

杨炯（650—695？），华阴人，幼即博学好为文。年十一，举神童，授校书郎。为崇文馆学士，迁詹事司直。恃才简倨，人不容之。武后时，迁婺州盈川令，卒于官（见《旧唐书》卷一百九十《文苑上》，《新唐书》卷二百一《文艺上》）。他闻时人以四杰称，便自言道："吾愧在卢前，耻居王后。"（当时的品第是王、杨、卢、骆，他故云然。）张说道："杨盈川文思如悬河注水，酌之不竭；既优于卢，亦不减王也。"有《盈川集》（《盈川集》有《四部丛刊》本）。他的诗像"帝畿平若水，官路直如弦"（《骢马》），"三秋方一日，少别比千年"（《有所思》），"离亭隐乔树，沟水浸平沙。左尉才何屈，东关望渐赊"（《送丰城王少尉》），等等，都是足称律诗的前驱的。

"四杰"身世皆不亨达，而卢照邻为尤。他为了不可治的疾病，艰苦备尝，以至于投水自杀。在我们的文学史里同样的人物是很少的。照邻字升之，幽州范阳人。年十余岁，从曹宪、王义方授《苍雅》及经史。博学善属文。初授邓王府典签。王有书二十车，照邻披览，略能记忆。王甚爱重之。对人道："此即寡人相如也。"后拜新都尉，因染风疾去官。居太白山中。以服饵为事。而疾益笃。客东龙门山，友人时供其衣药。疾甚，足挛，一手又废，乃徙阳翟之具茨山下，买园数十亩，疏颍水周舍。复预为墓，偃卧其中。作《五悲》及《释疾文》，读者莫不悲之。然疾终不愈。病既久，不堪其苦，乃与亲友执别，自投颍水而死。时年四十（见《旧唐书》卷一百九十《文苑上》，又见《新唐书》卷二百一《文艺上》）(650？—689？)。有集（照邻集有《四部丛刊》本）。照邻少年所作，不殊子安、盈川。及疾后，境愈苦，诗也愈峻。像《释疾文》:

> 岁将暮兮欢不再，时已晚兮忧来多。
> 东郊绝此麒麟笔，西山秘此凤凰柯。
> 死去死去今如此，生兮生兮奈汝何！

盖已具有死志了。像《羁卧山中》的"卧壑迷时代，行歌任死生。红颜意气尽，白璧故交轻。涧户无人迹，山窗听鸟声。春色缘岩上，寒光入溜平。雪尽松帷暗，云开石路明"云云，盖还是虽疾而未至绝望的时候所作，故尚有"紫书常日阅，丹药几年成"云云。

骆宾王善于长篇的歌行，像《从军中行路难》《夏日游德州赠高四》《帝京篇》《畴昔篇》等，都可显出他的纵横任意，不可羁束的才情来。《畴昔篇》自叙身世，长至一千二百余字，从"少年重英侠，弱岁贱衣冠"说起，直说到"邹衍衔悲系燕狱，李斯抱怨拘秦桎。不应白发顿成丝，直为黄河暗如漆"。大约是狱中之作罢。这无疑是这时代中最伟大的一篇巨作，足和庾子山的《哀江南赋》列在同一型类中的。所谓在狱中，当然未必是指称敬业失败后的事，或当指武后时（公元684年）因坐赃"入狱"（？）的一段事。故篇中并未叙及兵事，而有"只为须求负郭田，使我再干州县禄"语。这样以五七言杂组成文的东西，诚是空前之作。当时的人，尝以他的《帝京篇》为绝唱；而不知《畴昔篇》之更远为弘伟。宾王，婺州义乌人。与子安等同是早慧者，七岁即能赋诗。但少年时落魄无行，好与博徒为伍。初为道王府属。尝使自言所能。宾王不答。后为武功主簿。裴行俭做洮州总管，表他掌书奏，他不应。高宗末，调长安主簿。武后时，坐赃左迁临海丞，怏怏不得志，弃官而去。时徐敬业在扬州起兵讨武后，署宾王为府属。军中檄都是他所作。武后读檄文到"一抔之土未干，六尺之孤安在！"语，大惊，问为何人所作，或以宾王对。后道："宰相安得失此人！"敬业败死，宾王也不知所终（？—684？）（《骆宾王见《旧唐书》卷一百九十《文苑上》，《新唐书》卷二百一《文艺上》）。有集（《骆宾王集》，有《四部丛刊》本）。

五

在这个时代，忽有几个怪诗人出现，完全独立于时代的风气之外；不管文坛的风尚如何，庙堂的倡导如何，他们只是说出他们的心，称意抒怀，一点也不顾到别的作家们在那里做什么。在这些怪诗人里，王梵志是最重要的一个。王梵志诗，埋没了千余年，近来因敦煌写本的发现，中有他的诗，才复为我们所知（王梵志诗，有《敦煌掇琐》本）。相传他是生于树瘿之中的（见《太平广记》卷八十二）。其生年约当隋、唐之间（约公元590—660年）。他的诗教训或说理的气味太重，但也颇有好的篇什，像：

吾有十亩田，种在南山坡。
青松四五树，绿豆两三窠。

> 热即池中浴，凉便岸上歌
> 遨游自取足，谁能奈我何！
> 城外土馒头，馅草在城里。
> 一人吃一个，莫嫌没滋味。

这样直接的由厌世而逃到享乐的意念，我们的诗里，虽也时时有之，但从没有梵志这么大胆而痛快的表现！

梵志的影响很大，较他略后的和尚寒山、拾得、丰干，都是受他的感化的。寒山、拾得（寒山、拾得诗，有日本影宋本，有明刊本，《四部丛刊》本）、丰干的时代，不能确知，相传是贞观中人。但最迟不会在大历以后。寒山诗，像"有人笑我诗，我诗合典雅！不烦郑氏笺，岂用毛公解。……忽遇明眼人，即自流天下""欲得安身处，寒山可长保，微风吹幽松，近听声逾好"云云，和拾得诗，像"世间亿万人，面孔不相似。……但自修己身，不要言他已"云云，都是梵志的嫡裔。顾况和杜荀鹤、罗隐诸人，也都是从他们那里一条线脉联下去的。

六

隋与唐初的散文，也和其诗坛的情形一样，同是受梁、陈风气的支配。杨坚即位时，有李谔者，尝上书论文体轻薄，欲图纠正，他以为："江左齐、梁，其弊弥甚。贵贱贤愚，惟务吟咏。遂复遗理存异，寻虚逐微，竞一韵之奇，争一字之巧。连篇累牍，不出月露之形，积案盈箱，惟是风云之状。世俗以此相高，朝廷据兹擢士。禄利之路既开，爱尚之情愈笃。"于是他便主张应该："屏黜浮词，遏止华伪。自非怀经抱质，志道依仁，不得引预缙绅，参厕缨冕。"还要对于那一类伪华的人，闻风劾奏，普加搜访，"有如此者，具状送台"。但那一篇煌煌巨文，却如投小石于巨川，一点影响也不曾发生过。文坛的风尚还是照常的推进，没有一点丕变。李德林、卢思道、薛道衡诸人所作散文，也并皆拟仿南朝，以骈偶相尚。至于由南朝入隋的文人们，像许善心、王胄、江总、虞世基等更是无论了。

唐初散文，无足称述。四杰所作，也不殊于当时的风尚。六朝之际，尚有所谓"文、笔"之分；美文多用骈俪；公牍书记，尚存质朴之意。至唐则差不多公文奏牍，也都出以骈四俪六之体，且浸淫而以"四六文"为公文的程式，为实际上应用的定型的文体了。

这时期可述者惟为若干部重要史籍的编纂。岑文本与崔仁师作《周史》。李百药作《齐史》。姚思廉次《梁》《陈》二史。魏征编《隋史》。思廉、百药之作，皆为一家言。又有李延寿者，世居相州，贞观中为御史台主簿，兼修国史。本其父志，更著《北史》《南史》二书。同时，又有《晋书》百三十卷的编撰，则出于群臣的合力，开后世"修史"的另外一条大路。自此以后，为一代的百科全书的所谓"正史"者，便永成为"合力"的撰述，而不复是个人的著作了。

七

佛经的翻译，在这时代仍成为重要的事业。但从鸠摩罗什大举翻译后，能继其轨辙者，惟唐初的玄奘法师。玄奘（玄奘见《旧唐书》卷一百九十一《方伎传》；又见慧立《大慈恩三藏法师传》，有支那内学院新印本），姓陈氏（596—664），曾往印度求法，遍历西方诸小国及印度各地而归，赍回经典极多。他离国十七年，艰苦无所不尝。曾以其所身历者，著为《大唐西域记》(《大唐西域记》，有《大藏经》本，商务印书馆石印本）一书。（书题辩机译；当是玄奘口述由辩机写下者。辩机为当时最有天才的和尚，玄奘的最有力的帮手。相传他因和太宗女高阳公主私通，事发被杀。这是一个极大的损失。玄奘的译书，如永远得他的帮忙，成绩当不至限于今日之所见者。）此书的价值绝为弘伟，是一部最好的散文的旅行记述。前者宋云、法显游印时，并有所记，然持以较玄奘之作，则若小巫之见大巫。这部《大唐西域记》大类希腊人朴桑尼（Pausanias）所著的《希腊游记》(The Description of Greece)。朴桑尼之作，在今日，其价值益见巨大。《大唐西域记》亦然。今日论述印度中世史者，殆无不以此书为主要的资料。而其中所载之迷信、故迹、民间传说等等，尤为我们的无价之宝。更有甚者，经由了这部伟著，无意中有许多印度传说乃都转变而成为中土的典实；像著名之《杜子春传》，便是明显的系由《西域记》中的一个故事改写而成的。这将在下文里再详说。

玄奘自贞观十九年归京师后起，直到龙朔三年圆寂的时候为止，这十九年的功夫全都耗费在翻译工作上面。他所译的共有七十三部，一千三百三十卷。传称："师自永徽改元后，专务翻译，无弃寸阴。每日自立程课。若昼日有事不充，必兼夜以读。遇乙之后，方乃停笔。摄经已，复礼佛行道。三更暂眠，五更复起，读诵梵本，朱点次第，拟明旦所翻。"像这样的一位专心一志的翻译家，只有宗教的热忱才能如此的驱迫着他罢。在他所译经中，尤以《瑜伽师地论》一百卷、《阿毗达磨大毗婆沙论》二百卷、《大般若波罗密多经》六百卷为最重要。其灌溉于后人的思想中者最为深厚。他还译《老子》为梵文，又将《大乘起信论》回译为梵文，以遗彼土欲睹此已失之名著者。他在沟通中、印文化上是尽了说不尽的力量的！在玄奘以前，译经者不是过于直译，为华土读者所不解，便是过于意译，往往失去原意。玄奘之译，却能祛去这两个积弊，力求与梵文相近。《玄奘传》云："前代以来，所译经教，初从梵语倒写本文，次乃回之，顺同此俗。然后笔人观理文句，中间增损，多坠全言。今所翻传，都由奘旨。意思独断，出语成章，词人随写，即可披玩。"以他那样精通梵文的人来译经典，自然要较一般的译者们为更高明的了。再者，也以他处在鸠摩罗什诸大家之后，深知其病之所在，故也易为之治疗耳。

玄奘西行的经历，其自身不久便成了传说。他自己也被视作佛教圣人的一个。自唐末以来，便有种种的《西游记》，以记述这个传说。像这样的一位重要的人物，一位伟大的宗教家，其成为传说的中心，当是无足讶怪的事罢。

参考书目

一、《隋书》 唐魏征等撰，有《二十四史》本。

二、《旧唐书》 晋刘昫撰，有《二十四史》本。

三、《新唐书》 宋欧阳修、宋祁撰，有《二十四史》本。

四、《全汉三国晋南北朝诗》 丁福保辑，医学书局铅印本。

五、《全唐诗》 扬州诗局原刊本，上海同文书局石印本。

六、《唐百名家诗》 席氏刻本。

七、《艺苑卮言》 明王世贞撰，有《历代诗话续编》本。

八、梁启超：《饮冰室文集》（中华书局）卷六十《佛典之翻译》，又卷六十一《翻译文学与佛典》，又卷六十二《支那内学院精校本玄奘传书后》。

九、《敦煌掇琐》 刘复辑，中央研究院出版。

十、《全上古三代秦汉三国六朝文》 严可均辑，有黄冈王氏刊本，有医学书局石印本。

十一、《全唐文》 有扬州诗局原刊本，有广东复刻本。

第十八章

律诗的起来

由古诗到律诗的途径——六朝风尚的总结账时期——律诗的成立——绝句与排律的同时产生——沈宋时代——沈宋律诗的成功与其影响——沈宋的绝句——沈宋的排律——沈宋的生世——同时代的诸诗人：苏味道、李峤——杜审言、崔融——崔湜、崔液——上官婉儿——乔知之、刘希夷——陈子昂

一

由不规则的古体诗，变为须遵守一定的程式的律诗，其演进是很自然的。自建安以后，诗与散文一样，天天都在向骈偶的路上走去。散文到了"四六文"，是走到"骈俪文"的最高的顶点了。辞赋到了"律赋"，也已是走到"骈俪赋"的最高的顶点了。诗也是同样的，发展到"律诗"的创作的时候，也便是无可再发展的了。在这个无可再发展的时代，便起了几种转变。"绝诗"因之起来，词也因之起来。同时，便也有人回顾到古体诗的一方面，欲再度使之复活。

在这个进展的途中，也颇有些"豪杰之士"奋起而思，有所改革。然究竟像以孤柱敌狂澜，无损于水势的东趋。由建安到嗣圣（公元196—684年），快五百年了，这个趋势还是不变。变动时代的到

来，是要在安史之乱（755—763）以后。那时，水势是平衍了，是疲乏了，尽有分流与别导到沟渠里去的可能。

许多人都以为初唐时代是改革六朝风尚的开始，却不知道六朝风尚，到了初唐却更变本而加厉。在唐代的初期的近一百五十年间（公元618—755年），无论在诗与散文上都是这样。尽管有人在喊着"复古"，在做着"尚书"体的《大诰》，但他们的声音，自行消失于无反响的空气中了。文风还是照常的进展。特别是诗体一方面，这百余年间的进展更为显著，对于后来的文坛也最有影响。

在嗣圣（公元684年）之前，是初唐四杰的时代。他们禀承了齐、梁的遗风，更加以扩大与发展。在五言诗方面，引进了更趋近于"律体"的格调，在七言诗方面也给他以可能的发展的希望。这在上文已经说到过了。在嗣圣到安史之乱的七十几年间，便是"律诗"的成立的时代了。五言的律诗是最先成立的。接着，七言的律诗也成为当时最重要的文体之一了。接着，别一种的新诗体，即所谓"五绝""七绝"者，也产生了。接着，联合了若干韵的律诗而成为一篇的长诗，即所谓"排律"者的风气，也开始出现了。在这短短的七十余年间，诚是诗坛上放射出最灿烂的异彩的时代，诚是空前的变异最多而且最速的时代。

这七十余年的时代，又可以分为两期。第一期是"律诗"的成立时代，也可以名之为沈、宋时代。第二期是"绝诗"与"排律"盛行的时代，也可以称之为开元、天宝时代。现在本章先讲第一个时期。

二

第一个时期从嗣圣元年到先天元年（712年），为时不到三十年，却奠定了"律诗"的基础。这时代的两个代表人便是沈佺期与宋之问。《唐书·文艺传》说：

> 魏建安后迄江左，诗律屡变。至沈约、庾信，以音韵相婉附，属对精密。及之问、沈佺期，又加靡丽。回忌声病，约句准篇，如锦绣成文。学者宗之，号为沈、宋。语曰："苏、李居前，沈、宋比肩。"谓苏武、李陵也（沈佺期、宋之问见《旧唐书》卷一百九十中《文苑中》，《新唐书》卷二百二《文艺中》）。

这一段话颇足以表示出"律诗"的由来。又胡应麟云："五言律体，兆自梁、陈。唐初四子，靡缛相矜。时或拗涩，未堪正始。神龙以还，卓然成调。沈、宋苏、李，合轨于前，王、孟、高、岑，并驰于后。新制迭出，古体攸分。实词章改革之大机，气运推迁之一会也。"这些话也可略见出律诗的历史。盖自沈约以四声八病相号召，已开始了律诗的先驱。嗣圣时代，沈佺期、宋之问出现，便很容易的收结了五百年来的总账，"回忌声病，约句准篇"，而创出"律诗"的一个新体来。大势所趋，自易号召，自易成功。所谓"声病"云云的讨论，自此竟不成为一个问题了。

"律诗"中的"五言律诗"，"四杰"时代已是流行。例如骆宾王的《在狱咏蝉》：

> 西陆蝉声唱，南冠客思侵。
> 那堪玄鬓影，来对白头吟！
> 露重飞难进，风多响易沉！
> 无人信高洁，谁为表予心？

已是"律诗"的最完备的体格了。惟大畅其流者,则为沈、宋。如沈佺期的《送乔随州偘》:

> 结交三十载,同游一万里。
> 情为契阔生,心由别离死。
> 拜恩前后人,从宦差池起。
> 今尔归汉东,明珠报知己。

宋之问的《途中寒食题黄梅临江驿寄崔融》:

> 马上逢寒食,愁中属暮春。
> 可怜江浦望,不见洛阳人!
> 北极怀明主,南溟作逐臣。
> 故园肠断处,日夜柳条新。

都是示后进以准之作。但沈、宋对于律体的应用,不限于五言,且更侵入当时流行的七言诗体范围之内。七言诗开始流行于唐初,至沈、宋而更有所谓"七言律"。"七言律"的建立,对于后来的影响是极大的。沈、宋的最伟大的成功,便在于此。沈佺期的《古意呈补阙乔知之》:

> 卢家少妇郁金堂,海燕双栖玳瑁梁。
> 九月寒砧催木叶,十年征戍忆辽阳。
> 白狼河北音书断,丹凤城南秋夜长。
> 谁谓含愁独不见,更教明月照流黄。

颇为有声。宋之问所作的七律，今传者甚少，姑引《三阳宫侍宴应制得幽字》一首：

> 离宫秘苑胜瀛洲，别有仙人洞壑幽。
> 岩边树色含风冷，石上泉声带雨秋。
> 鸟向歌筵来度曲，云依帐殿结为楼。
> 微臣昔忝方明御，今日还陪八骏游。

在这一方面的成功，沈、宋二人似都应居于提倡者的地位。他们的倡始号召之功，似较他们的创作为更重要。《旧唐书·文苑传》云（见《旧唐书》卷一百九十《文苑传·宋之问传》）："中宗增置修文馆学士，择朝中文学之士，之问与薛稷、杜审言等首膺其选。当时荣之。及典举，引拔后进，多知名者。"《唐书·之问传》亦叙其陪奉武后游洛南龙门："诏从后赋诗。左史东方虬诗先成，后赐锦袍。之问俄顷献。后览之嗟赏，更夺袍以赐。"宋尤袤《全唐诗话》云："中宗正月晦日，幸昆明池赋诗。群臣应制百余篇。帐殿前结彩楼，命昭容选一篇为新翻御制曲。从臣悉集其下。须臾，纸落如飞。各认其名而怀之，既退，惟沈、宋二诗不下。移时，一纸飞坠。竞取而观之，乃沈诗也。及闻其评曰：'二诗工力悉敌。沈诗落句云，微臣雕朽质，羞睹豫章才，盖词气已竭。宋诗云，不愁明月尽，自有夜珠来，犹陡健豪举。'沈乃伏，不敢复争。"像这样的从容游宴，所赋诗篇，传遍天下，又加以典贡举，天下士自然的从风而靡的了。何况"滚石下山，不达底不止"，这风气又是五百年来的自然的进展的结果呢。同时，"绝诗"的一体，也跟了"律诗"的发达而大盛。绝诗的起来，与律诗的产生有不可分离的关系。汉、魏古诗六朝乐府中，五言的短诗为最多，类皆像王台卿所作的《陌上桑》：

令月开和景，处处动春心
挂筐须叶满，息倦重枝阴。

般的以四句的五言成篇。"律诗""约句准篇"，每篇句类有定，不适于写作这一类短诗之用。于是律诗作者们同时便别创所谓"绝诗"的一体。这维持了短诗的运命，且成为我们诗体中常是最精彩的一部分的杰作。宋洪迈至集唐人绝句至万首之多，编为专书（洪迈的《万首唐人绝句》，有明万历间刊本。王士禛有《唐人万首绝句选》，有原刊本，又商务印书馆有铅印本）。可见此体爱好者之多且笃了。胡应麟谓："五七言绝句，盖五言短古，七言短歌之变也。五言短古，杂见汉、魏诗中，不可胜数。唐人绝体，实所从来。七言短歌，始于垓下。梁、陈以降，作者坌然。第四句之中，二韵互叶，转换既迫，音调未舒。至唐诸子，一变而律吕铿锵，句格稳顺，语半于近体，而意味深长过之，节促于歌行，而咏叹悠永倍之，遂为百代不易之体。"（见《少室山房笔丛》后附之《诗薮·内篇》六。《笔丛》有原刊本，有清嘉庆间翻刊本）胡氏的话，对于"绝句"，已尽赞颂之极致。但他又颇以"截近体首尾或中二联"以成绝句之说为非。此则，缘昧于诗体的自然演进的定律，故有异论耳。沈、宋之前，固有类乎"绝句"之物。惟"绝句"之成为一个新体之物，且有定格，则为创始于沈、宋时代。未可以偶然的"古已有之"的几个篇章，便推翻了发展的定律。

沈、宋的五七言绝句，佳作甚多。宋之问贬后所作，尤富于真挚的情绪，凄楚的声调。像《渡汉江》：

> 岭外音书断，经冬复历春。
> 近乡情更怯，不敢问来人。

即应制之作，也还不坏。像《苑中遇雪应制》：

> 紫禁仙舆诘旦来，青旗遥倚望春台。
> 不知庭霰今朝落，疑是林花昨夜开。

沈佺期的五言绝句，今传者甚鲜。其七言绝句像《邙山》：

> 北邙山上列坟茔，万古千秋对洛城。
> 城中日夕歌钟起，山上惟闻松柏声。

是颇具着渺渺的余思的。若仅以"典丽精工"［胡应麟语，（见《诗薮·内篇》四）］视沈、宋，似乎是把他们估价得太低了。

三

为唐代文坛重镇的一个新诗体，所谓"排律"的，也起于沈、宋之时。胡应麟谓："排律，沈、宋二氏，藻赡精工。"排律为较长的诗体，非运之以弘伟的才情，出之以精工的笔力不可。沈、宋创造了"律诗"，同时并打开了排律的一个新的局面。王世贞谓："二君正是敌手。排律用韵稳妥，事不旁引，情无牵合，当为最胜。"（见其所著《全唐诗说》。《学海类编》本，即《艺苑卮言》的一部分）沈、宋的排律，五言最多，也最好。如佺期的《钓竿》篇：

> 朝日敛红烟，垂竿向绿川。
> 人疑天上坐，鱼似镜中悬。
> 避楫时惊透，猜钩每误牵。
> 湍危不理辖，潭静欲留船。
> 钓玉君徒尚，征金我未贤。
> 为看芳饵下，贪得会无筌。

之问的《初至崖口》：

> 崖口众山断，嵚崟耸天壁。
> 气冲落日红，影入春潭碧。
> 锦缋织苔藓，丹青画松石。
> 水禽泛容与，岩花飞的皪。
> 微路从此深，我来限于役。
> 怅惘情未已，群峰暗将夕。

状物陈形，已臻佳境。在排律中，气度虽未若杜甫的阔大，波澜虽未若杜甫的澎湃，然已是不易得的东西了。

四

沈、宋并称，而沈、宋的诗也往往相混杂，可见其风格的相近。沈佺期，字云卿，相州内黄人。及上元二年（公元675年）进士第。由协律郎累除给事中考功。与张易之等忝昵宠甚。易之败，遂长流驩州。后得召见，拜起居郎兼修文馆直学士。寻历中书舍人，太子少詹事。开元初卒（？—713？）。

宋之问，字延清，一名少连，汾州人。之问伟仪貌，雄于辩。甫冠，武后召与杨炯分直习艺馆。累转尚方监丞，左奉宸内供奉。与佺期、阎朝隐等，倾心媚附易之。易之所赋诗篇，尽之问、朝隐所为。及败，贬泷州。之问逃归洛阳，匿张仲之家。武三思复用事，仲之欲杀之。之问上变。由是擢鸿胪主簿。天下丑其行。中宗时，下迁越州长史，穷历剡溪山，置酒赋诗，流布京师，人人传讽。睿宗立，流之问钦州，复赐之死（660—710）。

宋、沈以附张易之，声名颇为狼藉，然其才名则不可掩。佺期尝以诗赠张说。说道："沈三兄诗清丽，须让居第一也。"徐坚论之问以为其文如良金美玉，无不可。之问友人武平一为纂集其诗，成十卷（《宋之问集》，今有席刻《唐百家诗》本，又见《全唐诗》）。佺期亦有集传于世（《沈佺期集》，今有席刻《唐百家诗》本，又见《全唐诗》中）。沈、宋之诗，至流徙后而尤工。佺期在驩州诸作，像《三日独坐驩州思忆游》《从驩州廨宅移住山间水亭》《赦到不得归题江上石》《答魑魅代书寄家人》诸篇，皆出之以五言排律，而于沉痛郁结之中，不失其流丽疏放之体。《答魑魅》一篇，长至十二韵以上，尤为当时罕有之作。"死生离骨肉，荣辱间朋游。弃置一身在，平生万事休"（《移住山间水亭》），其情诚可哀矜！

之问两经流放，终至被杀，身世尤苦于佺期，故所作更多悲戚的声韵。惟长篇较少，五律为多。像《度大庾岭》：

度岭方辞国，停轺一望家。
魂随南翥鸟，泪尽北枝花。
山雨初含霁，江云欲变霞。

但令归有日，不敢恨长沙。

又像"故园长在目，魂去不须招"(《早发韶州》)，"谁言望乡国，流涕失芳菲"(《早入清远峡》)，"乡心新岁切，天畔独潸然。老至居人下，春归在客先"(《新年作》)诸语，莫不表示出迟暮投荒、徘徊欲泣的情绪来。沈、宋的诗，自当以这种迁谪后所作的最工。应制诸什，非不精妙，却不尽是从肺腑中流出的，故有灵魂、有真情感者甚少。

五

沈、宋同时的诗人极多。"初，中宗景龙二年（公元708年），始于修文馆置大学士四员，学士八员，直学士十二员，象四时八节十二月。于是李峤、宗楚客、赵彦昭、韦嗣立为大学士；李适、刘宪、崔湜、郑愔、卢藏用、李乂、岑羲、刘子元为学士；薛稷、马怀素、宋之问、武平一、杜审言、沈佺期、阎朝隐等为直学士。又召徐坚、韦元旦、徐彦伯、刘允济等满员。"（见宋尤袤《全唐诗话》卷一）这里殆已把沈、宋派诗人一网打尽了。但在其中的及未预其列的诗人们，若苏味道、李峤、杜审言、崔融、乔知之、崔湜、崔液、陈子昂、刘希夷诸人尤称大家。更有女作家上官婉儿在当时主持风雅，提倡文艺甚力，也当一叙及。

苏、李是和沈、宋并称的。苏味道（648—705），赵州栾城人。弱冠擢进士。证圣元年，出为集州刺史。圣历初，迁凤阁侍郎，同凤阁鸾台三品。居相位数载。神龙时坐张易之党，贬眉州刺史。还为益州长史，卒。李峤〔苏味道、李峤、崔融同见《旧唐书》卷九十四，又《新唐书》卷一百十四（崔、苏）及卷一百二十三（李）]，字巨山，与味道同里。弱冠擢进士第。武后时，官凤阁舍人。每有大手笔，皆特命峤为之。累迁鸾台侍郎，知政事，封赵国公。睿宗立，出刺怀州。玄宗时贬为滁州别驾，改庐州。峤初与王、杨接踵，中与崔、苏齐名，晚诸人没，独为文章宿老。但峤与味道所作，今存者类多应制之诗，未能窥其真性情。姑举峤的《酬杜五弟晴朝独坐见赠》为例：

> 平明坐虚馆，旷望几悠哉。
> 宿雾分空尽，朝光度隙来。
> 影低藤架密，香动药栏开。
> 未展山阳会，空留池上杯。

这已是他们的很高的成就了。风格同于沈、宋，而才情却显然有些差别。相传明皇将幸蜀，登花萼楼，使楼前善水调者奏歌。歌曰："山川满目泪沾衣，富贵荣华能几时！不见只今汾水上，惟有年年秋雁飞。"帝惨怆移时，顾侍者曰："谁为此？"对曰："故宰相李峤之词也。"帝曰："真才子！"不待终曲而去（见辛文房《唐才子传》卷一李峤条下。"山川满目"四语，见峤所作《汾阴行》）。

杜审言（杜审言见《旧唐书》卷一百九十上《文苑上》，《新唐书》卷二百一《文艺上》），字必简，京兆人。咸亨元年（公元670年）进士。为隰城尉。恃高才傲世，见疾。苏味道为天官侍郎，审言集判出，谓人道："味道必死！"人惊问何故。道："彼见吾判且羞死。"又道："我文章当得屈、宋作衙官，吾笔当得王羲之北面。"其矜诞类此。坐事贬吉州司户。武后时召还，授著作郎，为修文馆直学士,卒。他病时,宋之问、武平一去看他。他道:"甚为造化小儿相苦。尚何言!然吾在,久压公等。今且死,固大慰,但恨不见替人也。"审言少与李峤、崔融、苏味道为文章四友。在这几个人中,审言自是以天才独傲的(《杜审言集》二卷,有明刊本)。举其二诗为例:

> 北地春光晚,边城气候寒。
> 往来花不发,新旧雪仍残。
> 水作琴中听,山疑画里看。
> 自惊牵远役,艰险促征鞍。
> ——《经行岚州》

> 迟日园林悲昔游,今春花鸟作边愁。
> 独怜京国人南窜,不似湘江水北流。
> ——《渡湘江》

崔融,字安成,齐州全节人。长安中授著作佐郎,进凤阁舍人。坐附张易之兄弟,贬袁州刺史。寻召拜国子司业(?—707)。他的诗咏从军者为多。像《西征军行遇风》:

> 北风卷尘沙,左右不相识。
> 飒飒吹万里,昏昏同一色。
> 马烦莫敢进,人急未遑食。
> 草木春更悲,天景昼相匿。
> ……

颇具有异域的风趣，置在这个时代里，总算是别调。

女作家上官婉儿（上官婉儿见《旧唐书》卷五十一《后妃上》，《新唐书》卷七十六《后妃上·韦皇后传》），是这时主持风雅的一位很重要的人物。律诗时代的成立，她是很有力于其间的。婉儿为仪之孙，武后时配入掖庭。善于文章。年十四，即为武后内掌诏命。中宗即位，大被宠爱，进拜昭容。当时文坛因她的努力而大为热闹。临淄王兵起，她被杀。她的诗，今所存者仅二十余篇，大都是应制之作，未能见出她的真实的情绪。像"密叶因裁吐，新花逐剪舒……春至由来发，秋还未肯疏。借问桃将李，相乱欲何如？"（《侍宴内殿出剪花彩应制》）正是律诗时代的"最格律矜严"之作。

六

崔湜、崔液（崔湜、崔液见《旧唐书》卷七十四《崔仁师传》）兄弟所作，并皆可观。而液诗似更在其兄上。湜字澄澜，定州人。擢进士第。预修《三教珠英》。曾数度为相。明皇立，流岭外，复追及荆州，赐死（668—713）。液字润甫，湜之弟。工五言诗，擢进士第一人。湜常呼他的小字道："海子，我家龟龙也。"官至殿中侍御史。液所作，今传者以闺情为多。像《上元夜》：

星移汉转月将微，露洒烟飘灯渐稀。
犹惜路旁歌舞处，踟蹰相顾不能归。

又像《拟古神女宛转歌》（一作郎大家作）：

> 日已暮，长檐鸟应度。
> 此时望君君不来，此时思君君不顾。
> 歌宛转，宛转那能异栖宿！
> 愿为形与影，出入恒相逐。

是很有《子夜》《读曲》的风趣的。

刘希夷与乔知之所作，皆以歌行为多。知之（乔知之见《旧唐书》卷一百九十《文苑中》），同州冯翊人。则天时，为右补阙。迁左司郎中。为武承嗣所害。相传知之有婢窈娘，为承嗣所夺。他作《绿珠篇》密送与窈娘。她结诗衣带，投井而死。承嗣以是讽酷吏罗织杀之。知之有《拟古赠陈子昂》一诗"别离三河间，征战二庭深。胡天夜雨霜，胡雁晨南翔"云云，是颇似子昂的《感遇》的。

希夷一名庭芝（刘希夷见《旧唐书》卷一百九十《文苑中》。《唐才子传》卷一作字延芝），颍川人。上元二年（公元675年）进士，时年二十五。工篇咏，特善闺帷之作。词情哀怨，多依古调体势，与当时的风尚不合，遂不为所重。他美姿容，好谈笑，善弹琵琶，饮酒至数斗不醉。落魄不拘常检。尝作《白头吟》，有"今年花落颜色改，明年花开复谁在"语，自以为不祥。又吟一联："年年岁岁花相似，岁岁年年人不同。"遂叹道："生死有命，岂由此虚言乎？"遂并存之。诗成未周岁，果为奸人所杀（651—680？）。或谓：其舅宋之问，苦爱后一联，知其未传于人，恳求之。许而竟不与。之问怒其诳己，使奴以土囊压杀于别舍，时年未及三十。［见辛文房《唐才子传》（《佚存丛书》本）卷一］。这话未必可信。之问为一代宗匠，又何至夺甥之作！后孙翌撰《正声集》，以希夷诗为集中之最。由是大为人所称。《白头吟》（一作《代悲白头翁》）自是杰作，但像

《春日行歌》：

> 山树落梅花，飞落野人家。
> 野人何所有？满瓮阳春酒。
> 携酒上春台，行歌伴落梅。
> 醉罢卧明月，乘梦游天台。

其拓落疏豪的态度，已是李白的一个先驱了。

七

但在这一群诗人里，还不得不推陈子昂为一个异军突起者。子昂和刘希夷、乔知之皆非沈、宋所能牢笼，所能范围者。而子昂尤为杰出。齐、梁风尚的转变，在子昂的诗里，已充分的透露出消息来。子昂（陈子昂见《旧唐书》卷一百九十中《文苑中》，《新唐书》卷一〇七），字伯玉，梓州射洪人。开耀二年（公元682年）进士。初，年十八，未知书，以富家子，任侠尚气，好弋博。后入乡校，感悔。即于州东南金华山观读书，痛自修饰，精穷坟典。武后时，拜麟台正字，累迁拾遗。圣历初，解官归。为县令段简所诬诈，捕下狱，死。相传子昂初入京不为人知。有卖胡琴者，价百万，豪贵传视，无辨者。子昂突出，顾左右以千缗市之，众惊问。答道："余善此乐。"皆道："可得闻乎？"子昂道："明日可集宣阳里。"如期偕往，则酒肴毕具。置胡琴于前。食毕，捧琴语道："蜀人陈子昂，有文百轴，驰走京毂，碌碌尘土，不为人知。此乐，贱工之役，岂宜留心！"举而碎之，以其文轴遍赠会者。一日之内，声华溢都（见《全唐诗话》《历代诗话》本引《独异记》语)。子昂初为《感遇诗》,王适见而惊道:"此子必为海内文宗。"柳公权评其诗道:"能极著述,克备比兴,唐兴以来,子昂而已。"有集十卷(《陈伯玉文集》三卷,《诗集》二卷,有新都杨春刊本,清杨国桢辑刻本,又明刊本二卷,《四部丛刊》本)。子昂《感遇诗》,今见三十八章,其风格大似阮籍《咏怀》、左思《咏史》,当是受他们的启示而写的。这三十八章的诗篇,内容甚杂,或咏史,或抒怀,或超脱,或悲悯,但综其格律,放在沈、宋的一群里,却是不类不同的。像:

林居病时久,水木澹孤清。
闲卧观物化,悠悠念无生。
青春始萌达,朱火已满盈。
徂落方自此,感叹何时平。

索居犹几日,炎夏忽然衰。
阳彩皆阴翳,亲友尽睽违。
登山望不见,涕泣久涟洏。
宿梦感颜色,若与白云期。
马上骄豪子,驱逐正蚩蚩。
蜀山与楚水,携手在何时?

朔风吹海树,萧条边已秋。
亭上谁家子,哀哀明月楼。
自言幽燕客,结发事远游。
赤丸杀公吏,白刃报私仇。

> 避仇至海上，被役此边州。
> 故乡三千里，辽水复悠悠。
> 每愤胡兵入，常为汉国羞。
> 何知七十战，白首未封侯！

比了一般的颂圣酬宴的所作，自然是高出万倍的了。他痛快的抒其所怀抱的情思，一点也不顾忌，一点也不宛曲回避，直活现出一位"性褊躁"，易于招祸的诗人来。又像《登幽州台歌》：

> 前不见古人，后不见来者。
> 念天地之悠悠，独怆然而涕下。

那样的豪迈，那样的潇洒，自不会向"破家县令"屈膝，自要为其所陷害的了。

参考书目

一、《旧唐书》 卷一百九十《文苑传》。

二、《新唐书》 卷二百一至三《文艺传》。

三、辛文房《唐才子传》(有《佚存丛书》本；涵芬楼有石印本《佚存丛书》)。

四、《唐诗纪事》 宋计有功撰，有清刊本，有石印本。

五、《全唐诗话》 宋尤袤撰，有何文焕刻《历代诗话》本。(《历代诗话》有原刊本，有医学书局石印本。)

六、《全唐诗》 有扬州诗局原刊本，有同文书局石印本。

七、《少室山房笔丛》 明胡应麟撰，有明刊本，有清嘉庆间刊本。

八、《全唐诗说》 明王世贞撰,有《学海类编》本。

九、《唐诗癸签》 明胡震亨撰,有明刊本。又震亨的《唐诗谈丛》,有《学海类编》本。

十、《唐百名家诗》 清席氏编刊。

第十九章
开元天宝时代

唐诗的黄金时代——张九龄与吴中四杰——新诗人的纷起——王维与裴迪——孟浩然——王孟作风的不同——谪仙人李白——老诗人高适——富于异国情调的作家岑参——王昌龄、常建、崔颢等——崔国辅、王翰、贾至等

一

开元、天宝时代，乃是所谓"唐诗"的黄金时代；虽只有短短的四十三年（公元713—755年），却展布了种种的诗坛的波涛壮阔的伟观，呈现了种种不同的独特的风格。这不单纯的变幻百出的风格，便代表了开、天的这个诗的黄金的时代。在这里，有着飘逸若仙的诗篇，有着风致澹远的韵文，又有着壮健悲凉的作风。有着醉人的谵语，有着壮士的浩歌，有着隐逸者的闲咏，也有着寒士的苦吟。有着田园的闲逸，有着异国的情调，有着浓艳的闺情，也有着豪放的意绪。总之，这时代是囊括尽了种种的诗的变幻的。也没有一个时代，更曾同时挺生那末许多的伟大的诗人过的！然而，她只是短短的四十三年！希腊的悲剧时代，英国的莎士比亚时代，还不只是短短的数十年么？

五七言的古、律诗体，到了这个时代，格律已是全备。其中，七

言的律、绝，方才刚刚萌芽，还不曾有人用全力去灌溉之；正是诗人最好的一试驰骋的好身手的时候。故开、天的诗人们，于此独擅胜场，正如建安时代的五言诗，沈、宋时代的五言的律、绝。把握着新发于硎的牛刀，而以其勃勃的诗思为其试手的对象，那些天才的"庖丁"们，当然个个的都会"得手应心"的了。

二

开、天间的诗人们，一时是计之不尽的。殷璠的《河岳英灵集》，录当时诗人至二十四人之多。元结的《箧中集》，所载则有七人。此外不在其中者，更还有不少。杜甫也初次出现于这个时代的诗坛上。但他的重要的诗篇，几皆是开、天以后的所作。这个黄金时代，包纳不了杜甫，而杜甫在这个时代，也未尽挥展出他的惊人的天才。故另于下章详之。

开、天时代的老诗人们：有张九龄、贺知章、姚崇、宋璟、包融、张旭、张若虚、张说、苏颋、李乂等。

张九龄（张九龄见《旧唐书》卷九十九）字子寿，韶州曲江人。七岁知属文。擢进士。迁左拾遗。后以张说荐，为集贤院学士。俄拜中书侍郎同平章事。为李林甫所排挤，贬荆州长史，卒。有集（《张曲江集》二十卷，有明刊本，清顺治刊本，《四部丛刊》本）。九龄的诗，回旋于沈、宋的时代，而别有所自得。他的《感遇》十二首，和陈子昂的所作又自不同，其托意的直率，颇有影响于后来的诗坛。像《感遇》中的一首：

江南有丹橘，经冬犹绿林。

岂伊地气暖，自有岁寒心。
可以荐嘉客，奈何阻重深。
运命惟所遇，循环不可寻。
徒言树桃李，此木岂无阴！

这全是以"丹橘"自况的；和后来的"妆罢低声问夫婿，画眉深浅入时无？"是在同一个调子里的东西，但似更为露骨些。九龄诗往往如此，故颇伤于直率，少含蓄的余味。

与张九龄同为开元、天宝时代的名相的姚崇、宋璟（姚崇、宋璟并见《旧唐书》卷九十九，《新唐书》卷一百二十四），也并能诗。崇初名元崇，又名元之，陕州人。贞观中，应下笔成章举，授濮州司仓。后数居台辅，负时重望。荐宋璟自代。其诗像"舟轻不觉动，缆急始知牵"，语甚有致。宋璟，邢州南和人，继崇为相，耿介有大节。他的《送苏尚书赴益州》"园林若有送，杨柳最依依"，意境也很新。

贺知章字季真，会稽永兴人，少以文辞知名。累迁秘书监。他性放旷，晚尤纵诞，自号四明狂客。天宝初，请为道士还乡里。诏赐镜湖剡川一曲。年八十六卒。其七言绝句，像《咏柳》的"不知细叶谁裁出，二月春风似剪刀"和《回乡偶书》的二首："少小离乡老大回"，"惟有门前镜湖水，春风不改旧时波"，都是盛传人口的。

他和包融、张旭、张若虚并号"吴中四杰"。融，湖州人，为大理司直。旭，苏州吴人。嗜酒善草书，每醉后号呼狂走，才下笔，或以头濡墨而书。既醒，自视以为神。世呼为张颠，或传称为"草圣"。若虚，扬州人，为兖州兵曹。所作《春江花月夜》"春江潮水连海平，海上明月共潮生。滟滟随波千万里，何处春江无月明"的一首七言的长篇,乃是令人讽吟不能去口的隽什。

张说(张说见《旧唐书》卷九十七,《新唐书》卷一百二十五)和苏颋也并为开元名相,也皆能诗。说字道济,一字说之,洛阳人。武后时为凤阁舍人,以忤旨,配流钦州。开元初,进中书令,封燕国公。亦数经迁谪,至左丞相卒。他喜延纳后进。朝廷大述作多出其手,与苏颋号"燕、许大手笔"。谪后的诗,益凄婉动人,人谓得江山之助(《张燕公集》二十五卷,有《聚珍版丛书》本)。像《南中别蒋五岑向青州》:

> 老亲依北海,贱子弃南荒。
> 有泪皆成血,无声不断肠。
> 此中逢故友,彼地送还乡。
> 愿作枫林叶,随君度洛阳。

诚是深以迁谪为念的。但像"丝管清且哀,一曲倾一杯。气将然诺重,心向友朋开"(《宴别王熊》),却颇有些豪迈的意气。

苏颋(苏颋见《旧唐书》卷八十八,《新唐书》卷一百二十五),字廷硕,瓌子。幼敏悟。明皇爱其文,进紫薇侍郎,知政事。与李乂对掌书命。帝道:"前世李峤、苏味道,文擅当时,号苏、李。今朕得颋及乂,又何愧前人。"他的小诗,也时有佳趣,像《将赴益州题小园壁》:

> 岁穷惟益老,春至却辞家。
> 可惜东园树,无人也作花。

李乂字尚真，赵州房子人，幼工属文。开元初，为紫薇侍郎，除刑部尚书，卒，年六十八。与兄尚一、尚贞并有文名。有《李氏花萼集》。

三

但开元、天宝的时代，虎踞于诗坛上者，并不是这些老作家，新兴的诗人们是像雨天的层云般，推推拥拥的向无垠的天空上跑去。在那些无数的新诗人里，无疑的要选出王维、孟浩然、李白、高适、岑参五人，作为最重要的代表。那五位诗人们的作风，都是很不相同的；差不多也可以代表当时五方面的不同的倾向。先说王维。

王维（王维见《旧唐书》卷一百九十下《文苑下》，《新唐书》卷二百二《文艺中》）的作风，是直接承继了东晋的陶渊明的。渊明的诗，澹泊而有深远之致，维诗亦然。像那样的田园诗，若浅实深，若凡庸实峻厚，若平淡实丰腴的，千百年间仅得数人而已。维字摩诘，河东人，工书画，与弟缙，俱有俊才。开元九年进士擢第。天宝末为给事中。安禄山陷两都，维被囚于菩提寺。肃宗时，为尚书右丞。维笃于奉佛，晚年长斋禅诵。一日忽索笔作书别亲故，舍笔而卒（699—759）。开、天间，维诗名最盛，王侯豪贵之门，无不拂席迎之。尝得宋之问辋川别墅，山水绝胜，与裴迪泛舟往来，啸咏终日。殷璠谓："维诗，词秀调雅，意新理惬，在泉成珠，著壁成绘。"苏轼亦云："维诗中有画，画中有诗。"（《王右丞集》六卷，宋刘辰翁编，《四部丛刊》本；《王右丞集注》二十八卷，赵殿成注，原刊本；《王右丞诗集》六卷，明顾可允注说，嘉靖刊本，日本刊本）《集异记》（《全唐诗话》引）载维未冠时，文章得名，妙能琵琶。春之一日，岐王引至公主第，使为伶人进主前。维进新曲，号《郁轮袍》，并出所作。主大奇之。此事或未可信。明人王衡尝作《郁轮袍》杂剧，为维辨诬。惟唐人进身之阶，往往要借大力，像维一类的事，盖当时并不以为可怪。安史乱后，音乐家的李龟年，奔放江潭，尝于湘中采访使筵上，唱"红豆生南国，春来发几枝"，又"秋风明月苦相思，荡子从戎十载余"诸作，皆维诗也。可见当时维诗的流行的盛况。维的诗，最有画意者，像《渭川田家》：

斜阳照墟落，穷巷牛羊归。
野老念牧童，倚杖候荆扉。
雉雊麦苗秀，蚕眠桑叶稀。
田夫荷锄至，相见语依依。
即此羡闲逸，怅然吟《式微》。

像《山居秋暝》：

空山新雨后，天气晚来秋。
明月松间照，清泉石上流。
竹喧归浣女，莲动下渔舟。
随意春芳歇，王孙自可留。

和"草际成棋局，林端举桔槔"(《春园即事》)，"牧童望村去，猎犬随人还"(《淇上即事田园》)，"春风动百草，兰蕙生我篱"(《赠裴十迪》)，"山下孤烟绕村，天边独树高原"，"花落家僮未扫，莺啼山客犹眠"(以上《田园乐》，一作皇甫曾诗)，"空山不见人，但闻人语响。返景入深林，复照青苔上"（《鹿柴》），等等，都是富于田园的风趣的。但他偶写城市，也是同样的可爱。像《早朝》："皎洁明星高，苍茫远天曙。槐雾暗不开，城鸦鸣稍去。始闻高阁声，莫辨更衣处。银烛已成行，金门俨驺驭。"和隋代无名氏的《鸡鸣歌》："东方欲明星烂烂……千门万户递渔钥"恰是同类的隽作。若《琵琶记》的《辞朝》，从黄门官口中说出那末一大片的官话来，却徒见其辞费耳。维的七言绝句，像《少年行》"相逢意气为君饮""纵死犹闻侠骨香"，像《九月九日忆山东兄弟》"遍插茱萸少一人"，像《渭城曲》"渭城朝雨浥轻尘"，像《戏题辋川别业》"藤花欲暗藏猱子"，像《私成口号诵示裴迪》"万户伤心生野烟"，都是很"俊雅"的。而《渭城曲》，论者（如胡应麟）尤推之，以为盛唐绝句之冠。

集合于王维左右的诗人们，有维的弟缙（字夏卿，广德、大历中为门下侍郎，同平章事），及其友裴迪（关中人，尝为尚书省郎，蜀州刺史）、崔兴宗（尝为右补阙）、苑咸（成都人，中书舍人）、丘为（苏州嘉兴人，太子右庶子）等。裴迪、崔兴宗尝与维同居终南山。苑咸能书梵字，兼达梵音，曲尽其妙。后维与裴迪又同住辋川，交往尤密。故迪的作风，甚同于维，于辋川诸咏尤可见之，像"秋来山雨多，落叶无人扫"（《宫槐陌》），"泛泛鸥凫渡，时时欲近人"（《栾家濑》）等。

四

孟浩然（孟浩然见《旧唐书》卷一百九十下《文苑下》，《新唐书》卷二百三《文艺下》），襄阳人，少好节义，工五言。隐鹿门山，不仕。四十游京师，与诸诗人交往甚欢。尝集秘省联句，浩然道：

"微云淡河汉，疏雨滴梧桐。"众皆莫及。其诗的作风，也正可以此十字状之。张九龄、王维都极称道他。维待诏金銮，一旦私邀浩然入。俄报玄宗临幸。浩然错愕伏匿床下。维不敢隐，因奏闻。帝喜曰："朕素闻其人而未见也。"浩然遂出。命吟近作，至"不才明主弃，多病故人疏"之句，帝慨然道："卿不求仕，朕何尝弃卿，奈何诬我！"因命放还南山。开元末，王昌龄游襄阳。时浩然新病起，相见甚欢，浪情宴谑，食鲜疾动而终（689—740）。有集（《孟浩然集》四卷，明刊本，李梦阳刊本二卷，闵齐伋刊本，《四部丛刊》本）。

浩然为诗，伫兴而作，造意极苦。篇什既成，洗削凡近，超然独妙；虽气象清远，而采秀内映，藻思所不及。像《宿业师山房期丁大不至》：

夕阳度西岭，群壑倏已暝。
松月生夜凉，风泉满清听。
樵人归欲尽，烟鸟栖初定。
之子期未来，孤宿候萝径。

又像"相望始登高，心飞逐鸟灭。愁因薄暮起，兴是清秋发"(《秋登兰山寄张五》），"春眠不觉晓，处处闻啼鸟。夜来风雨声，花落知多少"(《春晓》），"烛至萤火灭，荷枯雨滴闻"(《初出关旅亭夜坐怀王大校书》），"莫愁归路暝，招月伴人还"(《游凤林寺西岭》），"阴崖常抱雪，枯涧为生泉"(《访聪上人禅居》），等等，都足以见出他的风格来。

他和王维的作风，看来好像很相近，其实却有根本的不同之点在着。维的最好的田园诗，是恬静得像夕光朦胧中的小湖，镜面似的躺着，连一丝的波纹儿都不动荡；人与自然，合而为一，诗人他自己是融合在他所写的景色中了。但浩然的诗，虽然也写山，也写水，也写大自然的美丽的表现，但他所写的大自然，却是活跃不停的，却是和我们的人似的刻刻在动作着的。像"却听泉声恋翠微"（《过融上人兰若》）的恋字，便充分的可以代表他的独特的作风。细读他的诗什，差不多都是惯以有情的动作，系属到无情的自然物上去的。又王维的诗，写自然者，往往是纯客观的，差不多看不见诗人他自己的影子，或连诗人他自己也都成了静物之一，而被写入画幅之中去了；他从不把自然界来拉到自己身上，作为自己动作或情绪的烘托。浩然则不然，他的诗都是很主观的，处处都有个我在，更喜用"岁月青松老，风霜苦竹余"（《寻白鹤岩张子容隐居》）一类的句子。所以王维是个客观的田园诗人，浩然则是个性很强的抒情诗人。王维的诗境是恬静的，浩然的诗意却常是活泼跳动的。

五

现在该说第三个不同型的诗人李白（李白见《旧唐书》卷一百九十下《文苑下》，《新唐书》卷二百二《文艺中》）了。白的诗，纵横驰骋，若天马行空，无迹可寻；若燕子追逐于水面之上，倏忽西东，不能羁系。有时极无理，像"白发三千丈"，有时又似极幼稚可笑，像"愿餐金光草，寿与天齐倾"（《古风》），但那都无害于他的诗的纯美。他的诗如游丝，如落花，轻隽至极，却不是言之无物；如飞鸟，如流星，自由至极，却不是没有轨辙；如侠少的狂歌，农工的高唱，豪放之极，却不是没有腔调。他是蓄储着过多的天才的。随笔挥写下来，便是晶光莹然的珠玉。在音调的铿锵上，他似尤有特长。他的诗篇几乎没有一首不是"掷地作金石声"的。尤其是他的长歌，几乎个个字都如"大珠小珠落玉盘"，吟之使人口齿爽畅，若不可中止。

但他并不是远于人间的。他仿佛是一个不省事的诗人，其实却十分关心世事。他也写出塞诗，他也作闺怨辞，但那些似都不是他的长处所在。他早年是一位"长安"的游侠少年，中年是一位行止不检的酒的诗人，晚年是一位落魄不羁的真实的"醉翁"。相传他是死于醉后的落水的。他从中年起便把少年的意气都和酒精一同的蒸发于空中去了。他好神仙，他爱说长生、上天等等的疯话。那也大约都是有意识的醉后的狂吟罢。他的少年的意气，便这样的好像不结实于地上，而驰骋于天府之上。

他的诗是在飘逸以上的。有人说他的诗是"仙"的诗。但仙人，似决不会有他那末狂放。我们勉强的可以说，他的诗的风格是豪迈联合了清逸的。他是高适、岑参又加上了王维、孟浩然的。他恰好代表了这一个音乐的诗的奔放的黄金时代。在我们的文学史上，没有第二个像开、天的万流辐辏、不名一轨的时代，也没有第二个像李白似的那末同样的作风的。他是不可模拟的（《李太白集》三十卷，清缪曰芑仿宋刻本；《分类补注李太白集》三十卷，杨齐贤、萧士赟注，元刊本，明刊本，《四部丛刊》本；《李太白诗集注》三十六卷，清王琦注，乾隆刊本）！

白字太白，陇西成纪人，或曰山东人，或曰蜀人。他少有逸才，志气宏放。初隐岷山，益州刺史苏颋见而异之，道："是子天才英特，可比相如。"天宝初，到长安，见贺知章。知章见其文，叹道："子谪仙人也。"乃解金龟换酒，终日相乐。言于明皇，召见金銮殿，奏颂一篇。帝赐食，亲为调羹。有诏供奉翰林。白犹与酒徒饮于市。帝坐沉香亭子，意有所感，欲得白为乐章。召入，而白已醉。左右以水颒面，稍解。援笔成文，婉丽精切。白尝侍帝，醉，使高力士脱靴。力士耻之，乃逸于杨贵妃。白自知不为亲近所容，恳求还山。帝赐金放还。乃浪迹江湖，终日沉饮。后永王李璘辟白为僚佐。璘以谋乱败，白坐长流夜郎。会赦得还。依族人阳冰于当涂，卒（701—762）。相传他是于度牛渚矶时，醉后入水中捉月而被溺死的。元人王伯成作《李太白流夜郎》杂剧，乃是白入水中，为龙王所迎去之说。明冯梦龙所辑的《警世通言》里，也有《李谪仙醉草吓蛮书》的平话一篇。白的生平，是久已成为传说的一个中心的。白有《与韩荆州书》，自叙早年的生平甚详。他喜纵横击剑，为任侠，轻财好施。尝客任城，与孔巢父、韩准、裴政、张叔明、陶沔，居徂徕山中，日沉饮，号"竹溪六逸"。在长安时，又与贺知章、李适之、李琎、崔宗之、苏晋、张旭、焦遂为饮酒八仙人。他中年与杜甫交尤善。然二人的作风却是很不相同的。他的作风，最能于长歌中表现出来。像《行路难》：

> 金樽清酒斗十千，玉盘珍馐直万钱。
> 停杯投箸不能食，拔剑四顾心茫然。
> 欲渡黄河冰塞川，将登太行雪满山。
> 闲来垂钓碧溪上，忽复乘舟梦日边。
> 行路难，行路难，多歧路，今安在！
> 长风破浪会有时，直挂云帆济沧海。

> 大道如青天，我独不得去。
> 羞逐长安社中儿，赤鸡白狗赌梨栗。
> 弹剑作歌奏苦声，曳裾王门不称情。

淮阴市井笑韩信，汉朝公卿忌贾生。
君不见，昔时燕家重郭隗，拥彗折节无嫌猜。
剧辛乐毅感恩分，输肝剖胆效英才。
昭王白骨萦烂草，谁人更扫黄金台！
行路难，归去来！

像《北风行》："惟有北风号怒天上来。燕山雪花大如席，片片吹落轩辕台。"《少年行》："看取富贵眼前者，何用悠悠身后名。"《经乱离后天恩流夜郎忆旧游书怀赠江夏韦太守良宰》："学剑翻自哂，为文竟何成。剑非万人敌，文窃四海声。儿戏不足道，《五噫》出西京！"《庐山谣》："我本楚狂人，凤歌笑孔丘。"《梦游天姥吟留别》："天台四万八千丈，对此欲倒东南倾。我欲因之梦吴越，一夜飞度镜湖月。"《蜀道难》："连峰去天不盈尺，枯松倒挂倚绝壁。飞湍瀑流争喧豗，砯崖转石万壑雷。"《将进酒》："君不见，黄河之水天上来，奔流到海不复回。君不见，高堂明镜悲白发，朝如青丝暮成雪。人生得意须尽欢，莫使金樽空对月！"等等，都是气吞斗牛，目无齐、梁的。他骋其想象的飞驰，尽其大胆的遣辞，一点也不受什么拘束，一点也不顾忌什么成法，所以能够狂言若奔川赴海，滔滔不已。虽时若"言大而夸"，却并不是什么虚矫的夸大。有他的这样的天才，这样的目无古作，才可以说是："自从建安来，绮丽不足珍。"（《古风》）他诚是独往独来于古今的歌坛上的。

他的短诗，隽妙的也极多，几乎没有一首不是爽口悦耳的，却又俱具着浑重之致，一点也不流于浮滑。又，在其间，关于酒的歌咏是特多。像《前有樽酒行》：

> 春风东来忽相过，金樽渌酒生微波。
> 落花纷纷稍觉多，美人欲醉朱颜酡。
> 青轩桃李能几何，流光欺人忽蹉跎。
> 君起舞，日西夕。
> 当年意气不肯倾，白发如丝叹何益！

像《月下独酌》"花间一壶酒，独酌无相亲。举杯邀明月，对影成三人"，像《山中与幽人对酌》"我醉欲眠卿且去"，像《自遣》"对酒不觉暝，落花盈我衣。醉起步溪月，鸟还人亦稀"，等等，都是。其他像《越中览古》"宫女如花满春殿，如今惟有鹧鸪飞"，《早发白帝城》"两岸猿声啼不住，轻舟已过万重山"，等等，也都是七言绝句里的最高的成就。又如《乌夜啼》《乌栖曲》等，也都是冷隽之气森森逼人。

六

高适年过五十，始学为诗，即工。以气质自高，多胸臆间语。他虽没有王维、孟浩然的澹远，李白的清丽奔放，却自有一种壮激致密的风度，为王、孟他们所没有的。适（高适见《旧唐书》卷一百十一，《新唐书》卷一百四十三）字达夫，一字仲武，沧州人。少性拓落，不拘小节，耻预常科，隐迹博徒，才名便远。后举有道，授封丘尉。未几，哥舒翰表掌书记。后擢谏议大夫，负气敢言，权近侧目。李辅国忌其才。蜀乱，出为蜀、彭二州刺史。迁西川节度史，还为左散骑常侍。永泰初卒（700？—765）。有集（《高常侍集》十卷，有明刊本，《四部丛刊》本八卷）。他尚气节，语王霸，衮衮不厌。遭时多难,以功名自许。尝过汴州,与李白、杜甫会。酒酣登吹台,慷慨悲歌,临风怀古。中间唱和颇多。他的诗也到处都显露出以功名自许的气概。他不谈穷说苦,不使酒骂坐,不故为隐遁自放之言,不说什么上天下地,不落边际的话。他是一位"人世间"的诗人,是一位显达的作家。开、天以来,凡诗人皆穷,显达者惟适一人而已。为的是一位慷慨自喜的人,又是一位屡次独当方面的大员,所以他的作风,于舒畅中又透着壮烈之致,于积极中更露着企勉之意。像"穷达自有时,夫子莫下泪"(《郊古赠崔二》),"知君不得意,他日会鹏抟"(《东平留赠狄司马》),"男儿争富贵,劝尔莫迟回"(《宋中遇刘书记有别》)等,自非若"不才明主弃"一类的失意人语。他的诗,每一篇已,好事者辄传播吟玩。他的最高的成就,像七言绝句中的:

危冠广袖楚宫妆,独步闲庭逐夜凉。
自把玉钗敲砌竹,清歌一曲月如霜。
　　　　——《听张立本女吟》

千里黄云白日曛,北风吹雁雪纷纷。
莫愁前路无知己,天下谁人不识君!
　　　　——《别董大》

又像五言的《登百丈峰》"汉垒青冥间,胡天白雪扫,忆昔霍将军,连年此征讨",《塞上》"总戎扫大漠,一战擒单于。常怀感激心,愿效纵横谟",《自淇涉黄河途中作》"北风吹万里,南雁不知数。归意方浩然,云沙更回互",等等,都颇足以窥见他的慷慨壮烈的风格来。

七

岑参（《岑嘉州诗》四卷，有明刊本，《四部丛刊》本）是开、天时代最富于异国情调的诗人。王维的友人苑咸善于梵语，可惜其诗传者不多，未见其曾引梵诗的风趣到汉诗中来。岑参却是以秀挺的笔调，介绍整个的西陲、热海给我们的。唐诗人咏边塞诗颇多，类皆捕风捉影。他却自句句从体验中来，从阅历里出。以此，他一边具有高适的慷慨壮烈的风格，一边却较之更为深刻隽削，富于奇趣新情。他南阳人，文本之后。天宝三年进士及第。后出为嘉州刺史。杜鸿渐表置安西幕府。以职方郎兼侍御史领幕职。流寓不还，遂终于蜀。他累佐戎幕，往来鞍马烽尘间十余载，极征行离别之情。城障塞堡，无不经行。他的诗便在这样的环境中写出。论者谓参诗"辞意清切，回拔孤秀，多出佳境。每一篇出，人竞传写，比之吴均、何逊"。或又谓他"放情山水，故常怀逸念，奇造幽致，所得往往超拔孤秀，度越常情，与高适风骨颇同，读之令人慷慨怀感"。其实，他的所得，似尤出于吴均、何逊及高适。清拔孤秀的风格虽同，而他的题材，却不是他们所能有的。这特殊的异国的情调，给他的诗以另一般的风趣与光彩。像《天山雪歌》"北风夜卷赤亭口，一夜天山雪更厚。……将军狐裘卧不暖，都护宝刀冻欲断"，《火山云歌》"火云满西凝未开，飞鸟千里不敢来。……缭绕斜吞铁关树，氤氲半掩交河戍"，《银山碛西馆》"银山碛口风似箭，铁门关西月如练"，《赠酒泉韩太守》"酒泉西望玉关道，千山万碛皆石草"，《优钵罗花歌》"叶六瓣，花九房，夜掩朝开多异香"，《宿铁关西馆》"马汗踏成泥，朝驰几万蹄。雪中行地角，火处宿天倪"，《经火山》"赤焰烧虏云，炎氛蒸塞空"，《热海行》"侧闻阴山胡儿语，西头热海水如煮"，等等，是风，是沙，是雪，是火云，是热海，这些，都是第一次方被连续的捉入我们的诗里的吧。在"终日风与雪，连天沙复山"(《寄宇文判官》)，"秋来惟有雁，夏尽不闻蝉。雨拂毡墙湿，风摇毳幕膻"(《首秋轮台》)的境地里，自然是会有另一种情趣的。他的七言绝句，像《赵将军歌》：

> 九月天山风似刀，城南猎马缩寒毛。
> 将军纵博场场胜，赌得单于貂鼠袍。

写边塞将士们的生活是极为活跃的。又像《碛中作》：

> 走马西来欲到天，辞家见月两回圆。
> 今夜不知何处宿，平沙万里绝人烟。

大约是他第一次"走马西来"的所作罢。其他像《山房春事》二首：

> 风恬日暖荡春光，戏蝶游蜂乱入房。
> 数枝门柳低衣桁，一片山花落笔床。

> 梁园日暮乱飞鸦，极目萧条三两家。
> 庭树不知人去尽，春来还发旧时花。

情调与他作甚异，但这表白了我们的诗人，也不是不会写作那末清隽可喜之篇什的。

八

这五位诗人之外,还有王昌龄、储光羲、常建、王湾、崔颢、王之涣、祖咏、李颀等若干人。他们都不是依花附草的小诗人们。他们也都是各具特殊的作风,驰骋于当世而不稍为他人屈的。

王昌龄(王昌龄见《旧唐书》卷一百九十下《文苑下》,《新唐书》卷二百三《文艺下》),字少伯,京兆人,与高适、王之涣齐名,而昌龄独有"诗天子"的称号。他登开元十五年进士第。为江宁丞。后因不护细行,贬龙标尉,卒。他的诗,绪密思精,多哀怨清溢之作。"秦时明月汉时关"(《出塞》)传诵最盛,实非其至者。像《采莲曲》"乱入池中看不见,闻歌始觉有人来",《长信秋词》"玉颜不及寒鸦色,犹带昭阳日影来",《闺怨》"闺中少妇不知愁,春日凝妆上翠楼",《芙蓉楼送辛渐》"洛阳亲友如相问,一片冰心在玉壶",等等,才足以代表他的作风罢。他作七言绝句甚多,也是最成功者的一个。

王之涣,并州人,与兄之咸、之贲皆有文名。天宝间与王昌龄、崔国辅、郑明联唱迭和,名动一时。《集异记》载:一日天寒微雪,之涣和高适、王昌龄三诗人,共诣旗亭贳酒小饮,听梨园伶官唱诗。三诗人的所作,皆为所唱及。独妓中之最佳者,乃唱之涣的"黄河远上白云间,一片孤城万仞山"(《凉州词》)一诗。明、清戏曲家演此事之剧本以《旗亭记》为名的,不止一二本而已。

储光羲(《储光羲诗》五卷,有雍正刊本),兖州人,登开元中进士第,历监察御史。禄山乱后,坐陷贼贬官。光羲诗传者颇多,殊有玉石杂混之感。像《洛阳道》:

> 洛水春冰开，洛城春水绿。
> 朝看大道上，落花乱马足。

等小诗，似是他较好的成就。

常建（《常建集》三卷，有汲古阁本，明刊本二卷）在殷璠的《河岳英灵集》中，为所录二十四诗人之冠。建，开元中进士第，大历中为盱眙尉。论者谓他的诗"似初发通庄，却寻野径。百里之外，方归大道。其旨远，其兴僻。佳句辄来，惟论意表"。像他的"松际露微月，清光犹为君"（《宿王昌龄隐居》），"战余落日黄，军败鼓声死"（《吊王将军墓》），"曲径通幽处，禅房花木深。山光悦鸟性，潭影空人心"（《题破山寺后禅院》），都是足当"其旨远，其兴僻"之誉的。

崔颢（崔颢见《旧唐书》卷一百九十《文苑下》，《新唐书》卷二百二《文艺中》），汴州人，开元十一年登进士第。官司勋员外郎。天宝十三年卒。他少年为诗，多浮艳语，晚乃风骨凛然，奇造往往并驱江、鲍。后游武昌，登黄鹤楼，感慨赋诗道："黄鹤一去不复返，白云千载空悠悠。"及李白来，道："眼前有景道不得，崔颢题诗在上头。"无作而去。颢好蒲博，嗜酒。娶妻择美者，稍不惬，即弃之，凡易三四。他苦吟咏，当病起清虚，友人戏之道："非子病如此，乃苦吟诗瘦耳。"遂为口实。今传颢诗，仍以艳体为多。像《长干曲》：

> 君家住何处？妾住在横塘。
> 停船暂相问，或恐是同乡。

神情大类《子夜》《读曲》。他的歌行，像《赠王威古》"春风吹浅草，猎骑何翩翩"，《行路难》"万万长条拂地垂，二月三月花如霰"，《渭城少年行》"长安道上春可怜，摇风荡日曲江边"，等等，都是很畅丽的。

王湾，洛阳人，登先天进士第。终洛阳尉。他文名早著，其"海日生残夜，江春入旧年"（《江南意》）之句，当时称最；张说至手题于政事堂。

李颀，东川人，家于颍阳；擢开元十三年进士第，官新乡尉。王世贞谓："盛唐七言律，老杜外，王维、李颀、岑参耳。"但他的七绝，像《野老曝背》：

百岁老翁不种田，惟知曝背乐残年。
有时扪虱独搔首，目送归鸿篱下眠。

也有独特的风趣。

祖咏，洛阳人，登开元十二年进士第，与王维友善。有司尝试以《终南望余雪》。咏赋道："终南荫岭秀，积雪浮云端。林表明霁色，城中增暮寒。"仅此四句，就交了卷。或诘之，他道："意尽！"

又有孙逖，河南人，开元中进士，终太子詹事。崔国辅，吴郡人，为礼部员外郎，后坐事贬晋陵郡司马。卢象，字纬卿，汶水人，以受禄山伪署，贬永州司户。王翰，字子羽，晋阳人，登进士第，为仙州别驾。日与才士豪侠饮乐游畋，坐贬道州司马卒。綦毋潜，字孝通，荆南人，终著作郎。崔曙，宋州人，少孤贫，不应荐辟，苦志高吟。薛据，荆南人，终水部郎中。沈千运，吴兴人，数应举不第。孟云卿，关西人，仕终校书郎。贾至字幼邻，洛阳人，开元中为起居舍人，大历初为京兆尹，右散骑常侍。刘眘虚，江东人，天宝时官夏县令。皆以能诗名。而王翰的《凉州词》"葡萄美酒夜光杯"，尤盛传人口。

参考书目

一、《全唐诗》 有扬州诗局原刊本，有同文书局石印本。

二、《唐百名家诗》 清席氏刊本。

三、《唐四家集》 明仿宋刊本，同文书局石印本。

四、《五十唐人小集》 仁和江氏仿宋刊本。

五、《唐才子传》 辛文房著，日本《佚存丛书》本。

六、《唐诗纪事》 宋计有功撰，有清刊本，石印本。

七、《全唐诗话》 宋尤袤著，有《历代诗话》本。

八、《唐音癸签》 明胡震亨著，有明刊本。

第二十章

杜甫

杜甫的时代——安史大乱与诗人的觉醒——杜甫的生平——他的诗的三个时代——"李邕愿识面"的时代——安史乱中的所作——诗人的苦难与时代的苦难——真实的伟大的精神——晚年的恬静的生活——具着赤子之心的诗人——大历诗人们——韦应物与刘长卿——诙谐诗人顾况——李嘉祐、皎然等——大历十才子——戎昱、戴叔伦及二包等

一

杜甫既归不到上面开元、天宝的时代,也归不到下面的大历十子的时代里去。杜甫是在天宝的末叶,到大历的初期,最显出他的好身手来的,这时代有十六年(公元755—770年)。我们可以名此时代为杜甫时代。这时代的大枢纽,便是天宝十四年(公元755年)十一月的安禄山的变乱。这个大变乱,把杜甫锤炼成了一个伟大的诗人,这个大变乱也把一切开元、天宝的气象都改换了一个样子。

开、天有四十年的升平,所谓"兵气销为日月光"者差可拟之。然升平既久,人不知兵。霹雳一声,忽然有一个大变乱无端而起。安禄山举兵于渔阳,统番、汉兵马四十余万,浩浩荡荡,杀奔长安而来。破潼关,陷东京,如入无人之境。第二年的正月,他便称帝。六

月，明皇便仓皇奔蜀。等到勤王的兵集合时，主客之势，差不多是倒换了过来。又一年，安禄山被杀，然兵事还不曾全定。自此天下元气大伤，整个政治的局面，完全改了另一种式样。中央政府渐渐失去了控御的能力，骄兵悍将，人人得以割据一方，自我为政。所谓藩镇之祸，便自此始。杜甫便在这个兵连祸结，天下鼎沸的时代，将自己所身受的，所观察到的，一一捉入他的苦吟的诗篇里去。这使他的诗，被称为伟大的"诗史"。差不多整个痛苦的时代，都表现在他的诗里了。

这两个时代，太不相同了。前者是"晓日荔枝红"，"霓裳羽衣舞"，沉酣于音乐、舞蹈、醇酒、妇人之中，流连于山光水色之际，园苑花林之内，不仅万人之上的皇帝如此，即个个平民也无不如此。金龟换酒，旗亭画壁，诗人们更是无思无虑的称心称意的在婉转的歌唱着。虽有愁叹，那却是轻喟，那却是没名的感慨，并不是什么深忧剧痛。虽有悲歌，那却是出之于无聊的人生的苦闷里的，却是叹息于个人功名利达的不遂意的。但在后者的一个时代里，却完全不对了！渔阳鼙鼓，惊醒了四十年来的繁华梦。开、天的黄金时代的诗人们个个都饱受了刺激。他们不得不把迷糊的醉眼，回顾到人世间来。他们不得不放弃了个人的富贵利达的观念，而去挂念到另一个痛苦的广大的社会。他们不得不把无聊的歌唱停止了下来，而执笔去写另一种更远为伟大的诗篇。他们不得不把吟风弄月，游山玩水的清兴遏止住了，而去西奔东跑，以求自己的安全与衣食。于是全般的诗坛的作风，也都变了过来。由天际的空想，变到人间的写实。由只有个人的观念，变到知道顾及社会的苦难。由写山水的清音，变到人民的流离痛苦的描状。这岂止是一个小小的改革而已。杜甫便是全般代表了这个伟大的改革运动的。他是这个运动的先锋，也是这个运动的主将。

二

杜甫(杜甫见《旧唐书》卷一百九十下《文苑下》,《新唐书》卷二百一《文艺上·杜审言传》),字子美,京兆人。是唐初狂诗人审言的孙子。家贫,少不自振,客于吴、越、齐、赵间。李邕奇其材,尝先往访问他。举进士不第,困长安,天宝三年,献《三大礼赋》于明皇。帝奇之,使待诏集贤院。命宰相试文章。擢河西尉。不拜。改右卫率府胄曹参军。数上赋颂,高自称道。他这时似极想做"鸣朝廷之盛"的一位宫廷诗人(《集千家注杜诗》二十卷,元高楚芳编,明许自昌刊本,清刊本;《杜诗评注》二十五卷,清仇兆鳌注,康熙刊本,通行本;《杜诗镜铨》二十卷,杨伦注,通行本,铅印本;《四部丛刊》影印宋本)。但禄山之乱跟着起来了。他的太平诗人的梦被惊醒了。跟了大批朝臣,避难于三川。肃宗立,自鄜洲羸服欲奔行在。为贼所得。至德二年,亡走凤翔,上谒,拜左拾遗。尝因救护房琯之故,几至得罪。时天下大乱,所在寇夺。甫家寓鄜,弥年艰窭,孺弱至饿死。因许甫自往省视。从还京师。出为华州司功参军。关辅饥,辄弃官去。客秦州,负薪,拾橡栗自给,流落剑南,营草堂成都西郭浣花溪。召补京兆功曹参军,不至。会严武节度剑南、西川,因往依之。武再帅剑南,表为参谋检校,工部员外郎。武以世旧,待甫甚厚。相传甫对武颇无礼。一日,醉登武床,瞪视道:"严挺之乃有此儿!"武心衔之,欲杀之。赖其母力救得免。但此说不大可靠。严、杜交谊殊厚,甫集中赠武诗至三十余篇之多。皆有知己之感。而武死,甫为诗哭之尤恸,当决不至有此事的。武死后,甫往来梓、夔间。大历中,出瞿塘,溯沅、湘,以登衡山。因客耒阳,游岳祠。大水暴至,涉旬不得食。县令具舟迎之,乃得还。为设牛炙白酒。大醉。一夕卒。年五十九（712—770）。

他的生平，可以分为三个时代，他的诗也因之而有三个不同的作风。第一期是安禄山乱前（公元755年前）。这时，他正是壮年，颇有功名之思，很想做一个"致君尧舜上"的重臣，不独要成一个不朽的诗人而已。他又往往熏染了时人的夸诞之习，为诗好高自称道，像"读书破万卷，下笔如有神。赋料扬雄敌，诗看子建亲。李邕求识面，王翰愿卜邻。自谓颇挺出，立登要路津。致君尧舜上，再使风俗淳"（《奉赠韦左丞丈》）。这不能怪他。凡唐人差不多莫如此。在这时，他的诗，已是充分地显露出他的天才。但像《乐游园歌》："此身饮罢无归处，独立苍茫自咏诗！"像《官定后戏赠》："耽酒须微禄，狂歌托圣朝。"其情调与当时一般的诗人，若李白、孟浩然等，是无殊的。

到了第二期，即从安史乱后到他入受蜀以前（公元755—759年），他的作风却大变了。在这短短的五年间，他身历百苦，流离迁徙，刻不宁息，极人生的不幸，而一般社会所受到的苦难，更较他为尤甚。他的情绪因此整个的转变了。他便收拾起个人利禄的打算，换上了一副悲天悯人的心肠。他离开了李白、孟浩然他们的同伴，而独肩起苦难时代的写实的大责任来。虽只短短的五年，而他是另一个人了，他的诗是另一种诗了。在他之前，那末伟大的悲天悯人之作从不曾出世过。在他之后，才会有白居易他们产生出来。他的影响是极大的！在这五年里，他留下了一百四十几首诗，差不多总是一半是歌咏这次的大变乱的。我们不曾看见过别一个变乱的时代曾在哪一位那末伟大的诗人的篇什里留下更深刻、更伟大的痕迹过！

他在这时代所写的歌咏乱离的诗，仍以写自身所感受的为最多。好容易乱中脱贼而赴凤翔，《喜达行在所》："眼穿当落日，死心著寒灰。所亲惊老瘦，辛苦贼中来。"然而家信还渺然呢！他的忆家之作，是写以血泪的。后来，回家了。他回到家中时的情形，是很可痛的。《北征》："经年至茅屋，妻子衣百结。恸哭松声回，悲泉共幽咽。平生所娇儿，颜色白胜雪。见耶背面啼，垢腻脚不袜。床前两小女，补绽才过膝。海图坼波涛，旧绣移曲折。天吴及紫凤，颠倒在裋褐。"后来和家人同在迁徙流离着了，然而又苦饥寒。《百忧集行》："入门依旧四壁空，老妻睹我颜色同。痴儿未知父子礼，叫怒索饭啼门东。"《乾元中寓居同谷县作歌七首》是总写他的穷困的生活和家庭的生死流离的。他自己是："岁拾橡栗随狙公，天寒日暮山谷里。中原无主归不得，手脚冻皴皮肉死。"是手把着白木柄的长镵，掘黄精以为食。然雪盛，黄精无苗，只得空手与长镵同归，"男呻女吟四壁静"。有弟在远方，"三人各瘦何人强。生别展转不相见，胡尘暗天道路长"！有妹在钟离，婿殁遗诸孤，已是十年不相见了。在这样的境地里，恰好又是"四山多风溪水急，寒雨飒飒枯树湿。黄蒿古城云不开，玄狐跳梁黄狐立"，能不兴"我生何为在穷谷，中夜起坐万感集"之叹么？

  但他究竟是一位心胸广大的热情的诗人，不仅对于自己的骨肉，牵肠挂腹地忆念着，且也还推己以及人，对于一般苦难的人民，无告的弱者，表现出充分的同情来。《茅屋为秋风所破歌》最足以见出这个伟大的精神："布衾多年冷似铁，娇儿恶卧蹋里裂。床头屋漏无干处，雨脚如麻未断绝。自经丧乱少睡眠。长夜沾湿何由彻？"因了自己的苦难，忽然的发出一个豪念："安得广厦千万间，大庇天下寒士俱欢颜，风雨不动安如山。呜呼，何时眼前突兀见此屋，吾庐独破受冻死亦足！"天下寒士们如果都有所庇了，自己便"吾庐独破受冻死亦足"！这是甚等的精神呢！释迦、仲尼、耶稣还不是从这等伟大的精神出发的么？

　　他所写当时一般社会的苦难的情形，可于《新安吏》《潼关吏》《石壕吏》《新婚别》《垂老别》《无家别》等作中见之。《新安吏》《石壕吏》《新婚别》《垂老别》所叙的都是征兵征役的扰苦。"客行新安道，喧呼闻点兵。……肥男有母送，瘦男独伶俜。白水暮东流，青山闻哭声。莫自使眼枯，收汝泪纵横。眼枯即见骨，天地终无情！"这是集丁应征的情形。但农民们是往往躲藏了以避征发的，于是如"石壕吏"者便不得不于夜中捉人。"老翁逾墙走"了，力衰的老妪只好"请从吏夜归，急应河阳役"。在这些被征发的丁男里，有的是新婚即别的，于"沉痛迫中肠"里，新妇还不得不安慰她的夫婿道："勿为新婚念，努力事戎行。"连老翁也不得不去。"子孙阵亡尽，焉用身独完！"于是他遂"投杖出门去……长揖别上官"，也顾不得"老妻卧路啼"了。他在天宝十年所作的《兵车行》，也是写这种生离死别的情形的。"生女犹得嫁比邻，生男埋没随百草"，是沉痛之至的诅咒。但较之《新安吏》等篇，似尤未臻其深刻。人类的互相残杀，是否必不得已的呢？驱和平的农民们、市人们，教他们执刀去杀人，是否发狂的举动？1914年的欧洲大战，产生了不少的非战文学出来。安史之乱，也产生了杜甫的这些伟大的诗篇。不过甫只是替被征发的平民们说话，对于战争的本身，他还没有勇气去直接的加以攻击，加以诅咒。他的《潼关吏》是叙述士卒筑潼关城的情形的；颇寓劝诫意："请嘱防关将，慎勿学哥舒。"这样的风格，后来便为白居易的"新乐府"所常常袭用。《无家别》是叙述乱后人民归家时的情形的，"寂寞天宝后，园庐但蒿藜。我里百余家，世乱各东西。存者无消息，死者为尘泥"！这场大乱，真的把整个社会的基础都震撼得倒塌了。

第三期是从他于乾元二年的冬天到成都起，直到他的死为止（公元759—770年）。中间虽也曾由蜀播迁出来，但生活究竟要比第二期安定、舒服。所以他这十一年中的诗，往往都是很恬静的，工致的，苍劲的，与中年时代的血脉偾张、痛苦呼号者不同。虽也有痛定思痛之作，但不甚多。为了生活的比较安定，所以这时代的诗写得最多，几要占全集的十分之七八以上。在这时，他似又恢复了从容游宴之乐。他的浣花里的居宅似颇适意。可望见江流，又种竹植树，以增其趣。他纵酒啸咏，与田夫野老相狎荡，无拘检。《秋兴》八首，为这时期的代表作，兹录其一：

闻道长安似弈棋，百年世事不胜悲。
王侯第宅皆新主，文武衣冠异昔时。
直北关山金鼓振，征西车马羽书驰。
鱼龙寂寞秋江冷，故国平居有所思。

他仍未忘怀于国家的大事。

三

他是一位真实的伟大的诗人。不惟心胸的阔大，想象的深邃异乎常人，即在诗的艺术一方面，也是最为精工周密，无瑕可击的。"文章千古事，得失寸心知。"他是执持着那末慎重的态度来写作的，而他的写作，又是那末样的专心一意，"语不惊人死不休"，故所作都是经由千锤百炼而出，而且是屡经改削的。（他自己有"新诗改罢自长吟"语）他还常和友人们讨论。（《春日忆李白》："何时一尊酒，重与细论文。"）然而他还未必自满。我们于"晚节渐于诗律细"一语，也可见其细针密缝的态度来吧。他最长于写律诗，他的七言律，王世贞至以为"圣"。他的五言律及七言歌行以至排律，几无不精妙。在短诗一方面，虽论者忽视之，但也有很隽妙的篇什，像《漫成一首》：

江月去人只数尺，
风灯照夜欲三更。
沙头宿鹭联拳静，
船尾跳鱼泼剌鸣。

置之王、孟集中还不是最好的东西么？所以后人于杜，差不多成了宗仰的中心，当他是一位"集大成"的诗人。离他不到五十年的元稹，已极口的恭维着他："至于子美，盖所谓上薄风骚，下该沈、宋，言夺苏、李，气吞曹、刘。掩颜、谢之孤高，杂徐、庾之流丽，尽得古今之体势，而兼人人之所独专矣。使仲尼考锻其旨要，尚不知贵其多乎哉。苟以为能所不能，无可无不可，则诗人以来，未有如子美者！"韩愈也说："李杜文章在，光焰万丈长！"

凡大诗人没有一个不是具有赤子之心的，于杜甫尤信。他最笃于兄弟之情，而于友朋之际，尤为纯厚。他和李白是最好的朋友，集中寄白及梦白的诗不止二三见而已。李邕识他于未成名之时，故他感之最深，严武助他于避难之顷，故他哭之尤恸。（他有《八哀诗》历叙生平已逝的友人。）

也为了他是满具着赤子之心的，故时时做着很有风趣的事，说着很有风趣的话。相传有一天，他对郑虔自夸其诗。虔狠道："汝诗可已疾。"会虔妻疧作，语虔道："读吾'子璋髑髅血模糊，手提掷还崔大夫'立瘥矣，如不瘥，读句某；未间，更读句某。如又不瘥，虽和、扁不能为也。"他又有《戏简郑广文》一篇：

广文到官舍，系马堂阶下。
醉即骑马归，颇遭官长骂。
才名四十年，坐客寒无毡。
赖有苏司业，时时与酒钱。

也是和郑虔开玩笑的。郑虔（郑虔见《新唐书》卷二百二《文艺中》）是当时一位名士，有"郑虔三绝"之称，必定也是一位很有风趣的人物。惜他的诗，仅传一首，未能使我们看出其作风来。

四

杜甫死于大历五年（公元770年）。他的影响要到了元和、长庆之间才大起来。大历、贞元间的诗人们，对于他似都无甚关系。他乱后僻居西川，死于耒阳。虽是时时得到京城里的消息，知道"同学少年皆不贱"，却始终不曾动过东游之念。

现在，为了方便计，姑将十几位大历的诗人们述于本章之后。

五七言诗的发展是很奇怪的，经了千百年的发展，只有一步步的向前推进，却从不曾有过衰落的时期。变体是一天天的多了；诗律是一天天的细了；风格是一天天的更变幻了，诗绪是一天天的更深邃了。到了开元、天宝之时，体式与诗律是进展到无可再进展了，却又变了一个方向。作家们都在不同的风格底下，各自有长足的进展。

王、孟、李、岑、高，风格各自不同，杜甫更与他们相异，其他无数的开、天诗人们也都各自有其作风。照老规矩是，一种文体，极盛之后，便难为继。但五七言诗体却出于这个常例之外。经过了开、天的黄金时代，她依然是在发展，在更深邃、更广漠的扩充她的风格的领土。继于其后的是大历时代。大历时代的诗人们很不在少数，其盛况未亚于开、天。其中，最著者为韦应物、刘长卿、顾况、释皎然、李嘉祐诸人，更有所谓大历十才子者，也在这个时代的诗坛上活动着。

韦应物，京兆长安人，少以三卫郎事明皇。晚更折节读书。建中三年，拜比部员外郎，出为滁州刺史。久之，改左司郎中，又出为苏州刺史。应物性高洁，所在焚香扫地而坐，惟顾况、刘长卿、丘丹、秦系、皎然之俦，得厕宾客，与之酬唱（《韦苏州集》十卷，有汲古阁刊本，席氏刊本，项㧑翻刻宋本，《四部丛刊》本）。评者谓："其诗闲澹简远，人比之陶潜，称陶、韦云。"白乐天谓："韦苏州五言，高雅闲淡，自成一家之体。"苏东坡也说："乐天长短三千首，却逊韦郎五字诗。"（白、苏二人语，均见宋葛立方《韵语阳秋》引）应物风格虽闲远，但与其说他近渊明，不如说他较近于孟浩然。真实的渊明的继人，应是王维而非应物。他和浩然相同，往往喜用自然景物来牵合拢来烘托自己的情绪。像"流水赴大壑，孤云还暮山，无情尚有归，子行何独难"（《拟古诗》），"携酒花林下，前有千载坟……聊舒远世踪，坐望还山云"（《与友生野饮效陶体》），"天边宿鸟生归思，关外晴山满夕岚。立马欲从何处别？都门杨柳正毿毿"（《送章八元秀才》），等等，都是。但像《上皇三台》：

不寐倦长更，披衣出户行。
月寒秋竹冷，风切夜窗声。

之类，却别有一种幽峭之趣。

刘长卿（《刘随州集》十卷，有明活字版本，席氏刊本，《四部丛刊》本），字文房，官至随州刺史。皇甫湜尝道："诗未有刘长卿一句，已呼宋玉为老兵矣。"其为人所重如此。每题诗不言其姓，但言长卿而已。因人谓："前有沈、宋、王、杜，后有钱、郎、刘、李。"乃道："李嘉祐、郎士元焉得与予齐称耶！"长卿诗，意境幽隽者甚多。像"柴门闻犬吠，风雪夜归人"（《逢雪宿芙蓉山主人》），"荒村带返照，落叶乱纷纷。……野桥经雨断，涧水向田分"（《喜皇甫侍御相访》），"细雨湿衣看不见，闲花落地听无声"（《别严士元》），"春草雨中行径没，暮山江上卷帘愁"（《汉阳献李相公》），等等，何减于渊明、右丞。惟往往贪多务得，未免时多雷同的想象，用此为累耳。

顾况（顾况见《旧唐书》卷一百三十），字逋翁，苏州人。至德进士。性诙谐。与之交者，虽王公贵人，必戏侮之。竟坐此贬饶州司户参军。后隐茅山卒。皇甫湜序其集（顾况《华阳集》二卷，有明姚士达辑本，席氏刊本五卷）道："偏于逸歌长句，骏发踔厉，往往若穿天心，出月胁，意外惊人语，非常人所能为，甚快意也！"这话并不是瞎恭维。就创作的勇气上说来，他是远在应物、长卿以上的。他什么字都敢用，他什么话都敢说。他不怕俗，不怕人笑。他不愿意把很好的想象，很好的意思，葬送在"古雅"的坟墓之中。他有什么便写什么，他并不是故意要求"语不惊人死不休"，他实在是落想便奇。有人单挑杜甫的几首略带诙谐的意味的诗来恭维，但像顾况才是真实的诙谐诗人。在这一方面，他是比之开、天诸大诗人都更有成就的。人家都是苦吟的雅语，他却是嘻嘻哈哈的在笑，对于一切都要调谑，像《长安道》：

长安道，人无衣，马无草，何不归来山中老！

像《行路难》："君不见担雪塞井空用力，炊砂作饭岂堪食""君不见古人烧水银，变作北邙山上尘。藕丝挂在虚空中，欲落不落愁杀人"。又像《范山人画山水歌》：

山峥嵘，水泓澄，
漫漫汗汗一笔耕，一草一木栖神明，
忽如空中有物，物中有声；
复如远道望乡客，梦绕山川身不行。

又像《杜秀才画立走水牛歌》："江村小儿好夸骋，脚踏牛头上牛领，浅草平田擦过时，大虫著钝几落井。"又像《李供奉弹箜篌歌》："指剥葱，腕削玉，饶盐饶酱五味足。弄调人间不识名，弹尽天下崛奇曲。胡曲汉曲声皆好，弹着曲髓曲肝脑。往往从空入户来，瞥瞥随风落青草。草头只觉风吹入，风来草即随风立。草亦不知风到来，风亦不知声缓急。爇玉烛，点银灯，光照手，实可憎：只照箜篌弦上手，不照箜篌声里能。"又像《古仙坛》：

远山谁放烧？疑是坛旁醮。
仙人错下山，拍手坛边笑。

这些话有谁曾说过呢？典雅的诗人们恐怕连想都不敢想到吧。他的田园诗也和一般田园诗人们的诗不同：

带水摘禾穗，夜捣具晨炊；
县帖取社长，嗔怪见官迟。
————《田家》

板桥人渡泉声，茅檐日午鸡鸣。
莫嗔焙茶烟暗，却喜晒谷天晴。
————《过山农家》

这样的即情即景的话，为什么别人便说不出来呢？更可怪的是《上古之什补亡训传十三章》里的《囝一章》：

囝，哀闽也。（原注：囝音蹇；闽俗呼子为囝，父为郎罢。）
囝生闽方。
闽吏得之，乃绝其阳。为臧为获，致金满屋；
为髡为钳，如视草木。天道无知，我罹其毒。
神道无知，彼受其福。郎罢别囝，吾悔生妆。
及汝既生，人劝不举。不从人言，果获是苦。
囝别郎罢，心摧血下，隔地绝天，及至黄泉。
不得在郎罢前。

这是最悲惨的一幅图画，却出之以闽人的方言。到了现在，闽人还呼子为"囝"，呼父为"郎罢"，千年还不曾变。在方言文学里，这真要算是最早的最重要的一页。在那时，闽人还是被视为化外的罢，故可以任"吏得之，乃绝其阳"，当作奴隶。他的哀歌，更是真情流露，像《伤子》：

老夫哭爱子，日暮千行血。

声逐断猿悲，迹随飞鸟灭。

老夫已七十，不作多时别。

白居易的诗，人以为明白如话，妇孺皆知；像顾况的诗才是真实的说话呢。他敢于应用俗语方言入诗，居易却还不敢。

释皎然名昼，姓谢氏，长城人，灵运十世孙。居杼山。文章隽丽（《杼山集》有汲古阁刊本）。《因话录》载：皎然尝谒韦应物，恐诗体不合，乃于舟中抒思，作古体十余篇为贽。韦公全不称赏。昼极失望。明日写其旧制献之。韦公吟讽，大加叹咏。因语昼云："师几失声名！何不但以所工见投，而猥希老夫之意。人各有所得，非卒能致。"昼大服其鉴别之精。这是很有趣的一个故事。

李嘉祐字从一，赵州人，大历中为兖州刺史。与刘长卿、冷朝阳、严维等为友。高仲武说他"往往涉于齐、梁。绮美婉丽，盖吴均、何逊之敌也"。像《咏萤》"映水光难定，陵虚体自轻。夜风吹不灭，秋露洗还明"，像《杂兴》"花间昔日黄鹂啭，妾向青楼已生怨。花落黄鹂不复来，妾老君心亦应变"，都很有齐、梁风趣。

秦系字公绪，会稽人，天宝末避乱剡溪。建中初住泉州南安，其后东渡秣陵，年八十余卒。南安人思之，号其山为高士峰。权德舆道："长卿自以为五言长城，系用偏师攻之，虽老益壮。"系所作，瘦瘠而高隽，确是隐逸者之诗。像"游鱼率荇没，戏鸟踏花摧"（《春日闲居》），"鸟来翻药碗，猿饮怕鱼竿"（《题石室山王宁所居》），似都是苦吟而出之的。

严维字正文，越州山阴人，终秘书省校书郎。冷朝阳，金陵人，登大历进士才第，为薛嵩从事。

五

所谓"大历十才子",《唐书·文艺传》指的是卢纶、吉中孚、韩翃、钱起、司空曙、苗发、崔峒、耿湋、夏侯审及李端。江邻几所志,则多郎士元、李嘉祐、李益、皇甫曾,而无夏侯审、崔峒及韩翃,凡十一人。严羽《沧浪诗话》所载,则又有冷朝阳。但在这十几个诗人当中,值得称述的也只有钱起、郎士元、卢纶、韩翃、二李及皇甫曾耳。

钱起(《钱考功集》十卷,有明活字本,席氏刊本,《四部丛刊》本),吴兴人,天宝中举进士,与郎士元齐名,时人称之道:"前有沈、宋,后有钱、郎。"终考功郎中。高仲武称其"诗格清奇,理致淡远"。他少年时和王维、裴迪为友,故甚受他们的影响。像"山色不厌远,我行随处深"(《游辋川》);"返照乱流明,寒空千嶂净"(《题淮上人兰若》);等等,皆是。唯像"鸟道挂疏雨,人家残夕阳""长乐钟声花外尽,龙池柳色雨中深"(高仲武所特举者)等语,未免雕斫的斧痕太显露。

郎士元字君胄,中山人,天宝中擢进士第。历右拾遗,出为郢州刺史。他的诗,流畅多趣,似当在钱起之上;像《送张南史》:

> 雨余深巷静,独酌送残春。
> 车马虽嫌僻,莺花不弃贫。
> 虫丝粘户网,鼠迹印床尘。
> 借问山阳会:如今有几人?

卢纶字允言,河中蒲人。建中初为昭应令。贞元中卒。

韩翃字君平，南阳人，侯希逸表佐淄青幕府，终中书舍人。《本事诗》有"章台柳"的一段故事，即为关于翃者。明人曾以此故事，编作为杂剧及传奇。他长于绝句，像《寒食》"春城无处不飞花，寒食东风御柳斜"等诗，皆颇传诵人口。

李益（李益见《旧唐书》卷一百三十七）为卢纶的妹婿。他字君虞，姑臧人，大历四年进士。长于歌诗（《李君虞集》二卷，有席氏刊本）。每一篇成，乐工争以赂求取之，被声歌供奉天子。又有写《征人歌》《早行诗》为图画者。但益有心病，不见用。沦落久之，后乃为礼部尚书，致仕卒。唐人蒋防有《霍小玉传》。即叙益少年事。明汤显祖也为作《紫箫》《紫钗》二记。王世贞道："绝句李益为胜，韩翃次之。"

李端字正己，赵郡人，大历中进士。官杭州司马卒。他短诗佳者甚多。明畅如话，时有奇趣，像《芜城怀古》：

风吹城上树，草没边城路。
城里月明时，精灵自来去。

皇甫曾字孝常，丹阳人，天宝中登进士第。其兄冉（皇甫冉见《新唐书》卷二百二《文艺中》），字茂政，大历初官至右补阙。二人并有诗名，时人比之张氏景阳、孟阳。冉诗，高仲武最所称赏，谓其："可以雄视潘、张，平揖沈、谢。"

吉中孚，鄱阳人，官户部侍郎。司空曙字文初，广平人，从韦皋于剑南，终虞部郎中。苗发终都官员外郎。崔峒终右补阙。耿沣终右拾遗。夏侯审终侍御史。

六

"十才子"外，更有戴叔伦、戎昱、张继及包何、包佶等，也挺生于大历之际，负一时诗人之望。

戴叔伦字幼公，润州金坛人，为抚州刺史，迁容管经略使，绥徕蛮落，威名远闻。

戎昱，荆南人，建中中为辰、虔二州刺史。他的《苦哉行》（共五首），叙写唐人利用番兵攻战，结果是妻孥被掳，民间疾苦无已：

> 彼鼠侵我厨，纵狸授粱肉。
> 鼠虽为君却，狸食自须足。
> 冀雪大国耻，翻是大国辱。
> 膻腥逼绮罗，砖瓦杂珠玉。
> 登楼非骋望，目笑是心哭。
> 何意天乐中，至今奏胡曲！

这是杜甫所不及知，所不曾写的；别的诗人们却又是不敢放笔去写。唐中叶利用番军的成绩，于他的此等诗中已沉痛的写出。这是最好的史料，别的地方所不能得见的。

张继字懿孙，襄州人，登天宝进士第，大历末，检祠部员外郎。高仲武谓其"秀发当时，诗体清迥，有道者风"。像《归山》：

> 心事数茎白发，生涯一片青山。
> 空林有雪相待，古道无人独还。

似颇可以证实仲武的评骘之的当。

包何及其弟佶,为融子,皆能诗,世称二包。何登天宝进士第,大历中为起居舍人。他的诗像"雨痕连地绿,日色出林斑"(《秋苔》)是状物工致的。佶字幼正,也登天宝进士第。后为诸道盐铁轻货钱物使,改秘书监,封丹阳郡公,为大历诸诗人中最显达者。其诗像《对酒赠故人》:

  扶起离披菊,霜轻喜重开。
  醉中惊老去,笑里觉愁来。
  月送人无尽,风吹浪不回。
  感时将有寄,诗思涩难裁。

转折周旋,新意层叠,是大历诗中罕遇的佳什。

参考书目

一、《全唐诗》 有原刊本,石印本。

二、《全唐诗话》 宋尤袤著,清《历代诗话》本。

三、《唐诗纪事》 宋计有功撰,有清刊本,石印本。

四、《唐才子传》 元辛文房著,有日本《佚存丛书》本。

五、《唐百名家诗》 席氏刊本。

六、《五十唐人小集》 仁和江氏仿宋刊本。

第二十一章

韩愈与白居易

五七言诗风格的两个极端的转变——艰险与平易——韩愈与白居易——韩愈的诗——奇崛的创作——韩愈的同道者：卢仝、孟郊、贾岛等——流畅如秋水的泛滥的白居易体——白氏的"新乐府"——伟大的叙事诗与抒情诗——元稹与李绅——刘禹锡、柳宗元与姚合——第三派的崛起：王建、张籍、李贺等——女作家薛涛

一

上面已经说过，五七言诗的格律，到了大历间，是已发展到无可再发展的了，其体式也已进步到无可再进步的了，诗人们只有在不同作风底下，求他们自己的深造与变幻。但大历的诸诗人，除了顾况一人外，其他"十才子"之流，皆没有表现出什么重要的独特的风格出来；他们仿佛都只在旧的诗城里兜着圈子走。最大的原因是，没有伟大的诗人出来。其才情够得上独辟一个天地了。但过了不久，伟大的诗人们终于是产生了。其中最重要者便是韩愈与白居易。他们各自开辟了一个崭新的诗的园地，各自率领了一批新的诗人们向前走去。他们完全变更过了齐、梁、沈、宋，乃至王、孟、李、杜以来的风格。他们尝试了几个古人们所从不曾尝试过的诗境，他们辟出了几个古人

所从不曾窥见的诗的园地。但他们却是两条路走着的；他们是两个极端。韩愈把沈、宋、王、孟以来的滥调，用艰险的作风一手拗弯过来。白居易则用他的平易近人，明白流畅的诗体，去纠正他们的庸俗。韩愈是向深处险处走去的。白居易是向平处浅处走去的。这使五七言诗的园苑里更增多了两朵奇葩；这使一般的诗的城国里，更出现了两种重要的崭新的作风。

二

韩愈是一位古文运动的大将，他的诗似不大为人所重。当时孟郊的诗名，实较他为重，故有"孟诗韩笔"之称。又宋人往往以为柳子厚的诗，工于退之。那大概是他的文名太大了，故把他的诗名也掩蔽住了。在他的同时，艰深险瘦的作风，把捉到者固不止他一人；像孟郊、贾岛、卢仝之流，莫不皆然。但他的才情实远在他们以上。如同在散文上一样，他在诗坛上也是一位天然的领袖人物。

愈（韩愈、孟郊见《旧唐书》卷一百六十，《新唐书》卷一百七十六，并附卢仝、贾岛、皇甫湜等），字退之，南阳人。生三岁而孤，由嫂郑夫人抚育。少好学。贞元二年（公元786年）始到京师。到贞元八年（公元792年）才登进士第。他颇锐意于功名，数投书于时相，皆不报，因离京到东都。后宁武节度使张建封聘他为府推官。贞元十七年（公元801年），调四门博士，迁监察御史。十九年以事贬阳山令。宪宗即位（公元806年），为国子博士，改都官员外郎。后裴度宣慰淮西，奏以愈为行军司马。吴元济平，入为刑部侍郎。元和十四年（公元819年），宪宗遣使到凤翔迎佛骨入宫。愈上表切谏。帝大怒，贬他为潮州刺史。穆宗立（公元821年），召他为国子祭酒。后又为京兆尹，转吏部侍郎。长庆四年卒（768—824）。年五十七。有集四十卷（《韩昌黎集》四十卷，有东雅堂刊本，苏州翻刻本，《四部丛刊》本；又《编年昌黎诗注》，方世举注，雅雨堂本）。

他的诗，和他的散文的作风很不相同。他在散文方面的主张，是要由艰深的骈俪回复到平易的"古文"的，他打的旗帜是"复归自然"的一类。但他的诗的作风却不相同了，虽然同样的持着反对浓艳与对偶的态度，却有意的要求险，求深，求不平凡。而他的才情的弘灏，又足以肆应不穷。其结果，便树立了诗坛上的一个奇帜，一个独创出来的奇帜。故他的散文是扬雄、班固、《左传》《史记》等的模拟，他的诗却是一个创作，一个崭新的创作。他在诗一方面的成就，是要比他的散文为高明的。《唐书》谓他"为诗豪放，不避粗险，格之变，亦自愈始焉"。《岁寒堂诗话》说："柳柳州诗，字字如珠玉，精则精矣，然不若退之变态百出也。使退之收敛而为子厚则易，使子厚开拓而为退之则难矣。意味可学，而才气则不可及也。"这评语颇为公允。他为了才气的纵横，故于长诗最为擅长，像《南山诗》是最著名的。他在其中连用五十几个"或"字，以形容崖石的奇态，其想象的奔驰，是远较汉赋的仅以堆字为工者不同的：

> 或连若相从，或蹙若相斗，或妥若弭伏，或竦若惊雊，
> 或散若瓦解，或赴若辐凑，或翩若船游，或决若马骤，
> 或背若相恶，或向若相佑，或乱若抽笋，或嵲若注灸，
> 或错若绘画，或缭若篆籀，或罗若星离，或蓊若云逗，
> 或浮若波涛，或碎若锄耨。或如贲育伦，赌胜勇前购，
> 先强势已出，后钝嗔诇譳。

>或如帝王尊，丛集朝贱幼，虽亲不褒狎，虽远不悖谬。
>
>或如临食案，肴核纷饤饾，又如游九原，坟墓包椁柩。
>
>或累若盆罂，或揭若瓴豆，或覆若曝鳖，或颓若寝兽。……

差不多把一切有生无生之物，捕捉进来当作形容的工具的了。又像《嗟哉董生行》，"寿州属县有安丰，唐贞元时县人董生召南，隐居行义于其中……嗟哉，董生朝出耕，夜归读古人书，尽日不得息，或山而樵，或水而渔"，其句法是那样的特异与不平常！难怪沈括要说，"韩退之诗乃押韵之文耳"了。在短诗方面，比较不容易施展这种非常的手段；但他也喜用奇字，发奇论，像《答孟郊》："名声暂膻腥，肠肚镇煎炒。古心虽自鞭，世路终难拗。弱拒喜张臂，猛拿闲缩爪。见倒谁肯扶？从嗔我须咬。"又像《晚寄张十八助教周郎博士》："日薄风景旷，出归偃前檐。晴云如擘絮，新月似磨镰。"但他所刻意求工者，究竟还在长诗方面。他的许多长诗，差不多个个字都现出斧凿锤打的痕迹来，一句句也都是有刺有角的。令人读之，如临万丈削壁，如走危岩险径，毛发森然，汗津津然出，不敢一刻放松，不敢一步走错，却自有一个特殊的刺激与趣味。这是他的成功！

三

和他同道的，有卢仝、孟郊、贾岛、刘叉、刘言史诸人。他们也都是刻意求工，要从险削，从寒瘦处立定足根的。卢仝，范阳人，隐居少室山，自号玉川子（《玉川子集》，有清孙之骥编刊本，《四部丛刊》本）。韩愈为河南令，爱其诗，与之酬唱。后因宿王涯第，涯被杀，仝竟也罹祸。他的长诗，像《月蚀诗》，也是险峻异常的，但工力的深厚，较韩愈却差得多了；且设想也幼稚得可笑。短诗却尽有很可爱的，像《示添丁》："泥人啼哭声呀呀，忽来案上翻墨汁，涂抹诗书如老鸦。父怜母惜掴不得，却生痴笑令人嗟。"又像《喜逢郑三游山》：

> 相逢之处花茸茸，石壁攒峰千万重。
> 他日期君何处好，寒流石上一株松。

孟郊（《孟东野集》十卷，有汲古阁本，席氏刊本，闵刻朱墨本，《四部丛刊》本），字东野，湖州武康人，少隐嵩山。性介，少谐合。韩愈一见为忘形交。年将五十，始得登进士第。调溧阳尉。郑余庆镇兴元，奏为参谋，卒（751—814）。张籍私谥之曰贞曜先生。郊最长于五言。李观说他："郊之五言诗，其高处在古无上，其平处下顾二谢。"他没有写过什么很长的诗，但个个字都是出之以苦思的。他喜写穷愁之状，喜绘寒饥之态。像《寒地百姓吟》"无火炙地眠，半夜皆立号。冷箭何处来，棘针风骚骚。霜吹破四壁，苦痛不可逃"，《饥雪吟》"饥乌夜相啄，疮声互悲鸣。冰肠一直刀，天杀无曲情"，《出东门》"饿马骨亦耸，独驱出东门。少年一日程，衰叟十日奔"，《寒溪》"晓饮一杯酒，踏雪过清溪……独立欲何语？默念心酸嘶"，《秋怀》"秋至老更贫，破屋无门扉。一片月落床，四壁风入衣"，《答友人赠炭》"驱却座上千重寒……暖得曲身成直身"，等等。岂便是所谓"郊寒"的罢？

贾岛字浪仙，范阳人。初为僧，名无本。韩愈很赏识他，劝他去浮屠，举进士。后为普州司仓参军。会昌初，卒，年六十五（779—843）。岛与孟郊齐名，时称他们的诗为"郊寒岛瘦"。像"鬓边虽有丝，不堪织寒衣"（《客喜》），"坐闻西床琴，冻折两三弦"（《朝饥》），等等，也颇有寒酸气（贾岛《长江集》十卷，有汲古阁本，席氏刻本，《四部丛刊》本）。相传他初赴举在京时，虽行坐寝食，苦吟不辍。尝跨蹇，张盖横截天衢。时秋风正厉，黄叶可扫，遂吟道："落叶满长安"，方思属联，杳不可得，忽想到"秋风吹渭水"五字，喜不自胜。至唐突某官，被系一夕始释。又一日在驴上得句云："鸟宿池边树，僧敲月下门"，思易"敲"为"推"，引手作推敲之势，至犯韩愈的车骑，他还不觉（见《野客丛书》）。这真是一位深思遗世、神游象外的诗人了。他尝自道"两句三年得，一吟双泪流"，可见其吟咏之苦。每至除夕，必取一岁所作，置几上，焚香再拜，酹酒祝曰："此吾终年心血也。"痛饮长谣而罢。

刘叉少任侠，因酒杀人亡命。会赦出，更折节读书。闻韩愈接天下士，步归之。作《冰柱》《雪车》二诗。后以争语不能下宾客，因持愈金数斤去，道："此谀墓中人得耳，不若与刘君为寿！"遂行。归齐、鲁，不知所终。他的《雪车》，是很大胆的谩骂："士夫困征讨，买花载酒谁为适？天子端然少旁求，股肱耳目皆奸慝。……相群相党，上下为蟊贼。庙堂失禄不自惭，我为斯民叹息还叹息！"

刘言史，邯郸人，他的诗美丽恢赡。和孟郊友善。初被荐为枣强令，辞疾不受。后客汉南，李夷简署司空掾。寻卒。他的诗颇近郊、岛，像"老性容茶少，羸肌与簟疏。旧醅难重漉，新果未胜俎。"（《立秋日》）

四

要是说韩愈一派的诗，像景物萧索、水落石出的冬天，那末，白居易一派的诗，便要说他是像秋水的泛滥，畅流东驰，顾盼自雄的了。韩愈派的诗是有刺的；白居易派的诗却是圆滚得如小皮球似的，周转溜走，无不如意。韩愈派的诗是刺目涩口的；白居易派的诗，却是爽心悦耳的，连孩子们念来，也会朗朗上口。

白居易（白居易见《旧唐书》卷一百六十六，《新唐书》卷一百十九），字乐天，下邽人。幼慧，五六岁时，已懂得作诗。以家贫，更苦学不已。登进士第后，授秘书省校书郎。元和三年（公元808年）拜左拾遗，元和九年（公元814年）授太子左赞善大夫。未几，以事贬江州司马，移忠州刺史。元和十五年升主客郎中、知制诰。长庆二年（公元822年）除杭州刺史。文宗开成元年（公元836年）为太子少傅，进封冯翊县开国侯。后以刑部尚书致仕。卒年七十五（772—846）。有《白氏长庆集》(《白氏长庆集》七十一卷，有明兰雪堂活字本，马元调刊本，日本活字本，《四部丛刊》本；又《白香山诗集》四十卷，汪立名编，一隅草堂刊本）。

他是最勤于作诗的人；他尝序刘梦得的诗道："彭城刘梦得，诗豪者也。其锋森然，少敢当者。予不量力，往往犯之。……一二年来，日寻笔砚，同和赠答，不觉滋多。太和三年春以前，纸墨所存者凡一百三十八首。其余乘兴仗醉，率然口号者不在此数。"仅仅一二年间，已有了那末多的成绩！在他的长久的诗人的生涯里，所得自然更多。他尝自分其诗为四类；一、讽谕，包括题为"新乐府"者，这是他自己最看得重的一部分；二、闲适，是他"知足保和，吟玩情性者"；三、感伤，是他"事物牵于外，情理动于内，随感遇而形于叹咏者"；四、杂律，是他的"五言七言，长短绝句，自一百韵至两韵者"；但他的诗，最重要者自是他的"新乐府"辞。他的《与元九书》说："文章合为时而著，歌诗合为事而作。"他是彻头彻尾抱着人生的艺术之主张的。故他的诗"非求宫律高,不务文字奇;惟歌生民病,愿得天子知"。(《寄唐生》)而许多题为"新乐府"者,便都是在这样的主张底下写成的。杜甫的许多歌咏民间疾苦的诗,是写实,是从写实里弹出讥诫之意来的;他并没有明白的说他是诫谏。但居易却是老老实实的把他的诗拿来做劝诫的工具了。他的"新乐府",作于元和四年(公元809年),恰好是他做左拾遗的时候。全部"凡九千二百五十二言,断为五十篇"。其自序道:"其辞质而径,欲见之者易喻也;其言直而切,欲闻之者深诫也;其事核而实,使采之者传信也;其体顺而肆,可以播于乐章歌曲也。总而言之,为君,为臣,为民,为物,为事而作,不为文而作也。"已把他的主旨说得很明白。这样彻底的人生的艺术观,是我们唐以前的文学史上所极罕见的。在这五十篇中,有议论,像《海漫漫》《华原磬》等;有叙事,像《新丰折臂翁》《卖炭翁》等;但即叙事者,也往往以劝诫的议论结。《新丰折臂翁》最有名,是写一个折了臂的老人的故事。其所以折臂者,盖全为了逃避兵役之故。"此臂折来六十年,一肢虽废一身全。"这和杜甫的《兵车行》等是同样表曝了唐代征兵制度的罪恶的。除了"新乐府"外,像《秦中吟》十首,也同是此意。唯"新乐府"多婉曲的劝谕,《秦中吟》则是不客气的讽刺与责骂,"日中为乐饮,夜半不能休。岂知阌乡狱,中有冻死囚"(《歌舞》);"有一田舍翁,偶来买花处;低头独长叹,此叹无人喻:一丛深色花,十户中人赋"(《买花》)。大约"新乐府"为了是居谏臣之位时所作,"愿得天子知"的,故措辞不得不平和婉曲些吧。但此类的"新乐府",实在未见得成功;天子知与不知,且不说,就文学而论,则五十篇中,真实的可算作诗的,还不到十篇。无疑的,《新丰折臂翁》与《卖炭翁》乃是其中最好的两篇。居易的好诗,实不在此而在彼。他自己所不大看得重的"闲适"和"感伤"的二类的诗，其中尽有许多真实的伟大的作品在着。《长恨歌》是很成功的一篇叙事诗；《琵琶引》也是很伟大的一篇抒情诗。我们读了："大弦嘈嘈如急雨，小弦切切如私语。嘈嘈切切错杂弹，大珠小珠落玉盘。间关莺语花底滑，幽咽泉流水下滩。水泉冷涩弦凝绝。……银瓶乍破水浆迸，铁骑突出刀枪鸣。曲终收拨当心画，四弦一声如裂帛。东舟西舫悄无言，惟见江心秋月白。"（但这似有些受顾况《李供奉弹箜篌歌》的暗示的罢）实在觉得韩愈的《南山》，卢仝的《月蚀》有些吃力不讨好。其他长歌短什，好的也很不少。相传他未冠时谒顾况，况恃才少所推可，见其文自失道："吾谓斯文遂绝，今复得子矣！"居易作风，有一部分确近顾况，惟顾况较他更为逼近口语耳。居易他自己也很想做到妇孺皆能懂的地位。《墨客挥犀》曾记着："白乐天每作诗，令一老妪解之，问曰：解否？曰解；则录之。不解，则又复易之。"他既这样的要求通俗，所以当时他的诗流传得也最盛。《丰年录》："开成中，物价至贱。村路卖鱼肉者，俗人买以胡绢半尺，士大夫买以乐天诗。"（《唐音癸签》引）《酉阳杂俎》也记着：当时有刺乐天诗意于身，诧白舍人行诗图者的事。又，鸡林行贾，售居易诗于其国相，率篇易一金。流行之盛，可谓自诗人以来所未曾有。

五

和白居易同时的诗人们，有元稹、李绅和刘禹锡诸人。他们都是居易的好友，虽然作风未必十分相同。居易和元稹先有元、白之称。稹卒，又和刘禹锡齐名，号刘、白。居易叙禹锡诗道："予顷与元微之唱和颇多，或在人口。尝戏微之云：仆与足下二十年来为文友诗敌，幸也，亦不幸也。吟咏情性，播扬名声，其适遗形，其乐老者，幸也。然江南士女，语才子者多云元、白。以子之故，使仆不得独步于吴、越间，此亦不幸也。今垂老复遇梦得，梦得得非重不幸耶？"把他们的关系，说得很明白。

元稹（元稹见《旧唐书》卷一百六十六，《新唐书，卷一百七十四》），字微之，河南人。诗名与白居易相埒，天下传讽，号"元和体"。往往播乐，妃嫔近习皆诵之。宫中呼元才子。尝为工部侍郎同平章事。后官武昌军节度使（779—831）。有《元氏长庆集》百卷（《元氏长庆集》，有明马调元刊本，清董氏刊本，《四部丛刊》本）。稹虽和居易相酬唱，但居易流畅平易的作风，他却未能得到。不过他的诗虽不能奔放，却甚整练，像"荆榛枥比塞池塘，狐兔骄痴缘树木。舞榭欹倾基尚在，文窗窈窕纱犹绿。尘埋粉壁旧花钿，鸟啄风筝碎珠玉。……蛇出燕巢盘斗拱，菌生香案正当衙"（《连昌宫词》），写残破的芜宫是很尽了力量的。他的《和李校书新题乐府十二首》，显然是受了白居易"新乐府"的影响的。他尝谓："近代惟诗人杜甫《悲陈陶》《哀江头》《兵车》《丽人》等，凡所歌行，率皆即事名篇，无复倚傍。余少时与友人乐天、李公垂辈，谓是为当，遂不复拟赋古题。"（《乐府古题序》）这是"新乐府"的一篇简史。他还写了《代曲江老人百韵》《茅舍》《赛神》《青云驿》《阳城驿》以及《连昌宫词》等，皆有讽劝之意。他还作了一篇传奇《会真记》，成了后来的一个最有名的传说的祖本。

李绅（李绅见《旧唐书》卷一百七十二，《新唐书》卷一百八十一），字公垂，润州无锡人，与元、白为友，就是元稹《和李校书新题乐府十二首》里所说的李校书。今绅所作的《新题乐府》（凡二十首）已不传，而他诗传者却甚多。他于武宗时为中书侍郎、同门下平章事。他的《莺莺歌》，失传已久，近乃于金董解元《西厢记诸宫调》中辑得之，可见出其叙事歌曲的作风的一斑。

刘禹锡（刘禹锡见《旧唐书》卷一百六十，《新唐书》卷一百六十八）。字梦得，彭城人，贞元间登进士第，为监察御史。以附王叔文，贬为朗州司马。落魄不自聊，吐词多讽托幽远。蛮俗好巫，尝倚其声，作《竹枝词》十余篇，武陵溪洞间悉歌之。后入为主客郎中，又出刺苏州。迁太子宾客分司。会昌时，加检校礼部尚书，卒（772—842）。有集（《刘梦得文集》四十卷，有武进董氏刊本，《四部丛刊》本）。他虽和乐天、微之相酬唱，但他却不是他们的一群。他很少写什么讽劝的"愿得天子知"的东西，他有他自己很特异的作风。他久在蛮方，其短歌，是很受少数民族的情歌的影响的，故甚富于南国的情调。像《竹枝词》：

杨柳青青江水平，闻郎江上唱歌声。
东边日出西边雨，道是无晴却有晴。

山桃红花满上头，蜀江春水拍天流。
花红易衰似郎意，水流无限似侬愁。

山上层层桃李花，云间烟火是人家。
银钏金钗来负水，长刀短笠去烧畲。

这些情歌的风趣，是我们的诗歌里所不曾有过的。禹锡的模拟，可说是成功的。

六

和刘禹锡最友好的柳宗元（柳宗元见《旧唐书》卷一百六十，《新唐书》卷一百六十八），与韩愈同以古文鸣。但他的诗却和他的散文同为我们所看重。他并不像韩愈那样的善于鼓吹，宣传，且又久窜蛮方，无召集一班跟从者的凭借。所以他在当时，虽然文名甚著，却是很寂寞的。除了老朋友们，像韩愈、刘禹锡等，时时还提到他外，别的人几乎是都不曾想到过有那末一位诗人！他字子厚，河东人，登进士第。调蓝田尉。王叔文用事时，待宗元甚厚，擢尚书礼部员外郎。叔文败，与刘禹锡等并遭贬斥。他贬永州司马。自此蹭蹬不振，以是益自刻苦为文章，养成了隽郁而清幽的作风。元和十年移柳州刺史；后四年卒。年四十七（773—819）。有集（《柳河东集》四十五卷，有明郭云鹏刊本，蒋之翘刊本，《四部丛刊》本）。他的诗，像《柳州二月榕叶落尽偶题》：

宦情羁思共凄凄，春半如秋意转迷。
山城过雨百花尽，榕叶满庭莺乱啼。

以及"烟销日出不见人，欸乃一声山水绿"（《渔翁》），"泉回浅石依高柳，径转垂藤间绿筠"（《过卢少尹郊居》），"孤舟蓑笠翁，独钓寒江雪"（《江雪》）；"兼葭淅沥含秋雾，橘柚玲珑透夕阳"（《得卢衡州书因以诗寄》）等，都是精莹如珠玉似的，与韩愈诗之大气包举，万象森列者大不相同。

和柳宗元风格略同而影响更大者有姚合，陕州峡石人，登元和进士第，授武功主簿。后出为杭州刺史。终秘书监。他和张籍、王建诸人游，诗名重于时，人称"姚武功"。曾成了后一期诗人们的一个中心。他的诗，颇具幽峭之趣，刻意苦吟，务求古人体貌所未到。像"童子病来烟火绝，清泉漱口过斋时"（《寄灵一禅师》），"幽处寻书坐，朝朝闭竹扉。山僧封茗寄，野客乞诗归"（《寄张溪》），"秋灯照树色，寒雨落池声。好是吟诗夜，披衣坐到明"（《武功县中作》）等，皆是足供清吟的。宋代的"永嘉四灵"便是奉他为宗主的。他曾选《极玄集》，录王维至戴叔伦二十一人诗一百首，颇可见其意旨所在。有集（《姚少监集》十卷，有明刊本，汲古阁本，席氏刊本，《四部丛刊》本）。

七

元和、会昌之间（公元806—846年）的诗人们里，曾别有一群，挺生出来，为韩、白二派所不能包纳，那便是张籍和李贺、王建等。他们是复兴了宫体的艳诗，而更加上了窈渺之情思的。他们开辟了别一条大道，给李商隐、温庭筠他们走。这一派的诗，关系既大，影响也极巨伟。唐、五代以来的"词"的一个新诗体，其作风差不多都是由此而衍绎下去的。他们是繁弦细管的音乐，是富丽噢暖的宫室，是夏日昼光所反映的海水，是酒后模糊的谵语；若可解若不可解，若明又若昧，那便是他们的作风。

王建字仲初，颍川人，大历十年进士。初为渭南尉。太和中，出为陕州司马，从军塞上。后归咸阳，卜居原上。他工乐府，与张籍齐名。《宫词》百首，尤传诵人口。像：

水面细风生，菱歌慢慢声。

客亭临小市,灯火夜妆明。

——《江馆》

合暗报来门锁了,夜深应别唤笙歌。
房房下著珠帘睡,月过金阶白露多。

——《宫词》

都是很艳丽,且很富于含蓄之情的。已是开了张籍与温、李的先路。他初作《宫词》时,因与枢密使王守澄有宗人之分,故多知禁掖事。后因过燕饮,以相讥谑。守澄深衔之。忽曰:"吾弟所作《宫词》,内庭深邃,何由知之? 明当奏上。"建作诗以谢,末句云:"不是姓同亲说向,九重争作外人知?"守澄恐累己,事遂寝(《王司马集》八卷,有汲古阁刊本,席氏刊本,胡介祉刊本)。

张籍(张籍见《旧唐书》卷一百六十,《新唐书》卷一百七十六),字文昌,苏州吴人。或曰和州乌江人。贞元十五年登进士第。韩愈深重之,荐为国子博士。仕终国子司业。他的诗,其作风甚类王建,往往要想留些"有余不尽"之意,又往往喜写怨女春情之事。像"曲江亭上频频见,为爱鸬鹚雨里飞"(《赠项斯》),"梧桐叶下黄金井,横架辘轳牵素绠。美人初起天未明,手拂银瓶秋水冷"(《楚妃怨》),"江南人家多橘树,吴姬舟上织白苎。……清莎覆城竹为屋,无井家家饮潮水"(《江南曲》)等皆是。相传朱庆余受知于籍,籍为选定其诗。庆余因之登第,尚为谦退,作《闺意》以献籍道:"洞房昨夜停红烛,待晓堂前拜舅姑;妆罢低声问夫婿,画眉深浅入时无?"籍和之道:"越女新妆出镜心,自知明艳更沉吟。齐纨未足人间贵,一曲菱歌抵万金。"全以"闺情"为象征,这便是他们所最擅长之处。有集(《张司业集》八卷,有明刊本,冯班校刊本,席氏刊本,《四部丛刊》本)。

李贺(李贺见《旧唐书》卷一百三十七,《新唐书》卷二百三《文艺下》),字长吉,系出郑王后。七岁能辞章。韩愈、皇甫湜始闻未信。过其家,使贺赋诗,辄就,乃大惊。自是有名。贺每日旦出,骑弱马,从小奚奴,背古锦囊。遇所得,书投囊中。及暮归,足成之。母道:"是儿呕出心肝乃已耶?"然不能禁也。所作乐府,乐工皆合之管弦。仕为协律郎。卒年二十七。有集(《李贺歌诗编》四卷,有明刊本,《唐四名家》本,《四部丛刊》本)。他的诗句尚奇诡,绝去畦径,但其大体,则近于王建、张籍。惟较为生硬耳。《蝴蝶飞》一诗,最足以见出其作风:

> 杨花扑帐春云热,龟甲屏风醉眼缬,
> 东家蝴蝶西家飞,白骑少年今日归。

又像他的长篇《昌谷诗》:"遥峦相压叠,颓绿愁堕地。光洁无秋思,凉旷吹浮媚。……嘹嘹湿蛄声,咽源惊溅起。"盖并有退之之奇与建、籍之艳者。

八

这时有一个女作家薛涛。其诗很可称道。涛字洪度,随父宦,流落蜀中为妓女。辨慧工诗,甚为时人所爱。元稹尝喜之。韦皋镇蜀,也时召令侍酒赋诗,称为女校书。暮年屏居浣花溪,著女冠服。好制松花小笺,时号薛涛笺。其诗轻茜而艳丽,时有佳句,像《题竹

郎庙》:

> 竹郎庙前多古木,夕阳沉沉山更绿。
> 何处江村有笛声?声声尽是迎郎曲。

参考书目

一、《全唐诗》 有原刊本,石印本。

二、《全唐诗话》 宋尤袤撰,有《历代诗话》本。

三、《唐才子传》 元辛文房撰,有《佚存丛书》本。

四、《唐诗纪事》 宋计有功撰,有原刊本,有石印本。

五、《唐百名家集》 清席氏刊本。

六、《五十唐人小集》 仁和江氏仿宋刊本。

新
流
xinliu

中国文学通识
_____

产品经理：时一男　　装帧设计：ABookCover
特约编辑：王　静　　执行印制：赵明　赵聪
营销经理：肖　瑶　　出版监制：吴高林

图书在版编目（CIP）数据

中国文学通识 / 郑振铎等著. -- 北京：北京联合出版公司, 2024.5
ISBN 978-7-5596-7490-6

Ⅰ.①中… Ⅱ.①郑… Ⅲ.①中国文学－文学史 Ⅳ.①I209

中国国家版本馆CIP数据核字(2024)第053887号

本书部分作品著作权由中国文字著作权协会授权
电话：010-65978917，传真：010-65978926，E-mail: wenzhuxie@126.com

中国文学通识

作　　者：郑振铎　等	产品经理：时一男
出 品 人：赵红仕	责任编辑：牛炜征
特约编辑：王　静	出版监制：吴高林
内文排版：丁占旭	装帧设计：ABookCover

北京联合出版公司出版
（北京市西城区德外大街83号楼9层　100088）
北京联合天畅文化传播公司发行
涿州鑫义康印刷有限公司印刷　新华书店经销
字数 216千字　880毫米×1230毫米　1/32　9印张
2024年5月第1版　2024年5月第1次印刷
ISBN 978-7-5596-7490-6
定价：49.80元

版权所有，侵权必究
未经书面许可，不得以任何方式转载、复制、翻印本书部分或全部内容。
如发现图书质量问题，可联系调换。质量投诉电话：010-88843286/64258472-800